当黑遇见白，
夏天的雪遇见寒冬的焰，
而我遇见你，
所有的美妙浑然天成。

Winters' Heart

寒冬之心

夜微阑 / 著

贵州出版集团
贵州人民出版社

图书在版编目（CIP）数据

寒冬之心/夜微阑著. -- 贵阳:贵州人民出版社,
2016.8（2020.3重印）
ISBN 978-7-221-13450-9

Ⅰ.①寒… Ⅱ.①夜… Ⅲ.①长篇小说－中国－当代
Ⅳ.①I247.5

中国版本图书馆CIP数据核字(2016)第201511号

寒冬之心

夜微阑 著

出 版 人：苏 桦

出版统筹：陈继光

选题策划：胡晨艳

责任编辑：蒋 莉

流程编辑：唐 博

特约编辑：陈 思

装帧设计：Insect

封面绘制：yippee

出版发行：贵州人民出版社（贵阳市观山湖区会展东路SOHO办公区A座
　　　　　邮编：550081）

印 　 刷：三河市华东印刷有限公司

开 　 本：880×1230毫米 1/32

字 　 数：230千字

印 　 张：8.5

版 　 次：2016年10月第1版

印 　 次：2016年10月第1次印刷
　　　　　2020年3月第2次印刷

书 　 号：ISBN 978-7-221-13450-9

定 　 价：45.00元

目录 ✱ Winter's Heart

目录 ✦ Winter's Heart

Chapter1
寒夜里冰封的心

时间，终于把她打磨成一个淡漠甚至是冷漠的人。曾在她心里燃烧着的那团火，以为早已熄灭，却发现，原来它只是尘封在某个不起眼的角落。

Winter's Heart

零下3度的夜里，夏冬雪独自穿梭在大街。轻轻的呼吸凝成白雾，耳朵被风扯得生疼。

过马路时，转弯的车一辆跟着一辆，挨着她的身后飞奔过去。置身于车流之中，她望着那些车轮滚滚，一时怅忪，脑海里忽然浮现出这样一句话：

我在人行道上频频回望的时候，时间正以极快的速度从我耳边飞驰而过。

"小姑娘，地铁九号线怎么走啊？"不远处，一个中年男人冲她嚷嚷一句。

马路斜对面就是地铁站。夏冬雪回过神来，伸手指了指那个方向，并没有停下脚步。

男人急急忙忙地横穿马路而去。"嘎——"伴着一声刺耳的刹车响，夏冬雪感到自己的心突突直跳起来，下意识地闭上眼睛……

周围人声哗然。耳边响起的不是惊叫，而是那货车司机的怒骂声。

紧握的手放松开来。幸好，悲剧终究止于发生的前一秒。

蓦地想起刚才，她生出唏嘘：长大以后，我们需要谨慎和戒心，同时弄丢了许多天真。

时间，终于把她打磨成一个淡漠甚至是冷漠的人。曾在她心里燃烧着的那团火，以为早已熄灭，却发现，原来它只是尘封在某个不起眼的角落。

穿过天桥，再拐个弯，街道尽头那霓虹闪烁的明亮店铺正赫然向她招手。

虞记火锅城。

记不清多少年没有来了。在这冷得叫人跺脚的夜里，火锅城的落地玻璃窗上满是雾气，只能隐约见到里面一团团黑色的人影晃动。

她推开门，热气迎面扑来。眼尖的女同学瞧见她，兴奋道："下雪来了！下雪来了！"

圆桌边上的男男女女都笑望着她。

这是一张张既熟悉又陌生的面孔，他们曾同窗三年，一起学习、一起玩闹，共同经历过最美好的青葱岁月。

这是夏冬雪高中毕业五周年的同学聚会。

"哇！下雪你变了好多，变得好漂亮啊！"眼前有些矮胖的年轻男人夸张地称赞道。

在一群姿色各异的女同学中，夏冬雪一头短发柔软蓬松，俏皮的娃娃脸上大眼睛眨了眨，微微一笑："那你可是一点都没变哦，朱茂华。"

他从高中开始就已经有了这副老板皮囊。

闻言同学们哄然大笑起来，朱茂华自己也摸着头发稀少的脑袋嘿嘿直笑，五年未见的隔阂仿佛瞬间就缩小了。

"下雪"是夏冬雪的绰号。有时真怀疑老爸老妈是贪图方便，将出生在雪天的她取名冬雪，也不管她姓什么。又夏又冬的，同学叫着叫着，就直接成"下雪"了。

"下雪，你还认得出他们不？"张晓晔走了过来，亲昵地挽着她的胳膊。高中时她俩是同桌，关系特别要好，这几年也保持着联系。

夏冬雪微微眯眼。这是她近视眼的习惯性动作，即便戴了隐形眼镜也改不了。

她仔细地一张张脸认过去。

老同学的外表多少都有些改变，但还是能轻松认出。

"张涛、周俊呈、莫枚枚……"忽然，她话音一窒，视线停留在那张斯文俊美的脸孔上。

穿着白色毛衣的陆以珩站起身来微微一笑，露出两排洁白整齐的牙齿:"好久不见,冬雪。"

夏冬雪曾就读的一中,是全市闻名的重点高中,在S市可谓家喻户晓。而在一中,陆以珩这个名字,却在所有学生心中如雷贯耳。

当时一中规定,所有学生上学都必须穿校服。老土的款式、沉闷的颜色,让年纪轻轻的学生们显得老气横秋。这其中,能将灰色和深蓝色穿得那么好看的,陆以珩绝对算得上第一人。

他身材修长挺拔,乌黑的头发柔软光泽,嘴角总是噙着淡淡的笑容。他的学习成绩拔尖,篮球也打得很好。这样的人物当然深得老师喜爱,在学校里,是王子般的存在。

他喜欢坐在靠窗的位置,一只手支着脑袋,一只手转着水笔。线条优美的侧脸,略略凝滞的眼神,有节奏眨动的长长眼睫毛。

是的,曾有许多次,冬雪这样偷偷地看着他。一条过道之隔的陆以珩似乎感觉到她的视线,回过头来,眼神明亮清澈。

少年清秀俊美的脸孔向她温和一笑。冬雪连忙低下头去,来不及见到他面上浮起的淡淡红晕。

"相顾无言,惟有泪千行。"张晓晔在一旁挤眉弄眼,夸张地捧着心口。同学们跟着起哄,打散了冬雪和陆以珩相望的视线。

毕业之后,一别就是五年。

除却成熟斯文了些,他似乎没怎么变。还是喜欢穿白衣,还是一如既往的清爽整洁,还是会刻意忽略绰号叫她……

"冬雪。"被大家故意安排坐在陆以珩旁边,他好听的磁性声音低低地唤着她的名字。

冬雪微笑地看着他,仿佛做梦般不真实。

"什么时候回来的?"她听到自己的声音在问。

"刚回来一个星期。"

五年前的夏天,冬雪接到了本市一家二级本科院校的录取通知书。与此同时,陆以珩一声不响地出国留学,与同学们断了音讯。

他走得突然,连和他关系最好的周俊呈事先也不知情。大家隐约知道陆以珩的家世很好,也很复杂,他能去英国留学也算是在意料之中。

冬雪年少时的那些念想，也从那时起被生生掐断。一个无故从她世界里消失的陆以珩，在五年之后，又忽然神奇地出现了，还那样温柔地叫着她的名字，仿佛他们从未分别过。

"那时，家里出了点事……"他轻轻说着，仿佛在解释什么，"走得匆忙，什么都没带。现在回来见到大家，感觉好像还停留在刚毕业的时候。"

冬雪点了点头："可是大家变了很多。现在，我们都是出社会的人了。"

陆以珩垂下眼眸看她，片刻，唇角扬起："我觉得朱茂华说得很对。"

朱茂华说得很对？冬雪回想了一下，忽然腾地烧红了脸。眼前已经成为男人的陆以珩淡淡地微笑地看着她，穿过时光，仿佛和记忆里的少年轻轻地重叠到了一起。

"冬雪，我终于回来了。"

陆以珩和她交换了手机号码。

张晓晔凑了过来，窃笑道："好像很顺利？"

她和他的这些暧昧，要好的几个朋友都清楚。

冬雪轻推了她一把："去。"

张晓晔摇了摇头："真是有异性没人性的家伙，交友不慎啊。"

冬雪望着手机屏幕上那一串陌生的号码有些怔忪，片刻，才一下一下按出陆以珩的名字，珍而重之地点了"保存"。

五年不见，话题不减。相约在读书时常去的火锅城，熟悉的场景让大家打开了话匣子，那些封存在记忆中的往日少年被一一翻挖出来，夹带着爆料连连，笑声不断。这顿饭一直吃到了近十点钟，女同学们说再不散没法回家了，大家才意犹未尽地彼此告别，约好下次再聚。

所有人心里都明白。这些已经有工作有各自生活的同学，要聚齐一次有多么不易。下一次，又会是什么时候呢？

人群散去，冬雪还在穿外套，身旁的陆以珩也迟迟没有站起身。

"你回家远吗？"他状似随意地问道。

冬雪摇摇头："不远，就两站地铁，和枚枚、晓晔一个方向的。"

正说着，莫枚枚不知道从哪里冒了出来，将她挽住："赶紧走了，地铁要没了！"

陆以珩的嘴唇动了动，终于说道："冬雪，再见。"

"再见。"回过头的瞬间，冬雪和他视线交错。

穿着白色毛衣的英俊男子渐渐遥远，直到不见。

冬雪和莫枚枚、张晓晔从火锅城冲向地铁站的时候，又微微飘起了小雪。寒风凛冽，三个女生互相挽着胳膊挤成一团，龇牙咧嘴地小步快跑着。

"冷死了！"莫枚枚叫着。冬雪只觉得呼呼在耳边的都是风声。几枚细小的雪花打在脸上，她忽然想起以前放学时，她们也是这样在公交车站上抱成一团等车，还自娱自乐。

"哪里冷啊？太阳这么大，都热死人啦！"

她这么一开口，其他两人微微一怔，随即带着笑意地接口道：

"是啊，这沙漠热得人都成干了，什么时候才到头啊！"

"我又热又渴，如果现在有根冰棍就好了……"

傻呼呼的阿Q精神战术伴着三个女孩的笑声一路飘进了地铁站，两站过后夏冬雪告别她们先走了出去，笑意还在心头荡漾着。

站在时间的十字路口，回头望去，记忆片段如此鲜明。然而人终归是要向前走，舍不得、放不掉，回头找，也无法停止前进的脚步。

"哐当"一声清脆，是硬币落地的声音。一个脏兮兮的身影蜷缩在地铁站的角落里，唯一露在外面的手背上，血痕斑斑。听到声响，那个人将脑袋从双膝上抬了起来。

那是双桀骜寒凉，却无比清澈的眼睛。男孩很年轻，约莫只有十七八岁，长得白皙精致，有些女孩似的漂亮，唯有两道飞扬的眉，彰显着主人的冰冰冷傲。

显然被当成乞丐，他也不怒不恼，只是静静地站了起来，冬雪这才看到他身后还背着个书包。他穿得很单薄，已是隆冬季节，布满泥尘的深蓝色秋季校服还松松地套在身上。那双漆黑的眼透着淡淡凉薄，凝视着地铁站出口的方向。

冬雪拢了拢脖子上温暖的羊毛围巾，快步走出了地铁站。

每一天，都周而复始地上演着你与无数人的擦肩而过。

AM8:45，冬雪优哉游哉地步入办公室时，部门里的男同事已经大多端坐在电脑前了。她撇了撇嘴，难道游戏公司的人都是工作狂，规定九点上班，可他们八点半就一定会准时出现，真是压力山大。

毕业之后，她在一家不大的游戏公司找了个工作，为公司旗下的MM游戏拟写原画故事和文案策划。MM游戏是公司的新业务，所以整个部门只有她一个女性编辑，她成了一屋子大男人中的稀有品种。

刚开始，她以为自己这个品种在部门里会受到照顾，可工作三天之后，她就知道自己错了。位置被安排在主管旁边，等于变相地被进行每天长达八小时以上的近身监视，而那些已经沉浸在游戏世界中的雄性生物，也绝没有闲心来怜香惜玉。

"小夏，这个故事写得还不够幽默。"主管是个三十来岁的男人，"要多参加参考你几位师兄写的东西，再改改。"

"好的。"她谦虚地收回自己的心血之作，转手翻看起师兄们的大作来。百种人有百种眼光，他们彼此间"猩猩相惜"的低俗幽默，却正好入不了她的眼。

虽然为女性玩家招收的女编辑只此一个，但资历尚浅，没有发言权。她仿着主管喜欢的笔法将故事改了改，终于被顺利收货。午饭时间，照旧是一个人拿饭一个人吃，那些男人三五七个聚在一起，边吃边笑，那笑容怎么看怎么猥琐。

在夹缝中求生存有些艰难，但这是份来之不易的文案工作，一个入行的机遇，所以她分外珍惜。

说到底，终究是要自己去适应工作，而不能指望工作来适应自己。

如此这般慢慢习惯，不知不觉她进公司也快一年了。日子一溜来到这年的最后一天，12月31日，公司大赦，提早半天收工。

冬雪收拾完手上所有的折磨已近下午三点。办公室里只有零星几个人还在，她提起自己的粉毛小包包，微笑着和他们扬手。

"我先走了，大家元旦快乐！"

得到几声回应后，她缓步离开公司。

冬日午后的阳光慵懒，暖暖洒在她的身上。平时每天下班都是踩着夜色匆匆，记不得已经多久，没像这样悠闲地漫步街头。

空气中弥漫着新年即将到来的淡淡喜悦。三五成群的学生嬉笑着跑过她的身边，估计今天学校也是提早放学的吧。她懒洋洋地想着，视线所及的是一所市级重点高中，文定中学。

隔着不宽的马路，可以清晰望见学校的操场上，一群男生在打篮球。冬雪渐渐放缓了脚步，欣赏着一个男生利落的三步上篮，不禁在心中暗赞一声：漂亮！

金色阳光轻轻染上她的睫毛，点缀着略带迷离的眼神。似乎还很融入那种朝气的感觉中，却忽然惊觉自己不再年少。

曾几何时，她也如那些正在场边喊着加油的女生一样，青春得如此生动。无忧无虑的时光，简单纯粹的校园，竟不知什么时候离她渐渐远去了。

怅然中，她仿佛成了那群人中一个普通的女生。梳着马尾辫，身上穿着宽松的校服。

篮球场上，灰色T恤的男生们正比得如火如荼。她的视线始终追随着一个清爽利落的身影，他截过对手的球，几下熟练地运球，然后在三分线外站定。

漂亮得无可挑剔的姿势，篮球在空中划过一道优美的弧线，终于破网而入。

进了！球进了！男生似有意般转过头来，向人群中的她微笑。热得发红的脸孔，漆黑无比的眸子，定格在记忆中永远的那一瞬间。

一声尖叫猝不及防地撕裂了冬雪的回忆。几乎是瞬间，几个黑衣男人已经像脱缰的野马般汹汹向她冲来。

混乱的人群中跑在最前面的是一个男生，他校服凌乱，手背上还有刚刚愈合的伤痕。黑衣男人对他紧追不放，路旁的女生们惊恐地叫喊着。他们跑到冬雪附近，男人对受伤的男生恶狠狠地挥拳相向，他瘦削的身形灵活地左躲右闪，但终归是人数悬殊，被他们扯住重重地打了好几下。

他们过来的瞬间冬雪已经立刻往边上跳开。她的体育成绩不错，反应也还算快，混乱之中没人近得了她的身。但人算不如天算，她怎么也没想到，身后有个男人捡起地上的饭盒向男生丢去，却砸到了她脑袋上。

"砰"的一声，一记闷痛，冬雪无故成了这场斗殴中被殃及的池鱼。她伸手往后脑勺一摸，吼道："什么人？我报警了！"

黑衣男子们见误伤了路人，便匆匆跑了。冬雪被砸得有些发蒙，半晌没缓过神来，一下一下揉着自己的脑袋，暗叫倒霉。

"你没事吧？"清澈的男声在她耳边响起。

她抬起眼睑，一张白皙的脸孔跃入眼帘，即便是现在有些狼狈的模样，也并没有减少他眼中的清澈和寂静。

冬雪觉得这张脸有些眼熟，待到视线落到他手背上时，才忽然想起这男生好像是几天前同学聚会那晚，在地铁站看到的那个！

"你……没事吧……"男生似是犹疑地又问了一遍。

冬雪的后脑上已经肿起了一个小小的包，疼倒是不太疼了，想那空饭盒的杀伤力还不算大："没事，死不了！"

无端被累及，语气难免不善。冬雪没好气地提包走人，手臂却被人轻轻拉住。她猛地回过头去，这男同学还想怎么样？

对方没有说话，只是那双漂亮的眼睛望着她，暗含担忧。

不知怎么，冬雪心头的火气就消了些下去。

"手机，拿来。"他冷不丁冒出这样一句。

"啊？"见他坚持，冬雪便掏出手机来。

男生在上面不急不缓地输入了一串数字："如果有事……打这个号码。"

原来他是想负责。冬雪觉得他本性不坏，于是叹了口气，点点头："应该没事。你……保重。"

男生依然沉默，转过身拽拽地走了。

冬雪看了看手机，他并没有输入名字，所以这个没有联系人的号码被电话薄默认排到了第一个的位置。

她没有多加在意，只是一边摸着脑袋一边思忖着：这算不算是新年前的中彩？究竟是幸运还是不幸呢？

新年的钟声如期敲响。这一年的元旦冬雪依然收到了许多祝福微信，她躺在床上，一条条地给回过去。

祝福微信大多是群发的，句子千奇百怪，不乏幽默之作。不过冬雪爸说微信两个键就能转发出去，有时候转发的人连原署名都没去掉，实在太没诚意，所以冬雪决定自己拟一条诚恳的祝福短信，再群发。

选择收信人时，手指很有嫌疑地几次从陆以珩的名字上划过，冬雪犹豫着，要不要给他发一条？

正在此时，手机显示又有新的微信消息。她点开一看，忽然感觉心跳快了几拍：

"新年第一天下雪了，很漂亮。

冬雪，新年快乐。

From陆以珩"

简单的十几个字，冬雪看了足有五分钟，然后，嘴角咧开。

他说，下雪很漂亮……

她可不可以从这句话中，曲解字面上的意思？

想了想，她点点屏幕按下给他的回信：

还是中国的冬季漂亮吧！新年快乐，(*^__^*)。

没想到微信的提示音很快再次响起，冬雪从床上一跃而起，下拉查看：是啊，那边的冬天比这里还冷。回来以后才觉得家乡好，不想走了。

似乎是由这个话题引了头，那一晚，冬雪和陆以珩聊了许多许多。聊到英国的冬天，他在那边的大学生活，冬雪现在的工作……曾远在梦里的男生，一字一句亲切幽默，断了五年联系所产生的生疏被慢慢挥淡。

此刻，那个陆以珩，仿佛近在咫尺。

冬雪后脑上的小包消了下去，结束三天的假期，工作日如姨妈般痛苦地如期而至。这天同事问她借了手机去玩，还回来后不久，她发现有几个未接来电，既没有名字也没有备注。

这就怪了。但凡不在电话簿上的人打来，应该直接出现号码，最多是"号码被隐藏"，这个诡异的东西是什么？

细看之下，才发现这个号码原来是被储存了的，只是联系人的名字是个空格。原来这是12月31日那天那个男生存在她手机里的号码，不过他打给自己做什么？

冬雪疑惑地回拨过去，不久，手机那边纯澈的声音响起。

"喂？"

冬雪忽然不知道该怎么接下去。说自己是那个被殃及的路人？他们都不知道彼此的名字。

"那个……刚是你打给我？"

沉默了片刻，那边才传来声音："不是你打来的吗？"

"我打来？"冬雪一看，还真有两个拨出去的记录，大概是同事玩手机时误拨了电话簿上的第一个号码。

"哦，可能是误拨了，不好意思。"

那边又是一段沉默，男生轻轻的呼吸声在话筒中听得清晰："那，你没事吧？"

冬雪一怔。原来他急急回电，是以为她打去有什么问题。她放柔了声音："没有，我已经完全好了。这是一场误会，不过谢谢关心。"

"嗯，那再见了。"男生的声音依旧平淡至极。

"再见。"

原来这事纯属乌龙。

冬雪挂了电话，又看了看那个号码：13XXX777888，好顺溜的数字。

她笑了笑，轻轻将联系人删除。

有的时候，地球很大，每一秒都有无数的人在错过；有的时候，世界很小，人海中的他可能是你朋友的朋友。

"喂喂，玉梅啊，好久不见好久不见！你最近怎么样啊……"吃过晚饭，冬雪妈接到一个老同学打来的电话，偎在沙发里开始煲电话粥。

冬雪端了杯热茶进房间上网。过了半小时她出来加水，妈妈的电话还在继续，不过内容已经从热切转成了唏嘘。

"哎哟，哎哟……作孽啊……"

"真的？那个孩子现在怎么样了？今年要考大学了吧？真是可怜……啧啧……"

这个电话一直打了五十多分钟才宣告结束。

冬雪见老妈皱着眉头，随口问道："玉梅阿姨怎么了？"

"玉梅？她没事，不过咱们有一个老同学出了事，就是韩庆祥你知道吗？小时候还抱过你的。"

不知道是多小时候的事了，冬雪摇了摇头。

冬雪妈叹了口气："庆祥和玉梅我们都是一届里的，以前关系很要好。我和玉梅生孩子以后，他都来看过我们的。他自己结婚晚，儿子出生的时候你都快上小学了。"

"那这个韩叔叔怎么了？"

"庆祥很聪明，当年就被招去搞科研工作，具体做什么是保密的。我记得他最后一次上我们家来是带着老婆和刚出生的儿子，然后就联系不上了。这次是玉梅打听到了他的消息，说是他好像犯了杀人罪，现在被抓起来了！这怎么可能呢，庆祥怎么会杀人呢？"

"妈，你们都十几年没见了，也许他变了呢。"冬雪理智地分析。

冬雪妈摇了摇头："要我说，我是怎么也不肯相信的。三岁看到老，二十多岁人的性格基本也就定了，这么好脾气的一个人，怎么会……他被抓起来以后，他老婆温文好像跟人跑了，只留了个还在上学的儿子……"

冬雪听到这里也是摇头："确实可怜，一夜之间父母都没了。"

"那孩子生得很白，很漂亮的一个男孩。"冬雪妈努力回忆着，"好像叫什么……炎炎？对了，韩炎，叫韩炎。温文说因为孩子是在三伏天生的，就给起了这么个名字。"

说着，她拿起刚才随手记下数字的纸片："玉梅给了我个号码，说是庆祥的手机号。现在人都关进去了，有号码也联系不到了。"

冬雪看了眼那个纸片：13XXX777888，好熟悉的数字！

随即问道："妈，韩叔叔的儿子，今年几岁了？"

"我想想……他们来我们家时你六岁不到，玉梅说他马上要考大学了，估计是十七八岁吧。可惜谁也不知道这孩子现在在哪儿，否则一场老朋友，肯定要帮忙照顾下庆祥的儿子。"

"妈，我可能见过这个韩炎。"

冬雪很笃定能联系上前些天还和她通过话的韩炎，结果话筒里竟然提示说所拨的号码已经停机。

一计不成，再生一计。上次见他时，他穿着文定中学的校服，到学校里一查就肯定有数了。

令她意外的是，文定中学居然没有叫韩炎的男生。想来应该是时隔多年，老妈记错了人家的名字。不好要求校方大张旗鼓地翻查，冬雪悻然离开，这样线索就全断了。

下意识地，她去了第一次见到韩炎的地铁站碰碰运气。那里离她家不过两站距离，她下班后间或去过两次，都没有遇到他。人海茫茫，去哪里找一个不知道姓名的人呢？

"喂？枚枚啊，我刚下班。"回家路上，冬雪接到莫枚枚的来电。刚出公司还没有全副武装，晴冷的冬夜里，北风刮得她手背生疼。

"上次聚会后都没有联系呀，元旦去哪儿玩啦？"莫枚枚和她天南地北地扯着。大学时她们的关系算不上很热切，可能是上次聚会后，大家之间的隔阂变淡，彼此的联系又频繁起来。

冬雪说笑着进了地铁站，暖气扑面而来，手脚才算是有了点知觉。

"上次回来以后他们谁和你联系过没？好几个老同学都关注了我微博，你也来啊。"

"没有啊，就你和晓晔。"冬雪在站台边等待着，"微博我不太更新的，一般还是用微信。"

结束电话后地铁刚好进站，冬雪随着人流一起走进车厢，默默望着贴在车厢墙壁上的站点图示。这一次，她又下意识地多乘了两站，来到第一次邂逅韩炎的地铁站3号出口。

听过妈妈的形容，又想起他蜷缩在地铁站里的样子，冬雪心里替那个男生惋惜。还是个少年，家里却出了这么大的事，一片天空都塌了。

她的脚步渐渐放缓下来。眼前不远处，一抹深蓝色的身影靠在墙边，静静伫立着。黑白分明的眸子略带空茫地望着出口的方向，随着人流一拨又一拨，没有焦点。

"韩炎！"冬雪下意识地脱口而出。

那个瘦削的身影缓缓转过头来，干净的脸孔上露出一丝疑惑。

"你是叫韩炎吧？"冬雪已经忘记，老妈可能记错了人家的名字。

男生更加迷茫地望着她。

冬雪这才反应过来："韩庆祥是你爸爸？"

男生的眸中倏地就有了神采，静静地望着她的脸。冬雪知道他就是她要找的人。

"韩庆祥，你爸爸。你，韩炎？"

男生先点了点头，继而摇头。冬雪抓狂，这孩子是不是沟通能力有问题？先前好像没发现啊。

"韩焰。火焰的焰。"纯净清澈的声音淡淡响起，他一字一句地纠正道。

果然是错了，冬雪心道。又听得他问："你……认识我爸？"

她忙点了点头："你爸和我妈是老同学。"

在韩焰惊讶的目光中，冬雪将整件事说与他听。男生眼中桀骜的星光慢慢消失，变得黯然。

"要不是想起在这儿见过你，我们大概找不到你了。"

韩焰遥望着前方："我妈，以前每天下班，就是从这里出来。"

韩庆祥出事以后，温文也不见了，一句话都没留。家里的大人都说，温文是跟人跑了，但是韩焰不相信，一夕之间成为孤儿的他，总是会习惯性地来到这里，这个温文每天下班出站的地方。也许有一天，母亲还会一如既往地在这里出现，他期盼着。

冬雪听了心里也不免有些酸涩，岔开话题。

"对了，你的手机……"

"嗯，没钱了。"韩焰很自然地答道，"这是我爸的手机。"

"你现在一个人住？有家里人收养你吗？"感觉到男生身上的伤痕太多，冬雪小心翼翼地问道。

韩焰摇了摇头："再过半年，我就满十八岁了。"

冬雪不知道这其中的复杂性，心想别人的事也管不了那么多。她拿出自己的手机，帮韩焰的号码充了一百元话费。

"虽然……嗯，虽然你爸出了事，不过我妈妈和其他老同学都很关心你们，手机钱充好了，你开着吧。对了，把我手机号存进去。"

即便已经停机，但韩焰还是随身带着那个手机。看起来，父亲的手机对他很重要。

冬雪把自己的手机号输了进去："有事打我电话。"

韩焰接过自己的手机，默默无言。即便近在咫尺，冬雪仍然感到他很遥远，仿佛封闭在自我的国度中，拒绝他人的关心和接触。

"早点回家吧，我先走了。"

冬雪带着一种任务圆满的心情走了，韩焰却迟迟没有离开，拿起手机望了一眼。

夏冬雪。

她不知道，他留着这部手机，就像是留着对父亲仅有的牵系。没有人告诉他，父亲为什么忽然被捕，母亲为什么凭空消失，亲戚朋友们又为什么对他避之不及。

除了这个新添加的联系人，有谁会打给他？

停不停机，又有什么分别？

Chapter2
校园里的旧梦不曾醒

　　如果不是他们，也许我永远都不知道。曾有一个男孩，这样羞涩而默默的，为我。
　　那年，我们曾悄悄注视过彼此，只是视线平行而过。

Winter's Heart

　　冬雪高中时的班主任凌老师快要退休了。这消息在群里传了开，许多老同学都陆续抽空回去看望她。

　　冬雪也挑了个周六，带上小礼物回到一中。

　　与门卫大叔打过招呼，冬雪很顺利地进了学校。凌老师在岗的最后一年带的依旧是高三，所以即便是周六也要在校补习，师生同样没有休息。走过一间间正在上课的教室门前，里面剑拔弩张的严肃氛围，似乎要张牙舞爪地要穿过门板向她袭来。

　　曾看得那么严重，仿佛华山天险一条路的高考，现在居然回忆不起是什么滋味。大部分的人回头看时，可能都会说：不就是这么回事嘛！

　　这样一回事，毕竟每个人都要默默走过。

　　也曾挤破头皮突围而出的冬雪，看着教室里正在奋笔疾书的学子们，一时间有些感慨。

　　有脚步声在她不远处停顿下来，她回头一看。

　　"周俊呈？"

　　在教学楼的走廊里遇到老同学，时光倒转，仿佛她和他都还是学生，他下了体育课回来与她撞见，两人可以简单地Say Hi。

　　周俊呈也是意外，随即笑道："这么巧。"

　　冬雪朝里面努了努嘴："凌老师还没下课。"

　　"那我们出去走走吧。"周俊呈很自然地说道。两个已经超龄的学生走在曾经也属于他们的校园里，感觉轻松怀念。

冬雪和周俊呈从前也只是普通同学关系，谈不上关系要好。在她印象里他一直都是那样平实的个性，戴着副金框眼镜。好像从那时就很成熟不太说话，可一旦开口，必会语惊四座。

周俊呈在她心里是一点特殊的，因为他是陆以珩最好的朋友。

两人绕着操场走了两圈。

冬天了，校园里的紫藤和香樟树都只剩下光秃秃的枝芽，全然没给人留下半分遐想的余地。

"你怎么一个人来？"周俊呈忽然问道。

冬雪愣了下："晓晔、枚枚她们都有事。"

周俊呈沉默片刻，换了一个话题："从前，我和阿珩，经常在那边打球。"

提到陆以珩的名字，冬雪的心里不由得"咯噔"一下，下意识地向他望去。接到她无瑕的视线，他微微挑眉："这几年，你为什么不和他联系？"

冬雪满脑袋的问号："我……和陆以珩？"

周俊呈盯看着她的惊讶，随即想到一个可能："你换了邮箱？"

冬雪还想说什么，忽然下课的铃声大作，连续响彻半分钟后，周俊呈淡淡道："凌老师应该出来了。"

谈话终止，冬雪拜会了那位曾给予她很多帮助的班主任。

凌老师一生站在讲台上，所结出的芬芳桃李无数，虽满头华发却也笑得满足。

冬雪和周俊呈在她办公室耗了一个多小时才告辞，临别前她单独拉上了冬雪："姑娘，现在有男朋友了没？"

冬雪很讶异老师居然会问她这么个问题。她有些窘迫地摇了摇头："还没。"

"这样啊。"凌老师笑得有些高深，"我还以为你和陆以珩会在一起呢。"

仿佛重磅炸弹在头顶轰隆一下炸开，冬雪被雷到了："凌老师，您、您为什么……"

"呵呵，年轻人的事……你语文好，写作文有想法；陆以珩那孩子很优秀，都是我喜欢的。只不过那时候你们的任务是学习，再多想法也只能放心里不是？你们都是不会让家长老师操心的好孩子。"

冬雪并不知道凌老师说这番话是有原因的。那时候陆以珩是班长，冬雪是课代表，经常留在学校帮老师一起改练习。有时候她瞧着陆以珩早就没事做了，却在位置上磨蹭着，就知道他在等夏冬雪一起放学。

年少时谁没有过那些想法，他们的成绩没下降，凌老师也不去刻意点破。原以为毕业之后他们会走到一起，想来学生时代的暗愫还是太微弱了。

告别恩师回家的一路上，冬雪脑海中乱糟糟的。周俊呈的话、凌老师的笑，仿佛一下子推翻了她之前所有的理解。她暗恋陆以珩，两人之间称得上默契，但不敢自作多情地以为他对自己也有好感。但从他不告而别的那天起，所有幻想已经就地冬眠。

陆以珩的成绩很好，冬雪知道自己没可能和他进一所大学。每当想到毕业后再不能常常见到那个清爽阳光的男生，她的心里总像是少了一块，呼吸发紧。

可谁也没料到，他会走得那么彻底。

那个暑假，冬雪不知道自己是怎么过来的。同学们说着成绩谈着志愿提到他的名字，可伊人却再无半点音讯。

一直至今。

冬雪爬上床，将自己放松地摊开，两眼放空。

陆以珩的名字既熟悉又陌生，曾熟睡于她心底的某一块如今松动起来，汹涌的暗潮即将冲破而出。

"小雪，小雪？"老妈在隔着房门喊她的名字。

冬雪推门而出，看到她正将一个购物袋打上结。

"再过半个多月就要过年了，焰焰那孩子也不知道有没有人管……"打包完毕，她满意地拍了拍那被塞撑了的袋子，"这里面一点年货，你这两天有空给他带过去吧。"

自从上次说了韩焰的近况后，冬雪妈对老友的儿子更痛惜了。本该和自家女儿一样无忧无虑的孩子，现在却是一个人在外边风吹雨打的。

"你这么多好心，也不知别人领不领情。"冬雪想起韩焰冷冰冰的样子，嘟囔了一句。

"要不是不知道他住哪儿，还要劳烦你大小姐出马？"冬雪妈以为她嫌烦，唠叨开了，"我和玉梅去探过庆祥，可是他的工作涉及机密，不让探监，也不知道是个什么情况。从前大家的感情特别好，现在我们能做的也就是帮忙照顾他这个儿子了。"

冬雪将那袋东西往自己房里提，沉得很实在："知道了知道了，又没说不去。"那瓷白桀骜的少年脸孔淡淡浮现在脑海，就像此刻从窗户缝隙里吹进来的风，冰凉冰凉的。

午休时间，冬雪把年货给韩焰送过去。公司离文定中学很近，给他打了个电话，让他到校门口来。韩焰也没问什么事，直接应了。

隔着铁门，能望见吃饭时间的学校里闹哄哄的，学生三五成群地结伴走过。人来人往中，少年的脸孔白皙得很醒目，单薄瘦削的身形缓步而出，仿佛穿越了尘嚣般遗世而独立。

一瞬间，冬雪瞥见两个黑色身影从路的那头快速跑来。她心中一惊，慌忙拨打韩焰的手机，望着他边接电话边向前走。

"喂？"他已经见到冬雪在不远处，提着一个硕大的袋子，夸张地对他挥着手。

"韩焰，别出来，千万别出来！"话筒里传来她急促的声音，他一怔停在校门前，随即有人在身后用力将他推了出去。

趁着门卫转身的当口，韩焰被几个同学推出了校门外。他手里紧紧攥着父亲的手机，被四个男生前后左右地包夹着。

不远处，黑衣男人脸上泛着阴冷的笑容，看向少年那寒森森的目光，仿佛正在狩猎的鹰。

冬雪心中警铃大作，刚想拿起手机报警，少年已经挨了拳脚。

四打一，韩焰虽身手灵活，但毕竟不是练家子，很快便吃了亏。

"让你爸害人！祸害精！杀人犯！"为首的男生一拳打在韩焰的腹部。

少年苍白着脸，黑眸仍然平静坚定："我爸没有。"

"找打！"眼看男生一脚踢来，韩焰伸出手臂挡了一下，然后将他推开向前跑去。

冬雪看得提心吊胆。余光一瞥黑衣男人居然笑眯眯地站在一旁看戏，显然和那些男生不是一拨的。一个十七岁的男生，究竟做错了什么事，竟惹了这么多的仇家？

韩焰逃脱男生们的追赶，两个黑衣男人却行动起来。看样子，他们早就等着他走出校门自投罗网了。

"韩焰，快跑啊！"大冬天的，冬雪急得手心里全是汗，小绵羊眼看着就要落入大灰狼的魔爪。

韩焰的手机被男人打落在地。

韩焰动作一滞，俯下身去捡，背后结结实实地吃了一记。

这么多人欺负个少年算什么事？

"笨蛋，这时候还捡什么手机！"冬雪怒极，抡起那体积庞大的年货袋子就向他旁边的黑衣男人丢去。

感谢老妈不知在里面装了什么，袋子又沉又硬，杀伤力极大，男人被砸中了腰，一下子半跪在地上。

趁着这当口，冬雪甩开飞毛腿就向校门口跑。

"门卫，门卫，门口有人打劫学生！快报警！"她朝着校卫室里一声吼。

其中一个黑衣男人恼羞成怒地回过身来，将她重重地推倒在地："臭娘们！"

隔着薄拉绒裤袜，冬雪感到地上尖锐的石子割穿了皮肤，膝盖火辣辣地疼。

韩焰见状，忽然奋力一脚蹬开正缠着他的男人，飞扑到她的身边。

"不能报警！"他低低地说着，握住她的手将她拉了起来，"跟我走！"

"我妈给你的东西！"冬雪坚持地望着那个巨型武器。

"……"韩焰默默地看了那个包裹一眼，抓着冬雪冲过去扛起它就跑。

校卫追出来时，四个男生和黑衣男人已经散尽，校门口除了三三两两的围观路人，平静得仿佛什么都没有发生过。

韩焰一手牵着冬雪，一手扛着包裹，面上白得没有一点血色，额头渗出了一层冷汗。

冬雪的五指横卧于少年冰凉的手心。她一瘸一拐地跑跳着，一直到街道尽头拐过弯，才脱了力跌坐到地上。

"痛死了，我跑不动了。"黑色裤袜上早已渗出暗红色的液体，她喘息着，呼出一团团白色雾气。这辈子没这样狼狈过，刺激得跟拍电影似的。

韩焰垂下眼睛看她："对不起，连累你了。"

冬雪正想问他话，见他脸色不太好："你没事吧？刚那两下好像打得挺重的。"

韩焰沉默着摇摇头，随即转过身去蹲了下来："我背你。"

少年的肩膀看起来有些单薄，冬雪撇了撇嘴："不用了，你还是找家医院检查下吧。还有，记得报警。"

韩焰没答话，只是坚持地蹲在她身前："我背你，去上药。"

很淡、很静，却有一种不容置喙的肯定。鬼使神差地，冬雪伸出双手环过他的脖子，手臂上还挂着那袋光荣的货。

看起来高瘦的韩焰力气倒是不小，将她背起后轻轻掂了掂，便稳稳地走了起来。一路上两人都没说话，冬日午后的阳光融在风里，吹上脸时不那么刺骨。

"韩焰。"

"嗯。"

"那些男生是什么人？黑衣男人呢，为什么不能报警？"冬雪实在按捺不住好奇，低头问道。

她温热的呼吸拂在他的耳后，双臂紧紧地缠着他的脖子，好像怕他随时会把自己摔下来。

"我同学。"韩焰答得很轻，"那两个，应该是跟我爸工作有关的人。"

这时韩焰一拐身进了一栋不起眼的小楼，背着冬雪一步一步爬上楼梯。昏暗的楼道里，少年瓷白的皮肤因为热而有了一点点红晕，浓密的睫始终垂看着脚下，托着她的手上没有丝毫放松。

终于爬到五楼，韩焰才小心翼翼地放下她开了门。

那是一间相当简陋的平房。书桌、床、衣柜，除了一些生活必需品，甚至连电视机都没有。

冬雪惊道："这不是你原先的家吧？"

这话问得敏感，韩焰沉默片刻："这是另外租的。先前和爸妈住的地方……现在不能回去。"

冬雪满心疑问得不到回答，韩焰已经拿了药箱走过来："我帮你，上药。"

冬雪尴尬，今儿自己穿的可是连体裤袜："我……我自己来。"

"不怕疼吗？"他抬眼看他，问得坦坦荡荡，不像是说反话。

冬雪扯了扯嘴角，自己好像真下不去这个手："你等我一会儿。"

脱了裤袜，站在没有空调的房里她忍不住有些发抖。膝盖上的血痕狰狞可怖，好在伤口不是太深。

白嫩的小腿光溜溜地架在椅子上，韩焰蹲在她面前，熟练地处理起伤口来。

看起来，绝对不像是新手。

因为冷，小腿上忍不住起了一层鸡皮疙瘩。他取来被子包住她露在外头的另一条腿，目不斜视。

这小子，还挺细心的嘛。冬雪讪讪地想着，下一秒，清洗伤口的刺痛让她禁不住倒抽一口冷气。

少年傲气的挑眉微微扬起，他将动作放到最轻："忍一忍，很快就好。"

待到帮她包扎完毕，韩焰才躲到厕所去处理自己身上的伤口。他进去半天都没动静，冬雪在门口担心道：

"韩焰？没事吧？"

"嗯。"迟迟等到的回答，是一声类似呻吟的呜咽。

冬雪吓了一跳："你怎么了？"

半晌没听到任何答复，他不会在里边昏倒了吧？她把门拍得"啪啪"响，没想到门栓居然松开了。

"没事你应我一声？不然我可进来了啊……"

"我进来了哦！"她眯着眼推开门，生怕见到什么会长针眼的画面。

少年斜斜地坐着，裸着上身。那一瞬间，冬雪下意识地闭上了眼。

不是因为看到限制级画面，而是少年身上的斑斑伤痕如此可怖。

如肤色一般白皙的身体肌理分明，却纵横交错地布满青紫色伤痕。韩焰垂着脑袋靠在墙边，闭着眼睛。新伤旧患在身上火烧火燎，五内翻腾，抽空了他所有的气力。

冬雪感到自己的视线都在颤抖。如果这一幕落在老妈眼里，指不定眼泪就要哗哗落下了。如花的年纪，静美的少年，过的是怎样的生活？

"韩焰，起来，我送你去医院。"她绝然道。

"不，不去医院，不能去……"少年微微睁开眼睛看她，握住她伸出的手，不经意间竟十指交错，"爸爸说，耐心等，不要声张……"

少年翕动的唇吐露着他的坚持，相叠的手心里，他的冷仿佛从心里不停传递而来。她说不出话，呼吸变得沉重。

韩焰清澈的眸光里有了一丝疑惑，不明白眼前的女孩为何红了眼眶。在他的冰之世界里，谁也不是谁的依托。即便曾经是最亲密的血亲，也能在一夜间分崩离析。对于夏冬雪来说，他几乎相当于一个陌生人，不是吗？

他是冰，她就如火。一团汹涌的火此刻在冬雪心里熊熊燃烧着，几乎将冰山的边缘烤化。

"世界上竟真有像你这样憋屈的人……"她喃喃着，一把扶过少年棱骨分明的肩膀，伤口却又骤然刺痛起来，整个人晃了晃。

"小心……"韩焰低呼一声，揽住了她的腰。

两个伤患稳了稳身形，互相搀扶着走到厅里坐下。小小的一段路，却走了好几分钟，他们都选择了保持沉默。

待到韩焰上完药，已经是下午两点多了。

他看了时钟，犹疑道："你上班……"

"没办法，下午只能请假了。"冬雪的气力已然恢复了些，再看韩焰的脸色，也是好了许多。

"咕噜噜……"一曲空城打破沉默，少年低下头去。

冬雪跳着来到冰箱前，见到里面有鸡蛋和泡面："你没吃午饭吧？我把这个煮了。"

见韩焰用沉默表示同意，冬雪又一瘸一拐地来到厨房。锅子倒是洗得很干净，调味料也摆放得整整齐齐，难道这小子平日里还会下厨？年轻的高中男生也会自己做饭吗？

在沙发上休息了半小时，却不见冬雪出来的韩焰终于按捺不住走进厨房，却意外见到一个金鸡独立的背影。湖绿的裙摆之下，一条受伤的腿蜷缩着，她居然站得稳稳当当。这练武一般的搞笑背影，正在专心致志地为他煮一碗……泡面。

一道微光，无声无息地在韩焰心里弥漫开来。有多么久，没有人关心过他的生活，久到他已经记不清楚。正想着，那金光灿灿的身影回过头来，带着一脸的欲哭无泪——

"那啥……姐的学艺不精，卖相不行，你将就将就？"

望着那碗奋斗了半小时，却糊糊的面条，韩焰的沉默越发明显了。

那晚冬雪假装镇定地回到家，在妈妈面前若无其事，声称自己已经完成使命，没让她看出端倪。转身换睡衣碰到伤口，却又是一番疼得龇牙咧嘴。恍惚间，她想起一个少年露出的上半身，斑斑瘀痕当是难忍，却半声不吭……明明还是高中生，为何却有着和年纪不相称的隐忍和坚决？

回过神来她脸上发热，自己都在想些什么？这一天的经历实在刺激，第一次追逃、反抗、负伤，第一次为爸爸以外的男人下厨做饭，第一次对父母善意隐瞒。不知道为什么，韩焰的坚定让她相信，也许就像妈妈毫不犹豫地信任韩庆祥叔叔一样……

但是，韩叔叔究竟是不是犯了事？韩焰的妈妈又去了哪里？他的同学这样欺负他，老师都不知道吗？她心里的万般疑问始终没个答案，耳边似乎淡淡回响起那个清冷的声音，请她保守秘密……

在这样纷乱的思绪中，累极的冬雪很快进入了梦乡。

第二天回到公司，午休期间诡异负伤的冬雪虽然顺利补了假，却还是免不得挨了领导一顿批。说什么公司有公司的制度，无故缺席会影响工作进度，甚至还提了上班时间最好少看手机的要求。直到冬雪拿出早已完成的故事策划，领导才算悠悠地住了口，前后没过问她一句摔得要不要紧，也是醉人。

冬雪带着满身冷汗回到座位，公司这边总算顺利过关，念头一转又到了韩焰那里，不知道缺课半天的他如何应对？正想着，微信提示音响起。感觉到领导的视线正平移向己方，冬雪赶紧低头把手机调到静音，瞅着他离开座位了才敢打开瞧。

"各位同学，上次一聚十分欢乐，又想大家了！过年放假期间，大家有没有时间再聚一次啊，这次范围小点，就我们几个玩得好的！"

聚会是"老板"朱茂华发起的，很快张晓晔、莫枚枚那几个就积极响应起来，冬雪刚输入"of course"，就见陆以珩的名字先出现在了屏幕上：of course。

她心里一甜，还没点上发送的手指收了回来。想了想，很有嫌疑地删除了原来的句子，改成"一定到"，这才发出。

一扫刚才挨批的阴霾，冬雪的心情瞬间阳光灿烂。

可能因为又快见面，这天的同学微信群热闹非常，尤其是莫枚枚特别活跃，发了许多逗人的表情和段子，惹得大家哈哈大笑。她还私聊冬雪说："陆以珩也来哎，机会！你们后来都没单独见过面吧？"

冬雪一时尴尬不知如何回复，只好装傻道："我和你们也没单独约过呀，想你们呢！"心道莫枚枚倒是比同桌张晓晔还要八卦，没往细里想，这事也很快被她抛到一边去了。

下班回家，心情大好的冬雪向父母提及年后的同学聚会，没想到却触动了冬雪妈的回忆："当年，我和玉梅、庆祥他们的同学感情也是很好的，比你们现在还好，还纯真！只可惜……"

正在沙发上看报纸的冬雪爸抬眼瞅了瞅他们，忽然发声道："那就让焰焰那孩子到咱家来过年呗！"

冬雪妈一拍大腿："对呀！还老想着给他送年货，也不知道年轻的男孩会不会烧饭呢！"

应该会。冬雪在心里回答着，只见老妈那股热情劲儿又起来了："你给焰焰打个电话，你们年轻人沟通方便。"

冬雪妈的一句话把"你不是也有号码吗怎么自己不打"堵回了冬雪肚子里。也好，顺便问问最近他在学校有没有被人欺负。没想到迎接她的却是拨打的用户已关机，这家伙，离开手机也能习惯？还是他本来就有另一个手机？

"韩焰，我父母邀请你到我家吃年夜饭。"冬雪一字一句输入短信，想了想，又添了一句，"我家人多，热闹点。"

过了两天，这条短信石沉大海，完全没有回音。这倒符合那少年的作风，冬雪觉得仿佛正在意料之中。

冬雪以为少年简单，只是性格乖僻一些。却不想少年的世界，也同样掺杂着是非和暗黑的一面。

"揍他！江文一，揍他！往死里揍啊！"

"还手啊，韩焰……"

"去找老师，有人打架斗殴！"

男生的起哄和女生的尖叫，伴随着桌椅被撞到的声音，文定中学高三六班的教室里正一片混乱。四五个男生围攻一个高瘦白皙的少年，那少年却并无反击的意思，只躬身勉力保护自己，忍受着对方的拳脚相加。

怎料他越不还手，另一边还越是变本加厉："韩焰，你小子倒是说话啊！"

为首的那个叫江文一的男生，此时双拳紧握两眼发红："嚣张是不是？他妹的装什么酷？"

"江文一，你别闹了！"一边的女生们站出来阻止，还有人想走近韩焰身边关心他，不料立刻被几个男生喝住了。

"这是我们男人的事，你们女人别掺和！"

看得出，俊美少年在班上人气不错，那些帮衬着江文一的男生用心可疑，唯恐天下不乱。

"别以为你不说话，别人就不会知道！你爸是个杀人犯，祸害精！你是他儿子，杀人犯的儿子也不是、不是好东西！"江文一越发气急败坏。

"他不是。"少年缓缓站直，冷声反驳，又挨了一记不知哪儿来的手肘攻击。

"他害死了我爸，我妈现在还躺在医院。"江文一恨恨道，"我家就这么被你家毁了，我不会让你好过。听说你妈跟野男人跑了，呵，真是太好……"

"不是，你说的都是错的。"被欺压的绵羊忽然坚定反抗。

几个男生见状，立马围上去拳头招呼。女生们甚至捂住了自己的双眼！却听"砰咚"一声，韩焰不知哪儿来的力气，竟掀翻了那四个人，最后一个过肩摔，把江文一撂倒在地，压着他的脖子一字一句道："你爸刚过世，我忍你。但你说的不是事实，而且，你够了。"

些微凌乱的发丝垂落在少年的眉间，夕阳描绘着他清冷的轮廓。瘦，不知不觉中他竟瘦了许多，侧影单薄得让多少人暗自怜惜。

少年浑然不知这些，利落地撒开手，向前走了两步，却晃了晃撞在讲台边上。人群中一个娇小的女生再也按捺不住，冲出去扶住了他。

"韩焰，我……送你去医务室吧。"

"齐小茉……"有女生想阻止她，怕得罪了那几个男生日子不好过，只见那黑发齐肩的清秀女生涨红着脸，却神情坚决，劝说的话便再也说不出口。

"不用了。"少年微微一动，松开她的搀扶。手肘处有撕裂的疼痛，伴着微微的温热，流血了。

疼，自然是疼的。全身上下哪里都疼，寸寸皮肉，五脏六腑，仿佛都在痛中煎熬。可比身体更疼的是心，突如其来的家变、亲戚的冷言，甚至无法替父母洗清那一盆盆迎面泼来的污水。

少年站在那里，勉力挺直身躯。没有人再置噱什么，所有人扶正桌椅，然后人群散去。

唯独那个孤傲寒凉的背影，深深烙在了齐小茉心里。

韩焰，这才是真正的韩焰。

"焰焰那孩子啊，小时候很乖，笑起来甜蜜蜜的，像个女娃儿。"冬雪妈如是评价韩焰时，冬雪不禁在心里联想起那冰块少年笑起来的样子，却怎么也想不出来，这才发现他竟一次都没有笑过。"说起来让你跑两次腿你还不太乐意，小时候你可把人欺负惨了。"

"我没不乐意，"冬雪嘟囔着，"而且，怎么可能，我小时候也很乖。"

"你活蹦乱跳跟个小猴子似的，"冬雪妈边泡茶边瞅她一眼。

在一旁看电视的冬雪爸竟也咧嘴偷笑起来，说道："你给人家戴红花，画眼睫毛，吓得人家半天没吭声儿。"

夏冬雪当时只得几岁，当然是完全不记得，自己当真欺负过那小子？

"可不是，"冬雪妈接道，"庆祥和温文到我家来，抱着才周岁的焰焰。你瞧着人家粉雕玉琢的，就当成了自个儿的洋娃娃……等我们发现的时候，那孩子已经被你画成了小花脸，哈哈哈……头上还戴了朵大红花！"

"我要真这么对他，他还不哭？"冬雪拼命抵赖。

"那孩子内向得很。大人们说话，他只静静地看着。两个大黑眼珠子骨碌骨碌的，可有灵气了，不乱哭。被你乱画一气，他大概是吓着了，好久没出声儿。"冬雪妈又看她一眼，像是嫌弃，"对了，他电话打不通，你把他地址给我，明天周六我去找他，看看这孩子现在咋样了。"

夏冬雪一个激灵，要是老妈去到那小子的学校或者住处，他要保密的事就全穿了。

"不劳烦您老，"她忙笑道，"我明天亲自去请，你不是说年轻人好说话嘛。"

一顿搪塞过去，第二天夏冬雪穿上粉色羽绒服、牛仔裤和雪地靴，齐耳短发上戴着个白色毛绒耳罩，萌萌哒抓人去了。

臭小子，敢不接姐电话，再次把你画成花脸信不信。她蹦跶着增加体温，从昨夜开始下的雪，已经在地上积起了薄薄一层，一踩一个脚印。抬头看阴沉的天空，飘扬的雪花竟越来越大，越来越密。

"雪，一片一片一片一片，拼出你我的缘分。我的爱因你而生，你的手摸出我的心疼。雪，一片一片一片，在天空静静缤纷……"

哼着小曲儿，快走到韩焰住处的时候，夏冬雪望见不远处似乎有一尊奇怪的雕塑。

沉默，肃直。无数雪花覆落在上面，默默消融，再被新的所覆盖，周而复始。

仔细一看，那"雕塑"竟是个少年。他浑身上下已然一片洁白，睫上覆着轻霜。他的视线似乎凝望着路的尽头，又好像哪里都没看，只入定一般静默伫立。若不是他的鼻息带起微微的白雾，几乎很难注意到他的存在。

"韩焰！"他究竟在这儿站了多久？

少年缓缓转过头来。他的双眸一片漆黑，却仿佛是永夜，没有光明。清逸的脸庞瘦削、苍白，向着她轻轻点了点。

那一瞬间，夏冬雪发誓，画花他揍扁他嘲笑他，诸如此类的想法全部云消雾散，面对他沉静的目光，她只能问出一句："你……在等人？"

明知故问，却总也比沉默好。她在心里默念道，也许他会笑她，也许不会回答自己，甚至会憎恶上这个在他伤口撒盐的人。

少年果然沉默了。

冬雪有些内疚，也静了片刻，又鼓起勇气问道："你相信，你父母都会平安归来，对吗？"

那厢少年终于点了点头。

冬雪再接再厉："其实，你可以稍微依靠一下别人的。你身边一定还有关心你的人吧。"

少年摇了摇头，不知道是在说没有，还是不认同。自从家里出事，他独自搬出居住，面对着从未想过的各种际遇，一直都是靠着自己。

此时此刻，他必是心中极苦。冬雪走到他的身边站定，与他望着相同的方向："妈妈说过，庆祥叔叔是个好人，绝不会做那种事。想必其中有什么误会，好人一定会平安。"

大雪的街头人烟鲜见，有时风卷着雪刮过，视线也跟着一片朦胧。但冥冥中，冬雪感觉少年看了她一眼，转瞬即逝。

片刻，韩焰转身离去，空中飘来一句淡淡的"走吧"。

也许他是顾忌到我。冬雪悄悄想着，却没发现自己今天不自觉地对他如此小心翼翼。

韩焰的住处和上次见到的一样，简陋却也整洁。课桌上垒着厚厚的教科书，作为一个高三学生，他同样即将面对升学的压力。

他家都这样了，他还能读得进书吗？冬雪正想着，韩焰已经端了一杯热水出来，玻璃杯上还讲究地围了一圈硬卡纸，估计是这里没有杯套。

他并不问她的来意，就好像他对身边的其他事都已不在意。认识他这些天来，眼瞧着少年愈来愈沉默，冬雪忽然觉得自己应该多给他一点关心。也许，她是唯一一个知道他的事，又还在关注他的人。

"你为什么不回我的消息？"她接收到的是韩焰一个迷茫的眼神，纯纯的有几分天然呆的意思，"手机，你的手机打不通。"

少年眨了眨眼，懂了。他转身从书包里拿出父亲的手机，看起来从未离身。

"有人总给我发消息，后来我就关了。"他钝钝说道。

"嫌我给你发消息烦？"冬雪柳眉一竖。

后者忙摇头："不是。"说话的当口，手机已经开机了，一条条未读消息在屏幕上跳动起来。

韩焰连忙把手机往冬雪面前一放，示意她看。

"你很怕我？"看着他一连串的举动，冬雪觉得好气又好笑。这小子就好像是被老婆抓了痛脚的人，赶紧拿出证据证明自己清白似的。

"不是你说的那样，所以……"少年迎向她的目光像一池清潭，透彻得那般坦然。

冬雪看了看那些消息，大多是一个署名叫"齐小茉"的女生发来的。"有人给你做饭吗？""今天的考试很难，你肯定都会吧？"……都是诸如此类的问话，当然都没得到回复。显然，这是他的同班同学，这小子是在向自己炫耀吗？不知道是谁，喜欢上这样一座既呆又傲的大冰山，也真是够受的。

偶尔也有几条，来自其他女同学，也大多是一切关切的问话，看不出这小子还挺有人气。这其中，有一条消息吸引了冬雪的注意："江文一他们如果再欺负你，你就还手吧！虽然老师不愿意管，可看你总忍着他们，我们大家都替你不平。"

"你同学明明欺负你，为什么老师不管？文定中学不是市重点吗，怎么会这么差？难道他是校长的儿子？"冬雪连珠炮似的问了好几个问题，忽然觉得自己说快了，不好意思地朝韩焰笑了笑。

"江文一，他是我爸同事的儿子。"少年的声音清冷、低沉，缓缓地将整件事中，他所知道的那部分和盘托出。

原来韩焰的父亲韩庆祥和江文一的父亲江怀仁是一个研究组的同事。韩庆祥一直从事着某化学产品的研究工作，这个产品虽为商用，但如若被有心人利用了去，可能会造成严重后果，所以国家对其有严格的管控，属于机密型研究。这方面对家人自然也是保密的，韩焰并不清楚。值得一提的是，温文也是该组的成员，从事的是资源支持方面的工作。

这个项目组的人一直兢兢业业，这项研究除了能为公司谋得利润，也在科研的领域占有一席之地。搞研究的人一向狂热，他们都希望自己的心血还能更有所为，甚至有一天为国家所重视，能为祖国的发展做出一份贡献。

然而几个月前，项目试验室发生了一场可怕的爆炸，江怀仁不幸在事故中遇难。然后韩庆祥被控制调查，温文失踪。由于涉及机密，到现在为止还没有具体的调查结果出来，本来这事是该闹出大动静的，但韩庆祥却在被带走前匆匆交代儿子道，不要声张，要等待……

这句话几乎成了后来几个月里，韩焰忍耐一切生活下来的动力。

"所以，你既不求助他人，也不报警，就为了你爸的一句话？"

少年毫不犹疑地点头："我相信，我的父母。"

"那事故可能是意外，你同学，那个姓江的为什么要赖你爸头上？还有那些黑衣人又是什么来头？"夏冬雪听了他的解答后不但没解渴，反而疑问更多了。

"可能是，其他公司，想知道这件事的人。"少年认真地思考着，手指不自觉地支在下颚处，"他们找不到我妈妈，自然，找到了我。"

"那我和你在一起，岂不是很危险？"冬雪忽然后怕起来。

韩焰把水杯往她面前推了推："自从上次你大喊引来警卫后，他们就没再出现过，应该是放弃了。况且，我也并不知道什么内情。"

这小子表面不动声色，心里肯定在鄙视着我。冬雪内心恶毒地想着，拿起凉到正合宜温度的水杯，咕嘟咕嘟喝了个干净。

Chapter3
那些年你们的纯真

偌大世界的每个角落，每个时分都有人陶醉在爱中，
也必有人受其困苦，像能量守恒一般公平。

Winter's Heart

这一次的交谈很顺利，但最终韩焰还是谢绝了去夏家吃年夜饭。知道他脾气古怪的冬雪也不勉强，以"你不答应过年期间来我家一次，恐怕我妈妈会亲自登门造访"为理由，换来了自己这一趟不白跑。

地铁停站的时候，走上来一个高瘦的男学生，站在冬雪旁边。这个男生倒是和韩焰差不多身高体型，冬雪这样想着，就微微侧脸抬头望去，恰好见到他满脸的青春痘，吓得赶紧低下脑袋。

和同年龄男生相比，韩焰的皮肤真是好得过分。不，就是和她相比也不逊色的白皙。他的眼睛也比这个男生漂亮得多，他……待回过神来，冬雪发现自己竟私底下将他的长相夸了个遍！这不合理，他的颜值是不错，但未免太过苍白瘦削。要说长相，他能和陆以珩比吗？

强行解释下，夏冬雪认为即便韩焰和陆以珩都是校草级别的人物，从各方面来说还是陆以珩略胜一筹。陆以珩阳光、聪明、平易近人，还打得一手好篮球，算是全才型人物。他受欢迎基本上是可以预见的……

难道现在的小女生更喜欢酷酷的冰山美男？

身边的男生下车后，又来了一位身材窈窕的美女，感觉到对方的视线停留在自己身上，冬雪向她看去，两人却同时一愣，又盯着对方一番细瞧。

前凸后翘的火辣身材，浓淡合宜的职业妆容，这个典型的大美女忽然指着她道："夏……冬雪！"

被指的那个清汤挂面的娃娃脸女孩微微眯眼，后脱口而出："尤物，不对，尤佳！"

美女尤佳是冬雪的高中同学，不同班，但大名如雷贯耳。不为别的，只为当年她明恋陆以珩到年级皆知，那叫一个轰轰烈烈。所谓情敌相见分外眼红，哦，这话用在此处似乎不太合适。

"听说陆以珩回来了？"尤佳一开口就惊得冬雪眼皮跳，这妞儿莫非想卷土重来？想当年尤佳身为校花，不知有多少苍蝇蜜蜂天天围绕，却只为陆以珩衷情。明的暗的，也不知表白了多少次，可最后还是没能在一起。对于这个人，冬雪倒是认可，敢爱敢恨的人通常都不坏。

见她没回话美女一笑，姿容明艳照人："放心吧，我早就放弃了，人怎么能为了一棵树放弃整片森林呢。"

冬雪愣道："我放什么心？"

"陆以珩的事我还有不知道的？"尤佳递给她一个得意的眼神，"同学一场，我告诉你个秘密。他心里一直有个人，但这个人可能还不知道。还有，他并没有正式拒绝过我。他只是，一次也没答应过。"

尤佳到站了，冲她摆摆手，笑容无懈可击。

冬雪觉得自己的眼皮不跳了，可心口却突突跳个不停。

"水星逆行期间，容易在情绪上出现持续性低落，记忆力紊乱，睡眠质量下降，做梦频繁(尤其容易梦到过去的人事物)，所以水逆期间，建议不要做重要的决策……"星座运程这东西，冬雪本来是当做茶余饭后消遣的，但最近种种迹象表明，学生时代的人和事忽然潮水般涌来包围着她。想起初入高中时军训的辛苦，和同桌的张晓晔成为好朋友，再到后来对陆以珩的倾慕，高考后他出国留学的失落……

过往种种，鲜活如初。只是那份雪藏已久的情感，它曾经燃烧过，却在还未绽放的时候砰地熄灭。现在的陆以珩，只是她电话簿里的一个名字，他们也会在朋友圈互动，却始终像隔着一层纱，不曾揭开。

那时候有阵子很流行用E-mail，尤其到了逢年过节的时候，电子贺卡更是蜂拥而至。只可惜这情景昙花一现，现在朋友间用邮件交流几乎是没有的事情了。

冬雪趴在床上，在笔记本电脑上输入了一串网址。

这个门户网站曾红极一时，它的邮箱几乎人手一个。自从大家走入大学，走上社会，网站渐渐没落，那些邮箱也不再有人使用。翻看着同学们曾经用稚气但真挚的语言写来的电子卡片，冬雪沉浸在满满的回忆中，时而傻笑，时而感慨。

那三年的时光就像历史邮件的轨迹，跟随鼠标慢慢滚动着。到毕业后它渐渐缺少主人的打理，像一个杂草丛生的花圃，塞满了各种广告和垃圾邮件。忽然，一封邮件的标题骤然吸引了她的注意：

你好吗？原谅我不告而别。

发件人署名luyiheng。

心不受控制地狂跳起来，她小心翼翼地点开邮件，却见那是一封陆以珩去往英国留学后给她写的信！在信上，他抱歉自己的留学离开，说这是出于情非得已，并大致描述了他在英国的生活。初来乍到的他并不是很适应那里的大学生活，在某个夜晚，他将这一些未曾说出口的话通过网络，鸿雁传书。

原来他不是人间蒸发，他有给我发过邮件！冬雪心中狂喜，一瞬间竟有些鼻头发酸。她忽然想起周俊呈在母校，曾神色古怪地问她是否看过邮件的事。原来出处在此哪！

她匆匆滚动鼠标，在一堆垃圾邮件里，又挖出一封来自陆以珩的信，时间是一年前。

Hi，冬雪，你好吗？我猜想你并没有看到我三年前给你寄的信，包括这一封——你也未必能够看见。我承认我存了私心，我既想将这些话都告诉你，又怕这样一来，会让你和我一样承受更多思念的困苦。毕竟我在远隔重洋的国度，我不知道会在什么时候归来，抑或是，不再归来。

冬雪，已经快四年了。想起你的眼睛和笑容，好像仍近在眼前。每当下雪的时候，这种想念格外明显，而这里的雪，总是多到泛滥成灾。

记得小的时候，我很怕冷，最害怕的就是冬天。而现在，四季之中我最爱的却是冬季，因为冬季会下雪——因为冬季，我可以放纵自己想你。

冬雪，我喜欢你。很抱歉这句话迟到了好多年。

我会一直在这里，等到你看见我。

在这里遥寄我的祝福。

你的陆以珩。

看完最后一行的时候，一滴温软酸涩的液体轻轻打在了键盘上。紧接着，第二滴……那一瞬间，几年的情愫几年的纠结几年的想念，那被悸动和失落搅浑的心情，好像忽然有了落脚点，在一瞬间倾泻出来。

你的陆以珩！你的陆以珩！你的陆以珩！

最后的落款让她几乎挪不开眼。

那令全校女生疯狂的王子，我的陆以珩。

那令我倾注了所有少女情怀的，我的陆以珩！

这一夜，冬雪以为自己可能会失眠，会激动兴奋无法入睡，或者抱着枕头来回翻滚，在脑海中不断播放着和陆以珩的相识相知，陆以珩的信。

然而她却睡了一个好觉，只是在梦里下了一场很大很大的雪。整个世界白茫一片，没能看出究竟那是中国还是英国。

一直到后来的几天，想起这件事时，她仍有一种踩在云端的轻飘感，头重脚轻晕晕乎乎，也没想得太明白。

最不明白的是为什么自己点了回复，却没有回复陆以珩只字片语。

究竟是哪里不对，少了些什么呢？

爱情之所以迷人，是因为它找不到理由，也说不清来龙去脉。有的人放逐自己一生去追逐，更多的人只缘生在此山中。偌大世界的每个角落，每个时分都有人陶醉其中，也必有人受其困苦，能量守恒一般公平。

文定中学高三六班，坐在第一排的女生正对着自己的课桌发呆。她的眼眶湿润，却拼命咬住嘴唇不让自己哭出来。

齐小茉怎么也没想到，自己放在课桌里的教材全都不见了，取而代之的是一大沓yellow漫画！

上课时大家都拿出课本，她却什么也拿不出来！

"小茉，你的课本，找到了……"午休时间，女同学支支吾吾地带她去了走廊尽头的垃圾桶，往里一指。

"怎么这样……"

"是他们吧，小茉，你帮韩焰，所以他们……"女同学们议论着，齐小茉抿唇不语。

望着上面堆满了各种恶心垃圾的书本，她的内心有些摇摇欲坠：错了吗？因为遵从内心的呼唤，她为韩焰挺身而出，却换来针对。她做错了吗？

不，她觉得自己能做的不多。对于她尚且如此，韩焰承受的比她又岂止几倍？

仿佛下了某种决心，她咬了咬牙，狠心伸出了手——

一只白皙修长的手从她身后越了过去。她惊讶回头，轻轻撞在那人的肩膀上。淡淡的洗衣液清香扑上鼻尖，视线之上，清冷的俊颜一丝不苟，将垃圾桶里的书一本一本捞了上来。

"韩焰，是韩焰！"周围的女同学窃窃私语起来。

韩焰一向清冷低调，她们只能远望着他，何曾见他为别人做过这样的事情？

齐小茉的脸一下子爆红，匆忙从口袋里掏出一包纸巾递给他："脏……你擦擦吧。"

韩焰接过，直接把课本擦干净了递给她。

耳边隐约传来各种嘻嘘声，齐小茉感觉整个人都沸腾了，嘴唇动了动想说点什么，却听他冷冷说道："以后，别再做这种事了。"

说罢他转身离开。

女生捧着一沓课本怔住了，仿佛一大盆冰水就这么兜头兜脸地浇下来，整个人整颗心全部凉透，忍耐了半天的眼泪终于决堤而出。

"这次的期末考试，我们会作为第一次模拟高考，看看你们的情况如何。"放学前，班主任不厌其烦地叮嘱，意有所指，"离高考只有几个月时间了，大家要把心思集中在学习上面。没有考上好大学，就没有前途，这是影响你们一辈子的大事，任何外因都不应该干扰，我不希望你们以后再后悔！"

有些人当耳边风，有些人听明白了。班级里事情的老师不是不知道，但目前真相不明，苦主又选择不吭声，学校也宁可睁一只眼闭一只眼。不过如果影响增大，班主任肯定要站出来，毕竟升学率才是学校的第一考量。

回家后韩焰收到夏冬雪的短信：小子，我上次背来的土鸡蛋和干香菇你吃了吗？不要放到变坏啊！要是不知道怎么烧可以问姐。哦，记得回消息，否则下次可能就是我妈登门造访了哟！

约莫是想起了她的厨艺，韩焰沉思片刻，简单回复：收到，知道。

他轻叹一声，默默打开冰箱取出她送来的各种食材，准备做饭。世界上大概只有这个人，知道怎么捏他的软肋，想无视都不行。

冬雪作为游戏公司的一个内容编辑，新人小菜鸟，过着看领导脸色，努力与男同事们打成一片的日子。

"最近网络整风，专题上的美女图片千万别用太暴露的哇，酥胸半露最多2CM，拜托拜托。"瞧，她已经可以面不改色心不跳地说这些，还能和大堆屌丝一起点评哪个女主播腿长，某老师又来中国了，等等。

"小夏，你篇新闻稿的标题还要再改改。要玩家一看就想点进去看，看了就想转发传播的那种。"

冬雪点头，一头埋入那堆大冬天依然清凉的美女图中寻找灵感去了。他们组的MM游戏还没上线，她现在兼顾着一个男性动作游戏的新闻稿和故事策划，热血、美女、土豪，是她每天都在接触的热点话题。再过几天就是除夕了，很多公司已经提早开始放假的时候，冬雪她们却恰是最忙的。寒假是游戏市场的旺季，她忙到焦头烂额发型凌乱，打开门却发现家里端端正正地坐着一个美少年，惊道："你怎么会在这里？"

少年还来不及说话，冬雪妈端着菜从厨房走出："怎么说话呢？焰焰是我叫来的，今儿做了几个拿手菜，你爸回来又带了点吃的，我就想着叫他一块来吃饭。"

冬雪往桌上看了一眼，笑道："你什么菜都拿手。"

少年似乎轻轻咳了一下。

吃饭时冬雪妈一个劲往韩焰碗里夹菜，说他太瘦了该多补补。

冬雪吃味道："妈你现在尽管别人都不管我了。"

不料自家老妈语出惊人："这个冬天……你胖了吧？"

一旁的韩焰又轻咳一声。

冬雪眄他一眼："感冒了？"

冬雪爸很合时宜地加入战局："是太瘦了，学习又忙，体质就下降。以后常来家里吃饭，看我们家小雪，又结实又健康。"

这回饭桌另一头的人倒是不咳了，但用手捂着嘴，隐隐带了点刻意压住的笑意。

这是韩焰第一次在冬雪家里吃饭。他说得不多，却被逼吃下了一大碗饭。冬雪家的温馨让他既陌生又熟悉，可这家人之间的互动有趣得很，把那还来不及生出的伤感也给压了下去。

"我妈一叫你就过来，我叫你不动，你小子是挑人摆架子呢？"饭后冬雪奉命送韩焰到车站，可能是游戏公司待久了，冬雪现在讲话的口吻越来越有女汉子风范，自己还觉得情怀豪迈，并无不妥。

"阿姨说，有我爸年轻时的故事讲给我听。"少年闷声道。

原来不是自己影响力不如老妈，只是诱饵下得不足。事实上姜还是老的辣，一顿饭的时间短促，并没有多少时间用来讲故事。冬雪想着，又道："你看我家人对你多好，什么好吃好喝的，都往你碗里塞。你到我家来吃饭，我几乎都快吃不饱。"

"那是因为你，嗯，结实。"少年回忆着冬雪爸的用词，重复了一次，然后赶紧闭嘴。

"我这么苗条的身材，哪里结实了？"冬雪略恼，"只是因为冬天穿得多！"

韩焰识趣地点头，不敢再吭声。

冬天的夜里，冬雪看着他单薄的侧影，觉得他也真是瘦了点，决定不与他计较："既然你除夕不来，那后面几日来吧。"

少年没有反对。

随后，夏冬雪定下了新年前的最后一个计划：锻炼修身。至于新的一年翻开后这条计划还算不算数，就到来年再说吧。

小时候总梦想着快些长大，觉得读书的日子很漫长，考试的尽头更是遥遥无期。期待长大以后，我们能衣着光鲜，尽情做喜欢的事情，找一个志同道合的恋人，过着成年人那潇洒的生活。

那么，小时候的那些美好理想，今时今日的你都实现了吗？

从大学启动"由你玩四年"模式开始，大多数人方才体会到光阴如梭的道理。一上社会那更是不得了，日复一日年复一年，在电脑手机平板的屏幕上我们与自己的亲朋好友相见，在繁忙的夹缝里我们偶尔会感叹一声："时间过得太快，又老一岁了！"

爆竹声中一岁除，中国的新年就喜欢这样热闹地掀开篇章。年轻人中已经很少人坚持看央视春晚，但冬雪算是个例外。有的时候，在传统的东西里，才能体味到小时候对过年的那份向往和喜悦来，在年味越来越淡的今天，不管春晚如何商业化，如何褒贬不一，有些骨子里的东西，冬雪以为不会随着时代的变迁而改变。

尽管如此，疯狂的信息传播，还是在此时劈头盖脸地涌向每个人。微信群里充斥着各种拜年信息，比之更受欢迎的是拆红包，连春晚上都玩起了红包互动。莫枚枚在同学群里发了个群红包：

"咱们来玩红包接力吧！抢到最多钱最幸运的那个人，要发下一个红包哦！"

看到这句话的时候，冬雪发现自己就是她说的幸运儿，便大大方方地又发了一个红包出去，立刻遭到哄抢。

"张晓晔，最多！陆以珩，最少，居然只有一毛钱！"

朱茂华发的话让冬雪嘴角扬起，没想到陆以珩也会来抢红包，大大打破了自己的以为。

红包接力这个东西让大家孜孜不倦地传了近两个小时，算起来其实每个人的出账和入账都差不多，这个时候始作俑者莫枚枚忽然说了句：

"你们发现没，有个人运气好差，每一次几乎都是他最少！"

是陆以珩。

冬雪自然关注着他的举动，说起来也是好笑，他每次抢得都是一块几毛的，几乎次次垫底，运气真是差得可以。

陆以珩却回道："你们抢得多的，都要再拿出来分给大家。我每次都最少，但是发红包也没我份，我岂不是净赚了？虽然只得几块钱。"

大家发出各种笑脸表情，新年的欢乐便是与家人和朋友的分享。妈妈叫冬雪吃饭后水果，望着窗外偶尔闪过的烟火光芒，她的心里想起了那个冰冷孤独的少年。

不知道他一个人在家里干吗？她默默嘟囔着，心里的喜悦却淡了下来，有点独自偷欢的残忍感。

万家灯火，温暖全城，却没有一盏属于他。韩焰坐在家中，老旧的电视机里播放着春晚，没有开声音。楼上楼下的喧闹隐约可闻，他拿出一本寒假作业，摊开，这不过是一个寻常的夜晚。

"咚咚！咚咚！"

沉闷的敲门声传来，韩焰一个激灵，有谁会在这个时候来访，难道那些人竟找到了这里？

他小心翼翼的把门开了条缝，竟看到一只毛茸茸的爪子！哦不，定睛一看，那是只卡通猫爪手套，戴着它的人锵锵一下蹦跶出来——

"Surprise!"

不是duang一声，但还是自带特效登场的冬雪挥了挥爪子："愣什么呢？还不快给姐开门？"

少年揉了揉挺直的鼻子，把这位不速之客放了进来。不出他的意料，一分钟内房间里就充满了女人各种聒噪的批评：

"今天是除夕你怎么过得这么寒酸，连像样的年菜都没有。"

"你也在看春晚啊？怎么不开声音？"

"大年夜的还在写寒假作业，你是有多拼啊？"

……

但是他并不觉得烦。在这样寒冷，冷得皮肤都痛的夜晚。在万家灯火都摇曳着欢乐，却不容他奢想半分的时刻。有人还关心着他，愿意用琐碎来冲淡他的孤寂，他忽然觉得安心。

她是故意的，因为他这里太冷清。韩焰几乎瞬间就肯定了这个想法，看着她冻得有些发红的可爱脸庞，可能是一路跑来的吧！

冬雪瞪着黑亮的大眼："瞧什么瞧，还不快给姐斟个茶拿个零食什么的？"

想起连杯套都没有的简易厨房，韩焰扁了扁嘴："这里实在是……如果，是在我家就好了。"

冬雪微微偏头，眨了眨眼睛，毛茸茸的耳套仿佛会随着她的动作跃动起来似的："韩焰，你说大过年的，坏人也应该休息了是不？"

少年眸中的星光亮了起来。

"你是说……"

"嗯，你怕不怕？"

"你都不怕，我怎么会怕？"

暗号一对，拎起外套就出门。今夜无雪，只有微微的冷风，夹杂着一星半点的烟火味道。像一次即兴的冒险，两人七拐八拐地走了不少路，悄悄地潜入韩焰的家，原先的那个家。

一进门韩焰熟练地往墙壁上一摸，听到开关响的声音，房里却依然一片漆黑。

"几个月没交电费了？"冬雪皱眉，不过她身边的人看不见。

"忘了。"少年清冷的声音里带了遗憾，更带着些复杂的东西。

倏地，他的眼前有了一道小小的光明，却见冬雪得意地扬了扬手机："停电必备。"

手机的手电筒照亮屋中一隅，依稀可见客厅的摆设，墙上的挂画等等，冬雪觉得有几分森冷，脚下被椅腿绊住，她一个趔趄扑到身前的少年背上。

"小心。"韩焰速度回身扶住了她，她的脑袋靠在他的颈间，耳后传来一股温热的气息。韩焰只觉满手的毛茸茸感觉，像抱着一只可爱的大兔子。她似乎很喜欢这样的东西，那个毛毛耳罩、猫爪手套什么的，都是柔软而温暖的。

"谢谢。"她的脸有点热，刚才整个把人家抱住了。虽然是个弟弟，但也是一只异性生物，况且……手感好像还不错？

韩焰走了几步，拿起桌上的一个相框。在微弱的光线下，能看到一家三口温馨和睦地笑着。他修长的手指轻轻抚过那对夫妇，而后匆匆将它收进口袋。

"也许很快，这里就会再热闹起来。"冬雪见他沉默，不由得开口安慰。

少年没有出声，或许是在怀念什么。就在这黑漆漆又沉默的时分，房门口居然响起了一阵窸窸窣窣的诡异声响！

冬雪心中警铃大作，连忙关掉了手电筒，不知道窗外的楼下是不是已经看到屋内光亮？难道那些人一直潜伏在附近，就等着他来自投罗网？又不是拍电视剧！

"韩焰，那个，"冬雪悄悄吞了下口水，"我有点紧张。"

我只是有点紧张，不是害怕。要是真的有什么情况，自己应该保护他的，毕竟，毕竟她才是当姐姐的人。冬雪胡乱脑补着，一只微温的大手已经握住了她的手，牢牢地攥着。

"别怕，我在。"少年低低地说道。黑暗中，冬雪看不到他的表情，却能感觉到他的冷静与从容，竟也渐渐安下心来。

原来他的手，竟不似他的人这般冰凉，是有温度的。冬雪心道，少年牵着她走到门口，透过猫眼往外瞧了瞧，随即松了口气。

"是我的，同学。"

冬雪觉得有些微妙，也凑过去瞧了一眼。呵，两个小女生按了几次门铃，不见人回应，正说着在楼下明明见到有光，怎么家里没人？

家里没电，门铃自然也就不会响。但既然正好被人看到，如不响应可能会引来不必要的猜疑。韩焰轻轻松开手，冬雪识趣地往边上一躲，走廊上的路灯光拂到门口，却看不到屋内。

开了门，清俊少年的脸上并不见意外："找我？"

齐小茉和好友等了半天，本以为没人在家刚要走，却不想韩焰本人开了门！她脸色有些红："那个，韩焰，班主任通知了17号要返校一次，到了一批重要的模拟考卷。所有人都通知到了，但是你，你的手机一直打不通……我们刚好路过，就来看看你有没有事。"

哟呵，大过年的，也能从你的全世界路过啊……躲在暗处的冬雪像个偷窥者，奸笑着看冰山少年如何应对清纯小雏菊，心里不由得邪恶了一把。

"嗯，"许是感激女生特地前来报信，韩焰表现得没有之前冷漠，"我经常不开手机，谢谢你们特地前来，齐小茉、白棠。"

女生喜上眉梢，他叫了自己的名字！虽然奇怪他家居然连灯都不开，沉浸在喜悦中的齐小茉却没多想，从背后拎着一个小袋子："不用客气，那个，这是我做的一些过年小食，希望你喜欢！"用力把袋子往他怀里一塞，也不容他拒绝或询问，女生拉着朋友逃也似的走了。自从上次得了韩焰的冷言冷语之后，齐小茉再三思忖鼓足勇气，那不灭的心意如今又熊熊燃烧起来。

冬雪在后面看得分明，这娇小的女生喜欢韩焰，而且喜欢惨了。这是得多有勇气，才能在这样的日子登门造访暗恋的男生？

"她们是我同班同学，"韩焰说道，"可能是问老师打听了我的住址。"

冬雪点了点头，对于少年的解释并不以为意。韩焰的嘴唇动了动，最终没有再说什么。

在这个喜悦而又寒冷的夜晚，他们曾紧紧相握在一起的手里，有过转瞬即逝的温暖。就好像少年时曾给过你安心的那个人，很多年以后再想起，面容模糊不清的时候，那种触觉却仍然鲜明真实。

除夕夜一般人们都会睡得晚些，冬雪也不例外。当她有时间静心看手机的时候，已经接近凌晨一点了。同学群刷了一大堆的消息，她也不及细看，页面翻动中却见有来自陆以珩的信息：

冬雪，又一同长大一岁了，祝贺我们。

消息是零点整发来的，不早不晚。在这个除旧迎新的时刻，他单独发来一条这样的消息，不由得令冬雪想起了那封静静躺在邮箱中的邮件。她仔细想了想，觉得自己是高兴的，但相比刚恢复联系时的兴奋，又隐约有了些怯意。

这种感觉很微妙，像是思而不得的宝物近在眼前了，却发现它和自己想象的有些不同。

新的一年，愿你有一个好的开始。她给陆以珩这么回复。

可能因为回得太晚了，陆以珩那边没了动静。如果不是陪着韩焰过节，也不至于错过了陆以珩的消息。冬雪略有遗憾地想着，又在心里补了一个愿望：

愿我和陆以珩，嗯，再加上韩焰，在新年的一年都能心愿得偿。

Chapter4
关于勇气与爱的前奏

只要有勇气，爱，可不可以继续？
只有勇气，爱，又可不可以继续？

Winter's Heart

也许是新年许愿太灵验，没想到她愿望里的三个人很快就聚集在了一起。新年期间韩焰应邀到冬雪家里吃饭，之前冬雪妈要他早点来，结果他实实在在的上午就到了。那天下午正逢冬雪同学聚会，她父母又接了个电话临时有事要出门，只能都抱歉地望着韩焰。少年立刻识趣道："要不，我先回家吧。"

冬雪一家人瞬间内疚感爆棚。诚心诚意邀请人家来一起过节的，结果一个个都有事要出门，反而让客人不自在了。冬雪妈想了想，忽然把手一拍："小雪，你下午不是出去唱歌吗，把焰焰一起带上吧，反正都是年轻人啊。"

冬雪一怔："带他去参加同学聚会？不合适吧？"

少年也跟着附和："我还是不去了。"

这个时候，冬雪忽然见到老爸不赞成瞪了她一眼，又很搞笑地向着那少年努了努嘴。冬雪憋住笑，老爸是想让她顾虑韩焰的感受，带他出去玩一玩，让他合群。

于是当冬雪带着清俊少年亮相的时候，赢得了一大片啧啧声。女同学们显然对小鲜肉充满了兴趣，问长问短的，见韩焰应对一群陌生人有点艰难，冬雪连忙帮他打个圆场："这是我的邻居弟弟，今天跟来玩的。人家还是高中生，你们别把他吓坏了！"

"我们怎么舍得啊！"张晓晔揶揄，"我们会好好照顾小帅哥的！"

可惜韩焰不怎么领情的样子，也没有露出笑容。好在女同学们也知分寸，不再调戏他，很快大家便融入同学聚会那种欢乐的氛围去了。半小时后陆以珩姗姗来迟，推门进来时便让人觉得眼前一亮：灰色毛呢短大衣衬得他身材修长挺拔，过年新剪的发型，柔软的黑发长及眉尾，显得清爽又不失儒雅。他温润的眸子带着笑意，嘴角也微微扬起："不好意思，我来晚了！"

"迟到的人罚饮料三杯！"同学们起哄着。

陆以珩笑着："今天一定喝满三杯。"

好友周俊呈往右边挪了挪，向他招呼："阿珩，这儿。"

周俊呈原本坐在冬雪左侧，这一挪，便将她身边的位置空了出来，显得别有用心。陆以珩也不推辞，脱去外套在她身边坐下，里面是他经常穿的白色毛衣，冬雪素来认为他将白衣穿得特别好看。

"冬雪。"陆以珩微笑着看她，声音带着淡淡的磁性，有一种间于青年与少年之间的清爽，"你的裙子，淡紫色很适合你。"

无懈可击的优雅和风度，足以让任何一个雌性动物感到目眩神迷，冬雪也不能免俗，感觉自己脸颊热了起来。

"谢谢。你也很适合白色，经常见你穿。"

"嗯，我喜欢简洁明快。"陆以珩和冬雪聊了几句，注意到她右边坐着个一声不吭的少年，不由得问道，"这位是……"

听到他问，韩焰看向他们。

冬雪连忙介绍道："这是我邻居家弟弟，韩焰。呃，这是我的高中同学，陆以珩。"

"Hi！"陆以珩大方地笑了笑。韩焰也微微点头。少年的眼神清澈而冰凉，在这喧闹的KTV房间显得有些格格不入，但他总算一直安静地坐着，也没有想离开的意思，更不像其他人那样不时拿出手机来看。以张晓晔她们的眼光看来，现在很少有这么静得下来的男孩子，一点都不浮躁，虽然话少了些。

一堆人相聚唱K，不免有的人在台上纵情放歌，其他人在底下聊得更high。唱的人也不关心有多少听众，聊的人将鬼哭狼嚎当作背景音乐，各取所需。后来，不知是谁带头开始唱起来了男女对唱歌曲，一对对男女同学轮番登场，有人起哄道：

"下雪，陆班长，你俩来一个吧！"

"大家别说话，我要听他们唱！"

……

你变得好寂寞

很久都不联络

朋友们问我问了

一千遍快一万遍

仿佛你已从地球上不见

这首《友情卡片》是张晓晔点的，但这并不是一首男女对唱曲目，至于其中的歌词现在唱来有什么意味，恐怕只有当事人才知道了。

冬雪唱得很轻，似是有些犹豫，有些羞涩。倒是陆以珩大方一些，温和的男声始终引领着女声，蜿蜿蜒蜒，缠缠绕绕，又在某个时刻交汇在一起。

好怀念那夏天

我们被雷雨吓得狂叫过大街

不管在别人眼里有多么疯癫

有多么不体面

那几乎变成了生命中

最珍贵的画面

多可爱的昨天

曾为了电影结局哭了好几天

你为了大家做了很丑的鬼脸

都印在那一天

很渴望能再看到你微笑

那么甜

永远那么甜

……

气氛随着旋律渐入佳境，陆以珩缓缓地看向身边的女孩。蓬松的短发及肩，发尾微微蜷曲，就像她的睫毛一样。精致的娃娃脸有一点点babyfat，却恰到好处地展示出她的甜美精致。经过几年的时间，夏冬雪还是那个夏冬雪，干净得让人不忍给予一丁点伤害。

透过眼前的陆以珩，仿佛还能看到那个穿着白衬衫的清爽少年。他优秀得让所有人仰视，他是篮球队的主力，但是却好像从未有过一身臭汗的样子。是了，他一直都是这样优雅体面，任谁都说不出他的瑕疵。在她的年少时光里，陆以珩像是一个地标，引领着她不断地向前，向前，去探索他的领域。常在夕阳如血的黄昏，教室里只剩他们两个，分坐在教室两端，各自做着自己的事。待到她忙完收拾书包时，他恰到好处地抬起头："要回家了？我也要走，一起吧。"

夕阳为他镀上一层柔和的光晕，当时的少年，就这样深深镌刻进她的心里。

有时候他们走在雨天的夜晚，陆以珩会为她打伞，并细致地提醒她：黑泥，白石，反光水，别踩到水塘里。待到她到车站上了车，见到陆以珩在下面对他挥手，另一边的肩膀湿了大半，才知道伞一直是全部倾在她的头顶。

林林总总，碎片的记忆在这一刻慢慢汇聚到了一起，合着旋律，映着对方的眼睛，散发出淡淡的星芒。

韩焰静静地看着他们。冬雪的脸有点红，她仰视着那个男人，眼睛里有一种难以形容的光彩。

她喜欢他。

"怎么样枚枚，我这首歌选得不错吧？"身边的女生在窃窃私语，飘入韩焰的耳际，"他俩表面上随和，其实性子都骄傲。拖拖拉拉这么多年了，我看着都急。要是他们成了，可得发我个红包才行。哎，莫枚枚，你咋一点反应都没有？"

另一个女生"哦"了下，有点恹恹的："陆以珩……对谁都那样，谁知道他到底在想什么？"

那厢，歌声还在继续：

很渴望能再看到你微笑

那么甜

永远那么甜

PS.I love you

两人唱完最后那一句时，全场第一次爆发出热烈的掌声。聊天的都不聊了，碰杯的也不碰了，仿佛都约好了一样为他们喝起彩来。

冬雪闹了个大红脸，任他们如何起哄再来一首，都坚持不唱了。她回到座位，拿起桌上的一杯饮料就咕嘟咕嘟一口气灌了下去。身边的韩焰刚想说那是他的杯子，但见陆以珩走了回来，就没出声。

这个下午几乎所有人都很愉快，聊得开心吼得尽兴。陆以珩在冬雪旁边，两人轻声细语的交谈像溪涧淌过山石，清冽而柔缓。没有夸张的表情和声音，远观却见一种和谐，相对坐在另一边面无表情的寒凉少年来说，他们两人在一起的画面充满了暖意。

意犹未尽地散场了，大家走出商场门口依依惜别。正当此时，两辆低调却豪华的名车缓缓停了下来，前辆车里的中年男子急促地按着喇叭，莫枚枚连忙跑了出去："我爸来接我啦！"

张晓晔嘴巴张成"O"形，愣了一小会儿才对夏冬雪道："莫枚枚是富二代？同学兼朋友这么久我们居然不知道？"

冬雪也是摇了摇头，另一个女同学凑上来爆料："你们不知道？莫枚枚家前两年偶尔继承了一个什么远方亲戚的遗产，摇身一变成富户了！"

"哇靠，这么好的事情怎么不发生在我身上？"

有人惊讶有人羡慕，还不及回过神来，却见第二辆豪车上的司机下了车，打开车门，对面前的年轻男子微微一躬身：

"少爷。"

冬雪感觉有人用手肘顶了顶她："请问这是在拍戏吗？"

"我是不是在做梦啊？"

"陆以珩……他竟然叫陆以珩少爷！陆以珩究竟是什么来头？"

只听那清醇的男声轻轻问道："张伯，你怎么来了。"似有一丝不悦之意。

张伯低着头："少爷，今晚有个场合您必须出席。夫人特地让我来接，免得迟到失了礼数。"

陆以珩回过头来，对着冬雪所在的方向微微一笑："不好意思，我得先走了，大家下次再聚。"

他的笑容依旧优雅温和，冬雪却看到了几分尴尬，可能是没想到家里居然派车到门口来接，毕竟陆以珩的名字在学校里，只是一个优秀的学生、一个班长，而不是一个家世显赫的贵公子。

冬雪的耳边充斥着一些类似"这么完美的男人居然还有钱"的言

论，心里五味杂陈，一下午攒起的温馨美好仿佛被什么东西撑碎了。隐隐之中她想道，她的感觉一直是对的。那个忽近忽远的陆以珩，明明近在眼前的时候，其实离她依然遥远。

那天的晚饭她吃得有些心不在焉，免不得被老妈叨了几句。韩焰在她家慢慢混熟了，开始有问必答，礼貌周到的好修养，完全赢得了冬雪父母的好感，大有将他当成亲儿子的趋势。

"雪，虽然转瞬即逝，但它却在短暂的生存中，一直保持着本真。"送韩焰出小区的时候，沉默得一反常态的冬雪望着天空，忽生慨叹。

片刻，身边的少年回道："如果它落到地上，沾了土，它就不是雪，就不真了吗？真和不真，都是主观的。"

冬雪睨他一眼："你这是唯心主义。"

少年微微抿唇，不再反驳。

冬夜总是冗长而黑暗，也将全部的冷和麻木，掩藏其中。

在这样寒冷的夜色下，有多少真实，多少虚妄，或是他们相互伪装，谁又分得清楚。

韩焰几次去夏家吃饭，穿着总显得有些单薄。倒不是他没有衣服穿，只是明显少人关心。这大大激发了冬雪妈的母爱，这天她拉了冬雪和韩焰两个，一起去逛街买新衣服。

韩焰当然推辞，冬雪妈好心肠，过年期间有人关心已经给予他太多温暖，怎好意思再三麻烦？谁知那位母上大人却说："一直都想试试逛街时有儿子拎包的感觉，你就别客气了吧！"

韩焰身形颀长匀称，虽然现在瘦了些，但好在是冬天不算太显。当他试穿着双排扣英伦风大衣走出来的时候，周边几个专柜的售货员都齐齐目不转睛地盯着他瞧。

他面容标致，双眸清寒，身姿挺直朗朗。冬雪妈在一边赞不绝口，要立刻买单，韩焰却婉拒了。

冬雪问道："怎么了？不用不好意思啊，大不了等你爸妈回来，让他们也给我买一身。"

冬雪妈笑瞪她一眼："焰焰不要理她。你是不是不喜欢这件啊，你自己挑，这是阿姨的一番心意。"

"见色忘义，要'儿子'不要女儿啊！"冬雪不禁仰天哀号。

"阿姨你福气真好，儿子女儿长得都好看，感情又好。"在售货员眼里，他们无疑是一家人，一位母亲带着俩姐弟。

此时刚好有两个少年经过，和韩焰匆匆打了招呼，是他的同学。据说开学之后，韩焰有个姐姐的消息便不胫而走，越传越真。

最后韩焰挑了一件白色的羽绒外套，穿在他身上有些冷清，但又显得出十七八岁的少年应有的清纯干净，倒也不错。只是冬雪妈稍有不满："这大过年的，买个红色多好！"

纯白外套，牛仔裤，自然不修饰的黑发。走在韩焰身边，冬雪能感觉到往来的年轻姑娘都会忍不住对他多看一眼，也有人顺便打量一下她，害得她忍不住整了整衣角和头发。

冬雪妈在边上接了个电话，声音却不自觉越来越大声："什么？真的啊，哦哟这真是太好啦！玉梅你人在外地不知道，焰焰一个人孤零零的多可怜！是啊是啊，我只能让他跟我们家一块过年啊……"

几句话入了另两人的耳朵，看她兴高采烈地把电话一挂。

"焰焰，刚玉梅来电话，听说你爸那事有眉目了，估计过完年就能回来！还有一件事，你妈温文也一直都在项目组，具体内情她也不知道，总之你们应该可以一家团圆了。"

"太好了，韩焰！"冬雪真心喜悦，立刻拍了拍身边人的手臂，笑得露出一口贝齿。

少年愣了愣，半晌，却是微微扬起了唇角。这是冬雪第一次看到韩焰眼中真正的神采。如果说之前的他只是一个漂亮的木偶，眼前此刻，他却如微雪初霁，柔软的温阳淡洒人间，是一种难以形容的清朗、宽和。

因为家底的事，莫枚枚后来被几个朋友好一番盘问：

"枚枚，你对姐们几个口风够紧的啊！要不是唐阮刚好认识你表姐，咱们几个还被蒙在鼓里呢。"

唐阮，就是聚会那天放出爆料的女同学。

慵懒的午后，几个年轻女孩窝在星巴克里，你一言我一语。

"亏我还以为咱们多年的老友，现在才发现你这么不够意思。"张晓晔向来快人快语，一脸很受伤的表情，"难道还怕我们敲诈你请客不成？"

"哪有……"莫枚枚红了脸，"请客小意思，我来我来。"她精致妆容下的表情有些尴尬，捏着价格不菲的香奈儿小包的手紧了紧，"我不是故意的，只是害怕大家之间的感觉会变掉，我很喜欢，我们原来那样。"

"你是不相信我们呢，还是不相信你自己？"另一个女孩问道，"如果你不嫌贫爱富，我们也不贪慕虚荣，关系怎么会变质？又或者我们不够了解对方，才会这样没信心？"

感觉到话题变得尖锐，冬雪松了口："好了好了，家家有本难念的经，如果我们看事物本质的眼光没变，枚枚没有告诉我们，也是她的私事，不是什么错的。"

"下雪，就你心软！"冬雪没想到自己反被叱了一声，"后来唐阮告诉我，莫家和陆家的车相继出现并不是凑巧，那是莫枚枚和陆以珩要赶往同一个宴会！如果她是你的好朋友，她告诉你了没有？"

冬雪怔了怔，然后发觉视线里的莫枚枚脸上褪了血色。

这是当了多年老同学和朋友以后，第一次感觉到的陌生。当一个秘密被戳破，就会忽然发觉背后居然还有一连串始料未及的事情，正等待发生。

过年假期的短暂，在于总是到处在吃。七天一晃而过，不留给人们回味和思考的时间，就提醒他们该为新的一年开始忙碌了。严酷的冬天还未完全过去，微暖的阳光却总是好心情地偶尔露出笑颜，展盼着春天的姗姗步伐。

和阳光一样好心情的，是守得云开的韩焰。假期的最后一天，夏冬雪奉母上大人的命令帮他一起做扫除。在和煦的微阳下，他们步伐轻快，堂堂正正地回到那原来的家。

时隔七天，却是截然不同的心境。那次黑漆漆没有看清楚的韩焰家，这次笼罩在柔和的光线下，整个淡色调的客厅里，乳白色的纱帘微微拂动着，显得简洁温馨。

原来这就是他的家。冬雪四处张望，韩焰已经熟练地从柜子里拿出一双拖鞋摆在她的脚边。

桌子，沙发，电器……几个月没人居住，放在外面的东西大都铺了层薄薄的灰，茶几上甚至还有几个干瘪的水果，看得出这家人离开得有些突然。

"我可以参观下其他房间吗？"

征得少年同意后，冬雪发现他家还有一个不小的书房。相对于布置简单的客厅和房间来说，这个书房可以用"豪华"来形容。三个上好的楠木书柜上，整齐地排列着精美的套装书籍。她饶有兴趣地打量着，这些书基本按照类别分摆在不同的位置上，内容涉猎相当广泛。在邻近书柜的窗户边，深色窗帘拉得密密实实，看得出主人对这些宝贝的爱护之心。

书房的墙壁上挂着一张书法字，用玻璃框装裱着。冬雪不是行家，但看得出这书法写得有模有样，以为是哪个名家作品，仔细一瞅落款人竟是韩焰。

"你还会写书法？"而且，写得还相当之不错。后半句她没说，省得这小子嘚瑟。

韩焰倒是平淡如常："以往每个周末，我都会写一些字。"

"你还会什么？"冬雪顺着话题逗他。

少年微微侧了脑袋，认真地想了想。一小点阳光透过窗缝打在他的眼睫上，像一只跳跃的萤火虫。

"打网球，钢琴，画画。围棋也略通一点。"

"与你相比，我天生自带的技能就是没技能。"冬雪讪笑。没想到这闷声不吭的小子这么多才多艺，比起当年的陆以珩来，怕也是不遑多让。

倒是韩焰一向被她贬惯了，忽然有些受宠若惊："不，不是的，你也……"后面的话，好像绞尽脑汁也没能整理出来。

眼前的女孩仿佛有些嗔怒，双颊飞霞、嘴唇嘟起："不说了，干活干活！"

她没忘了今天来这的真正目的。要帮韩焰一起，恢复这个家的本来面貌，迎接久别重逢的主人归来。

你也有很多优点……看着女孩边走边卷衣袖的背影，韩焰的嘴巴微微翕动。

几个月没人居住的房子里，此刻空气中轻尘弥漫。冬雪戴着熊猫款的口罩，左右挥动着鸡毛掸子，连连咳嗽："开窗，开窗，这柜子里积了好多灰！"

少年把窗户推开，没想到一阵急风涌入，瞬间把厚厚的积灰吹散了。

"哎呀，地白扫了！"冬雪懊丧不已。

"这橘子都瘪成木乃伊了，太恶心，臭小子你自己拿去丢。"某女一脸嫌弃地指着茶几。

一大阵的鸡飞狗跳后，韩家表面看上去总算是光亮整洁，有个过年的样子了。趁着韩焰泡茶的工夫，冬雪翻了翻丢在茶几上的一本相册，想将它物归原位。

"高一六班，韩焰。哈哈哈……"某女解开熊猫口罩，指着照片里晒得黑炭一般的平顶头少年，"这真的是你？"

少年终于不淡定了，放下茶杯一把夺过军训照片往相册里一塞。丢下句"我去做饭"就往厨房里跑，耳根有一丝丝可疑的红晕。

"你是怎么保养的啊？晒得这么黑都能变白……"冬雪不死心地跟在他后面，不料少年忽然一个转身低头，清俊的面容刹那间相距咫尺。

他纯澈的眸子里映着她吃惊的小脸，闻着满满的浅香，苍粉色薄唇险险掠过她的鼻尖。

两人同时怔愣了下，冬雪低下头去往后退了退，少年回过神来忙道："我拿下鸡蛋。"

"嗯。"女孩乖顺地挪开位置，露出脚边的一袋子菜来。这是他们来的路上买的，韩焰说今天他下厨。

后来的大概二十分钟里，韩焰都没听到冬雪怎么说话。原来让她静下来是有秘诀的，他模糊地想着，却又觉得十分不习惯，空气里还是有她开朗的声音，才不至于那样冷清。

冬雪坐在沙发上看电视，双腿百无聊赖地缓缓晃荡的时候，从厨房里却飘出了美好的香味。摸了摸劳作了半日后空空如也的肚子，它们正大声抗议着主人的剥削。待到韩焰将那色香味俱全的三菜一汤陆续端上桌，她终于伸出一根颤抖的手指指着他："快说，你你……你还有什么不会的？"

萌萌的女汉子正在心里捶胸顿足，哭喊着性别不对啊的时候，这少年却依然老神在在的一本正经道："妈妈说学会生活自理，才方便照顾他人。"

差距，这就是差距啊！心中一万头草泥马奔过，将冬雪对厨艺那一点点的小兴趣踩成了撒哈拉大沙漠。

高中男生，颜值校草级别，性格冰寒高冷兼天然呆。长腿弟弟，会打网球会弹琴，还写得一手好字会做一桌好菜。这是冬雪对韩焰的最新评价，记于她当天的日记本中。末了，她在"天然呆"这三个字下面又划了两条线，以突出这才是本段文字的重点。

下着淅沥细雨的夜，寒得刺骨。冬雪坐在书桌前写日记，思绪却飘忽出去：

"……莫家和陆家的车相继出现并不是凑巧，那是莫枚枚和陆以珩要赶往同一个宴会！如果她是你的好朋友，她告诉你了没有？"

她怔怔松片刻，手心开始发凉，忙起身走走。

张晓晔在微信叫她："下雪，忙不，聊几句。"

冬雪猜到她要说什么。

晓晔是个爱憎分明的人，若说莫枚枚隐瞒家底她绝对可以不当回事，但是瞒着她们私见陆以珩，就显得有些居心叵测。

"我要和莫枚枚绝交！"张晓晔的消息不停地跳着，"这样不诚恳的人，我无法再把她当朋友。"

"别呀！"冬雪敲字如飞，指尖的温度迅速恢复，"这事没那么严重，可能只是巧合呢。"

"你这人是脾气好呢还是脾气好呢，人家和你抢男人都抢到台面上来了，作为你的朋友还瞒着你，你真的一点都不生气？"

"我……"冬雪语塞，她生气吗？她有什么资格生气？陆以珩的邮件还静静地躺在那里呢！"我和陆以珩又没有……"

字儿还没输完，手机屏幕忽然卡了一下，陆以珩三个字陡然出现。他的电话恰巧打了进来！

接听电话的心儿颤了颤。"你怎么会打给我？"

"冬雪，"陆以珩的声音一如既往的温雅好听，但呼吸略有一丝急促，"你在家吗？我在你家楼下。"

冬雪连忙拉开窗帘往下看。昏黄的路灯下，一柄孤寂的伞装点着清冷的街道。她不及多想，转身噔噔噔就跑了出去。

陆以珩盯看着她小跑而来，衣着单薄，没有打伞。薄雾般细索的雨丝，渐渐有了微雪的兴味，却是比雪还冷。

等她到了跟前，他什么也没说，只脱下了大衣往她身上一盖："不要冻着。"

冬雪这才意识到自己丢人了，脸红地道了谢，心中暗想着：正在和张晓晔讨论着他，他怎么就出现在了家门口？太诡异了。

"冬雪，抱歉，我来得突然。"陆以珩替她拢好大衣，漆黑的眸子深深地望着她，"以前在学校，我们经常在课后讨论各种问题，你的见解总是独到，所以，我还是想问你。"

冬雪点头："和从前一样，你直说吧没问题。"

"如果有一个陌生人，只有你可以帮助他，但是却会损害家族的利益，你会帮还是不帮？"

"如果只是经济利益的话，帮。"

"如果有一件事，有违你的理想，却十分关乎你的将来，你会如何取舍？"

"陆以珩，你喝酒了？"冬雪隐约闻到一点味道，再仔细看他，向来柔软的黑发虽被雨丝淋塌了些，但也看得出是用发蜡精心修饰过。他是从一个什么公众场合临时跑出来的吗？

"冬雪，回答我。"陆以珩微微蹙眉，看起来很苦恼。冬雪从未见过他这个模样，她印象里的他是完美的，是没有这些俗世烦恼的。

"这个……"冬雪转了转黑溜溜的大眼珠子，慎重地思考了一下，"我觉得理想和将来应该是在一起的。我的未来，用来实现我的理想；我的理想，为我的将来增添光彩。我会一直追逐自己所想的，不会在其中做出取舍。"

眼前的英俊男子闭了闭眼，仿佛在思考她的话。

雨夹雪下得大了起来，她瞧见没了外套的他手指微微发红；"陆以珩，要不我们找个地方坐会儿？"

男子摇了摇头，微微扬起唇角，却是一抹苦涩："冬雪，你还是你。"

冬雪不明他话里的意味，只觉得今夜的陆以珩奇怪极了。

"我要不是我，我是谁？"她调皮道。

"我如果不是我，我是谁……"陆以珩跟着重复地喃喃了一句，"冬雪，我羡慕你的勇敢，和本真……其实，我不该问的，我早就知道了……"

"你喝了不少？"冬雪看他脸有点红扑扑，想伸手试一试他的额头，可刚踮起脚，手却僵在半空中没有落下。

还是不妥，这可是陆以珩，那个陆以珩啊。

一股凉意抓住了她半空中的手。昏黄的路灯下，那张熟悉却又陌生的容颜渐渐放大，慢慢清晰。冬雪能感觉到他脸上的凉意，甚至能闻到他的气息，带着淡淡的酒意，形状优美的唇在她低垂的视线中贴近。

心中一根什么东西仿佛在瞬间无声崩断。她微一侧脸，陆以珩的唇擦过她的脸颊，羽毛般轻柔。心中一愣，这不是她曾经多次午夜梦回的画面，为何，为何……

可是那一瞬间，下意识地，她就这么做了。

"对不起……"耳边传来轻轻的呢喃，伴着温柔的气息，"对不起，冬雪……"

那一晚，陆以珩在她耳边说了好多次对不起。一字字，一句句，在冬雪的心里，它们就像是一声声再见，在替陆以珩对她，说再见。

他说，他一直很后悔，从不告而别去留学那天开始就后悔，但一路追溯，竟也无从回头。

他说，欠她的那些话，早就写在了一封邮件里，但是现在看不看都不重要了。

他说，是自己没有勇气，连那封邮件，也是在某个寂静的夜里辗转反侧，才决定倾吐而出。冥冥之中，他是将决定权交给了她，交给了天意，却独独没有交给自己。

他说，身为那个陆家的独子，他的命运不能自己选择——不，是他的取舍之中，有更重要的部分，始终让他无法下定决心。

他说，陆家与莫家有一个相当重要的合作，家里提出让他与莫枚枚联姻……

原来，感情的能量守恒是相对的，在每个人的眼中却不对等。就算是真心相爱的两个人，你眼中的矜持可能是他的犹豫；他心里的相守可能是你的桎梏，何其残酷。

　　第二天下午，在家安静学习的某个少年忽然接到一个电话。他不知道对方是谁也就罢了，对方竟然也不知道他是谁，劈头盖脸就是一句："喂喂，你是谁？"

　　他差点想挂掉电话，又听那边七嘴八舌道："你是夏冬雪的男朋友？她病了，发烧，我们是她同事。"

　　片刻后少年赶到，男同事们手忙脚乱地把人往他怀里一塞，也不管这个男朋友是不是太年轻了。

　　"赶紧带她去医院吧，病假回来再补。"

　　韩焰扶着烧得迷迷糊糊的女孩走出公司，冷风一吹夏冬雪清醒些许，侧眸见到一脸严肃的少年，呵呵笑道："你怎么来了？"

　　少年摇头。感觉到她脚步漂浮，俏颊上一片绯红，他满满的不赞同："你病成这样还上班？"

　　"不知道啊……"冬雪感觉自己轻飘飘的，脑袋发涨发晕，意识有点模糊，"可能，可能是昨晚受了凉……早上去上班的时候感觉还行啊……"

　　韩焰不再与她多说，赶紧给冬雪妈去了个电话，再打个车把人送到医院，一量体温39.5度！

　　"医生，我应该怎么做？"韩焰没什么照顾病人的经验，赶紧征询医生。在得到指示后，一把托起软绵绵的女孩往输液室里走。

　　"怎么样，你还好吧？"看着身边那个半闭着眼睛的女孩，绵软得像个失了生气的娃娃。

　　他想了想，又安慰道："我给你妈打了电话，但是她在你奶奶家，赶过来估计还要很久。"

　　"嗯……"她虚弱地应了声，也不知听进去了多少。

　　韩焰帮冬雪付钱领药排队领号，前前后后跑了好几次，中间还时不时往她那里张望，怕她需要照应的时候身边没个人。等到一通手忙脚乱后，冬雪终于顺利地被护士小姐温柔地扎了一针，她竟像个小孩一样哇哇大叫起来，韩焰知道眼下她意识不清醒，连忙将她的肩头往自己怀里一揽，轻轻拍她的背："不要怕，我在这，不要怕，我在这儿……"

轻声安抚中，女孩当真静了下来，渐渐睡了过去。待到她再睁开眼睛时，只觉浑身滚烫，口中干乎乎的快粘一块儿了，一只白皙修长的手递来一瓶水，瓶盖都帮她拿掉了。

"渴吗？"

冬雪连话都说不出，拿过来就喝了几大口。此水犹如天降甘霖，滋润了枯竭的沙漠，催生了遍地的新绿，整个人都感觉好了许多。

"小姑娘，你的帅哥男朋友很细心啊。"坐在隔壁的病人大妈称赞道，"从刚才开始就一直守着你，你睡了他都没走开，还知道事先把温水准备好。"

温水？冬雪选择忽略大妈望着韩焰的星星眼，咂吧了一下小嘴，刚才喝得太急，也没留意到韩焰已经把冷热水都兑过了，才给病人喝。想起之前在他家，他把水凉到温度合宜了才催她喝，原来也不是巧合。

冬雪不由得对他高看一眼，却见韩焰一脸认真地凝视着她，惊道："你，你看着我干吗？"

韩焰想说之前她迷迷糊糊的时候，曾经说了几个名字，陆以珩、莫枚枚之类的，还有好几个为什么，但看见她这双清纯里带着懵懂的眼睛，却转了念头，随口问道："你同事……怎么会打给我？"不是打给爸妈之类的。

"这个……"冬雪想到一个可能，表情怪异地笑了笑，"谁知道他们，我那会儿都快晕过去了。"

她不好意思说，她的手机通讯录里，韩焰的名字叫作"那个臭小子"。

Chapter5
有一种危险关系叫姐姐

不同的时间，同在一个地方的人不可能相互遇见。

可后来的人，却能在同一个地方追寻前者的足迹。

当后者的现在与前者的过去重合，看到的会是同一片风景吗？

Winter's Heart

当严寒的脚步悄悄离去，文定中学高三六班的新学期开始了。这是高三学子们在高考前的最后冲刺，除了不停地做模拟试卷，老师还反复与学生商量志愿的填报。根据自身成绩和理想，少男少女面临着人生第一个重大抉择。

"你第一志愿填哪决定了吗？"课间，齐小茉捏着志愿表凑到韩焰身边。自打假期在他家门口见过之后，韩焰对她的态度好像缓和了些，于是她便经常找些话和他说。

"我报J大。"

"咦，为什么？"齐小茉睁大了眼睛，"你的成绩这么好，可以报一本的呀！"

J大是一所本市二本院校，属于类别中的佼佼者，但比起那些著名的一级本科来说还有距离。

少年的神态笃定，语气平缓，既没有势在必得的兴奋，也没有攀高走低的犹疑："J大离我家近。"

看齐小茉一副要晕倒的样子，他补了一句："J大的计算机系很有名。"

少女"噢"了一声，样子有些失望，但片刻后又神采奕奕起来。她原本是为韩焰感到可惜，他成绩优异，可以挑战本市名校的，但J大的计算机系也确实小有名气，已经出了好几个创业家。J大门槛不高，对于她这中等的成绩来说，也是可以奋力一拼的……

塞翁失马，焉知非福？

可是她并不知道，J大不仅有著名的计算机系，还出过一个喜欢游戏的女汉子——夏冬雪。韩焰听说的那些，都是毕业于J大的冬雪告诉他的。什么J大食堂好吃，J大有很漂亮的樱花树，J大的妹子质量很高……看着她怀念地说着母校时一脸神采飞扬，韩焰觉得，那学校应该不会太糟。

这个新年，应该是他人生十七个年头里最特殊的一个。没有父母在身边，甚至没有一个亲戚愿意搭理他的时候，得到了夏冬雪一家人的关怀。尤其是她，那个总是自称为姐的人，生病的时候却脆弱得像个孩子，煮个泡面也能糊烂糊烂，还经常出些奇思怪想的主意……

可能是因为病中的照顾，最近冬雪对他亲切不少，还主动与他交流当年填报志愿时的心得。她总是活力充沛，谈吐间眉飞色舞生动强烈，令他不知不觉便记住了她的话。从来没遇到过话这么多的人，他却没觉得烦……

"丁零……"刺耳的铃声打断了思绪，他这才发现刚才思考和夏冬雪有关的事情，竟想了足足十分钟。

就在志愿意向征集表提交上去的当天，他放学回到家，却在沙发上见到了那两个朝思暮想的亲人。几个月的思念，几千几万个的疑问，一家人相顾无言，却是红了眼眶。当天夜晚的喜悦之情自然不用多说，少年独自一人背负着骂名，忍辱负重的生活也终于来到尾声。

是夜，韩焰心中泛着喜悦，辗转难眠。脑海中反复出现一个念头，在催促着他，似乎需要、必须、确实应该将这件事对她诉说。

他是孤寂的。他的朋友不多，也少谈心事。他习惯与自己为伴，第一时间与人分享心情这件事，他不曾想过。

"我爸妈回来了。记得你和我说过的话，感激，也谢谢陪伴的时光。"

冬雪收到这条消息的前几秒，正在对着另一条信息发呆。莫枚枚的道歉像一根针，补扎在陆以珩划出的伤口上。她鼻尖有些酸涩，却没有眼泪，她一步步地接近事实，却感觉到心正一点点地安静。

莫枚枚告诉她，自己的道歉不仅是因为隐瞒了陆莫两家的关系，而是在更久更久以前，久到她们还同窗共学的时候，她就已经喜欢上了陆以珩。

"陆以珩对你有意思，大家都知道。"当时的莫枚枚只是一个平凡至极的女生，将这份暗想放在心里，却没有放弃。"谁知命运如此巨大的捉弄，我爸爸继承庞大产业，莫家摇身一变跻身商圈。"

而她，也跟着一跃成为千金小姐，身价倍增。

"我终于配得上他，我也知道，他心里并没有我。"莫枚枚的语音信息中，听得出那一缕缕的苦涩，"但是我喜欢他啊，喜欢了好多年，我不敢告诉任何人，尤其是你。我羡慕你，冬雪，但我又自私地希望你们不要在一起。"

梳理着莫枚枚的情感脉络，仿佛也在同时回忆自己的过去。冬雪模糊地想着，为什么这么多年里，她和陆以珩明明彼此喜欢，却没能走到一起？他们曾一起学习，相互探讨，默契十足。也一定在相同的夜里，遥遥思念过对方，那样美好。可尤佳、周俊呈、莫枚枚，人人都看出来了，却没人知道他们为什么没有跨出那一步。

是她太含蓄，还是他不够勇敢？如果不是他一声不响地突然离开，他们现在会不会是幸福的一对？

正在此时，一条消息跃入她的眼帘。

虽然很粗心地未署名，但她一眼就知道那是韩焰的消息，想必是父亲的手机物归原主，这是他原本的号码。

"我爸妈回来了。记得你和我说过的话，感激，也谢谢陪伴的时光。"

时光。她和那小子认识的时间很短，却经历了好几番记忆深刻的时光。是了，她终于知道横在她和陆以珩之间的是什么。她和他，他们之间相隔着那遗失的五年。陆以珩的邮件，曾解释了离开的原因，冬雪觉得自己既不理解，也不恼怨，以至于想仔细考虑了再回，拖着拖着竟遗忘了。

到如今，她才发现自己对陆以珩的了解少了那么一点点。她从来不知道他的家世，不知道他忽然出国的原因，不知道他面临重大抉择时会如何思考。

也许他们之间是有过机会的。也许只要她或者他再努力一点点，结果大不相同。但正是因为少了一点点，就无法毫不犹豫地勇往直前。

莫枚枚的消息还在跳动着，诉说她的情感、她的无奈、她对几人友情的珍惜。冬雪忽然觉得这一切都无所谓了，因为能陪伴在对方身边的时光里，他们都没有选择对方。

曾经的一切清晰如昨，却终究是过去了。陆以珩一直选择着他必须要走的路，他想做所有人眼中的最好，他自己世界的最好。

他早已做出了他的选择。就像尤佳说过，"他从来不曾拒绝过我，他只是，一次都没答应过。"

信息发出去一个多小时后，捏着手机睡着的韩焰，被手机振动吵醒了。屏幕上，浮着夏冬雪今夜的心情：

能够相聚的时光，都应感谢，但不是谢我，冥冥之中自有注定。

她的这一番话，在那个时候，其实是那个意思。但在许多年后再看，却仿佛被赋予了全新的意义。

在这样平静与暗涌交织的日子里，时光匆匆赶着前行的步伐。韩焰轻松考入J大，迎来了最疯狂的暑假。这个夏天对他来说是圆满的，曾经的阴云已渐渐散去，却留下了最珍贵的礼物。

他的十八岁生日，一个烈日炎炎的盛夏天，父母邀请冬雪一家共同庆祝。经过那场风波后，本就相熟的老同学情分更进一步，两家人经常组织聚会，亲如一家。那天最后一个到达饭店的是冬雪，似是因为走得快她满脸通红，扬了扬手里的手机，兴奋道："我的原作故事得奖了！是行业新秀奖！"

冬雪妈拉了她坐下："别急，慢慢说，你叔叔阿姨要笑你了。"

韩庆祥和温文自然表示不介意："小雪性格直爽，随她去。像我家儿子闷葫芦一个，也不好。"

安静在一旁的少年瞬间躺枪，刚端起茶杯的手晃了晃，向冬雪问道："就是你上次说的那个关于外星探险的故事？"

冬雪把头重重一点："嗯，我把这个故事投稿给了游戏协会，得了新秀奖！评委说故事写得有创意，已经有公司询问改编可能了！"

参与工作一年多，这是她第一次独立完成游戏原作故事的创作，并且受到了协会的肯定，她自然是开心至极。入行久了，就知道游戏行业是男性的天下，妹子多以美貌取胜，论工作能力难免会遭人偏见。而受到肯定，是她在这份工作里最大的需求。

"为我们的才女干杯吧！"韩庆祥举起酒杯，一桌人纷纷响应。韩焰把杯子伸了过去："祝贺你。"

冬雪与他碰杯："谢谢！"结果用力过猛，把他杯子里的橙汁都撞了出来。惹得大人们又是一番笑话，女汉子不愧是女汉子。

"焰焰顺利考上大学，小雪又拿了奖，真是太好了。"冬雪妈笑得欣慰，"孩子们一切顺利，我们做大人的就放心了。"

韩庆祥脸色微微一凝，站起身给冬雪父母斟酒，姿态慎重。

"哎老韩，你这是做什么？"冬雪爸妈也连忙站了起来。

"我要再一次谢谢你们。"韩庆祥动容道，"没有你们的帮助，我们韩焰可能没有今天。我们夫妻为项目组、为事业算是拼尽了全力，可是却对不起孩子！老同学，多亏你们了！"

温文也站了起来："夏哥何姐，我敬你们。也谢谢小雪，焰焰被他那些人追的时候，其实我就在街角，可是我却不能现身，我……"

望着内疚到几欲落泪的母亲，韩焰轻轻在她背上抚了抚。感动、感慨、感谢……气氛一时间凝重起来。只有冬雪抬着脑袋仰望他们，半开玩笑道："这顿饭吃得你们都站起来，只有我一个人坐着，好像不太好吧？"

气氛重回欢乐，韩焰默默看了冬雪一眼，分明有着赞赏之意。这抹微光被完整地看在韩焰的妈妈温文眼里，神色有些探究。那个冬日，女孩抡起大包裹帮儿子赶人的时候，她这个当妈的明明就在街道拐角，却无法露面。眼瞧着儿子被人欺负，却生生忍下，心如刀割。幸好有那个女孩，她为了帮焰焰，却摔倒在路上，摔得不轻。

当时，她还不知道这个可爱的女孩就是老友的女儿。

觥筹交错间，那些令人心痛的过去始终已经过去，归来的人还能重拾完整，心存感恩。韩庆祥因为高兴，显然是多喝了些，他眯眼望着自己的妻儿，心中暗叹这次总算是有惊无险。想起当时，江文一的父亲江怀仁，也是他共处了十几年的同事，居然会出卖集体，他当然又惊又怒，难以置信。

在项目组里，韩庆祥和江怀仁都是骨干成员，但产品的核心配方掌握在韩庆祥手中。江怀仁被人收买，但又无法从他手里拿到配方，只能按照自己的记忆去强行尝试，结果竟酿成了严重后果。在那场事故中，江怀仁不幸遇难，五个同事受了不同程度的伤，韩庆祥也昏迷了整整七天。由于兹事体大，配方又在事故中被烧毁，有外泄的可能，韩庆祥醒来后就开始接受内部调查，期间拒绝家属探访。

可能是配方失踪的消息不胫而走，这项顶级商业机密，引动了行内好几家公司的打探。为了保护整个项目，温文不得不接受内部保护，安排接应韩焰的人又被怀疑窃取文件，临时遭到扣押。阴错阳差间，韩焰就变成了孤零零的一个人，不知前因后果，忍受辱骂冤屈，殊不知这一切的背后，是他的父母对于项目组的一片赤子之心啊！

成全大爱谈何容易，这其中的牺牲又有多少人甘之如饴？

到真相大白的那天，韩庆祥夫妇雪耻归来，总算是保住了全组人多年的心血结晶。知道儿子这几个月的困难和委屈，他们虽不悔，却心中有愧。所以对于雪中送炭的夏家，就更是将这份恩情牢记心。

"阿嚏！"谈笑间，冬雪鼻子一痒。

温文关切道："小雪，感冒了？"

冬雪摇头："可能空调有点冷，没事的，我很少生病。"

"我家小雪身体强壮得很。"冬雪妈笑道，却换得女儿一声娇斥："哪有用强壮形容的？是健康！"

"是是是，"冬雪妈纠正道，"她很少生病，但是每次一病就厉害得很。就拿年后那次感冒发烧来说，一下子就快四十度，那会儿我人在她奶奶家，一时半会儿又赶不到医院，急死我呀！好在有焰焰帮忙奔走，这年纪的男孩子，很少有他这么懂事的。"

"发高烧是拖不得。"温文点头，"我家焰焰从小就少话，但心里挺明白的。小雪帮了他这么多，他还不知道怎么报答姐姐？"

韩焰默默地看着他们，眼神温柔。冬雪妈回道："可不是？要说懂事，可能我家小雪还不如焰焰呢，要不是前一天晚上下着雪子，她没头没脑地出去了一个小时，外套和伞一样都不拿，能活活冻出病来？"

"妈……"冬雪这下是真的有些不高兴了，妈妈真是的，什么事都拿出来说。

"咱们好像还有个菜没上？"一直没吭声的韩焰忽然开口。

大人们的注意力瞬间被带了过去："服务员，服务员！"

冬雪抬头，与不远处的韩焰四目相对。笃信他的那句话是为她而说的，她微微一笑，清丽的脸颊上露出淡淡的半个酒窝。少年嘴角微扬，清澈的眸子减了一分寒凉，多了一缕清逸，宛如远山之景，遥望开阔而沉醉，不觉倦累。

J大作为一个二本院校，却在本市知名的最重要原因，是J大有个传说中的计算机系。为什么说是传说？只因牛人何其多。三五个有想法的学生扎堆起来，创业的、做游戏的、做动画的，氛围很棒。近十年来计算机系已经出了好几个像模像样的青年企业家，还有在海外大卖的动画电影，都令这个学系名声大噪。

"韩焰，打篮球不？"傍晚男生们相约球场，韩焰虽是个初学者，但根基不错，男生们也愿意带上他。此时的操场喧闹非凡，正是各种青春汗味骚动的时候。

"你们看，那边篮球场上有个帅哥！"

"白衣服那个？很不错啊！"

去食堂路过的女生们窸窸窣窣地议论着，淡淡夕阳下，那个默默练习着运球的高瘦男生，眉傲如柳眸清如潭，认真的表情一丝不苟。白色的短衫穿在他身上清秀合宜，流露出恰到好处的冷漠和书卷气，一下子就被眼尖的女生们抓住了。

"啊，韩焰。"

听到声音，男孩抬头望向铁丝网外，娇小的女生有些怯怯的，却扬着灿烂的笑容："好久不见啦！"

这是齐小茉考上J大后第一次见韩焰。虽然知道他在计算机系，但她找不到理由贸然前往，好不容易才发现他经常这个点来打篮球，才能这样大大方方地与他相遇。

不过话说回来，韩焰高中时体育课修的是网球吧。她记得他的网球打得很不错，怎么忽然成了篮球初学者？

"齐小茉。"韩焰与她点头致意，又专心练习起来。但仅凭这一个眼神和声音，已经杀伤力十足，让那群女生都围着齐小茉盘问起来。

"那好像是中文系的女生，韩焰你认识？"篮球场上正在耍帅的男生们也望见了围栏外的女生，"不过听说这届中文系的妹子质量不咋地啊。"

"就是啊，据说我们学校前几届的校花都是中文系的，我看这届的新生里面就没美女。"讨论起八卦来男生也是不含糊，又几个男生加入进来，"说什么J大多美女，看来这届名不副实。"

"喊，这届没有，你不会往上面看？漂亮的学姐，身材好又温柔，我心向往之。"有人做西子捧心状。

"就你？学姐能看上你个X样？"

"你小子，来单挑，先进球的好样！"

韩焰重重地运了两下球，忽然站直了身子："单挑？我也来。"

另两人意外地瞪着他："你初学你也单挑，挑啥？争漂亮学姐的名额？"

不远处不知是谁传来一记叱声："省省吧你们，毛都没长齐，御姐能瞧得上你们？贪你们是童子鸡啊！"

韩焰坚持要参与这场名义奇怪的单挑。因为学球的日子尚短，他最后还是输了，但他紧盯不放的坚韧，攻守有序的谋略，还是让一场单对单的比赛打了近十分钟，逼得对手流了一身汗："韩焰，你太可怕了，一点都看不出学了还不到一个月。"

这比赛他输了，但输得很安心。要是放在从前，他不会与那些人比，也不会参与他们的话题。可从那个冬天到现在，他变了许多，变得有些奇怪。

不知不觉中，他的冰之世界有如裂开一道缝隙，微微清风吹散一丝沉默。

不知不觉中，他开始喜欢穿白色衣衫。

不知不觉中，他放弃了网球，开始学着打篮球。

不知不觉中，他把自己当成了第二个陆以珩。

午后，韩焰在J大的图书馆里查阅资料。几缕秋风，轻轻拂动窗边的浅色纱帘。和暖的阳光带着微醺，在整洁的地板上投出光影斑驳。

静谧，安宁。在这个充满祥和的知识殿堂，没有人大声喧哗，只偶尔有翻动书页的沙沙声飘过耳际。

此刻馆中的学生不多，三三两两地分坐在各个地方，各自看书学习。也有情侣们凑着脑袋翻看同一本杂志，偶尔攀着对方脖子说笑两句，亲昵无比。

做完了需要的笔记，韩焰随意地在书架之间闲逛着。馆中的书籍大多有些年头了，虽有管理员的精心呵护，书脊也少不得有些磨损。他忽然想起那次冬雪在他家，面对书架上的套装书发出毫不掩饰的赞美。看得出来，她也是个爱书惜书的人。

视线落在一整套硬装的《追忆似水年华》之上，它们在书架的最底层，足足有七大本，砖头似的厚重。忽然好奇，在它们漫长的岁月里，有多少人曾经惊扰过它们的美梦？

抽出书籍的时候带起了一层灰雾。韩焰挥了挥手，翻开书本最后一页。图书馆早已采用扫条码的形式租借书籍，但J大却没有取走曾经的借书卡，它们依然记录着曾经在这里的学子们留下的阅读记忆。

原来这本书从十年前就在这里了。借书卡上的字迹深浅不一，有的已经模糊，十年间，统共有三页的借阅者，比他想象的多。看着看着，一个熟悉的名字跃入他的眼帘：夏冬雪，借阅时间是三年前。

她把名字写得俏皮而张扬，甚至在名字旁边，还画着一对兔耳朵。这无疑是那个人，没有同名同姓的可能。韩焰的手指划过那个可爱的签字，眼中蓄着细碎的暖意。

不同的时间，同在一个地方的人不可能相互遇见。

可后来的人，却能在同一个地方追寻前者的足迹。

当后者的现在与前者的过去重合，看到的会是同一片风景吗？

韩焰遥望窗外，幽绿之中带了点秋的萧瑟。曾经是她的母校，现在正是他的学府。思绪飘忽间，口袋里的手机热情振动起来，竟是那个人来的电话。他匆匆走到角落才接起，声音压到最低。

电话那头，由于兴奋而放大的嗓音却从话筒里飞扬出来："韩焰，我的原作故事有人要改编成游戏啦！而且你知道吗，是我的母校，哦不，现在是你的J大了，就是你们计算机系的人来做，你要不要也参与一下？"

"嗯。"

美梦起航，万事成真。在话筒的两端的人同时微微一笑，能与别人分享梦想、能参与别人的梦想，这是多么幸福的事。

说干就干，冬雪很快与J大计算机系的男生们见了面，商定游戏改编事宜。

　　这几个男生是大三的，因为看好冬雪的故事原作，向协会征询后获得了作者的信息。他们没想到这个故事的策划居然是个年轻妹子，还是J大的校友，中文系的学姐。

　　当冬雪与韩焰出现在食堂门口时，几个男生微微怔了怔。他们只见走进来一位俏丽的短发美女，中等身高体形匀称，粉红格子衬衫配牛仔短裤，脚蹬一双白色运动鞋，身后背着一只兔耳双肩包。

　　她不施脂粉，身上也没有任何首饰，明亮的大眼睛熠熠生辉，娇小的嘴巴此刻扬着美妙的弧度，向他们用力一挥手："Hi！"

　　男生们显然愣住了。这是已经参与工作的学姐？看起来也与他们差不多大。

　　冬雪心情愉悦，人也格外热情起来："你们好，计算机系的学弟们，我是夏冬雪。"

　　随即又把身后的男生拉了出来："这是韩焰，也是你们计算机系的，大一新生。"

　　韩焰认真地低下头："学长好。希望我能有个机会一块参与。"

　　男生们很快明白过来："我们几个都做过好几个小游戏了，带下学弟肯定没问题。学姐，你看……你想喝点什么？"没有事先做足功课，把美女约在食堂这种屌丝的地方，他们显然有些不自在。

　　倒是冬雪落落大方："我喝个凉茶吧，最近上火。还有，别叫我学姐啦，叫我下雪吧！我读书的时候，大家都这么叫我。"

　　"好咧，下雪！"年轻男女很快混熟了，一次愉快的合作即将展开。韩焰作为其中的一员，在游戏制作方面全无经验，便仔细听他们的分析和想法，一边做笔记。

　　看着他认真的样子，学长们不禁调侃道："韩焰学弟，我们才刚开始聊，不用记下来啦！你这么勤奋，是不是想得到女神青睐啊？"

　　"哈哈哈，怎么可能！"没注意到男孩脸上的不自在，冬雪摇了摇手，"他的父母和我父母是老同学，两家人关系挺好的，我和这小子……我们关系也挺好的。"

这么解释一通，也没说清楚两人究竟算什么关系，听到有心人耳中就更有点暧昧。正在此时，有几个学生经过，其中一个指着他们。

"咦，韩焰？旁边那个是他的姐姐！"他很肯定地说着。正是今年过年，冬雪妈带着两人买衣服时，在商场偶遇的那个同学，名叫汪凡。

自打那次遇见以后，"韩焰有个姐姐"的说法便不胫而走，所有人都信以为真。这次除了韩焰和齐小茉之外，班上还有三个人也进入了J大，汪凡便是其中一个，并且和韩焰在同个专业，是同班同学。

这边几个人闻言惊道："原来你是下雪的弟弟啊？刚才……不好意思啊。"

韩焰敛了神色，眉眼低垂："不是，她不是我姐姐。"

话音刚落，汪凡和两个同学已经走近："韩焰，你姐姐专门来学校看你？"

男孩抬眸看向他，飞扬的双眉微微蹙起，眼神冰凉傲慢，一字一顿："汪凡，她叫夏冬雪。她不是我姐姐。"

像一座沉寂已久的火山，内部也有翻滚不熄的岩浆。被他的不悦震住的男生愣了半晌，才发出一声傻笑："呵，哦，我知道了，她不是你姐姐，我弄错了。"

韩焰身上的冰冷气息这才散了些，让人疑心刚才只是一阵冷风忽然吹过而已。汪凡不敢多留，招呼着自家同学匆匆离开。

计算机系的学长们互相看了一眼——这新生小子，是个不好惹的主啊。

为了心爱的作品变为成品，冬雪特意休了一天年假。现在正事谈完，时间还很充裕，她便在韩焰的陪同下故地重游，在熟悉的母校寻找当年的记忆。

初秋的温阳初秋的风，轻拂在川流不息的学生身上，衬托着他们的欢声笑语。相比紧张有序的高中来说，大学生活简直可以用梦幻来形容。少男少女脱离禁锢，远离题海，开始尝试独立生活，踊跃触碰成年以后的第一片天空。

悸动、理想和迷茫在这里并存，偌大的舞台随时等待有心人跃动精彩。

"咦，我的获奖宣言居然还在。"在图书馆外不起眼的长廊上，张贴着历届学生所获的荣誉。桃李满世界，校园尽芬芳，这些学生毕业之后成为社会的栋梁，自然也是学校的骄傲。橱窗里贴着一个熟悉的女孩，所获奖项是市级幻想题材征文大赛一等奖。

照片上的女生梳着马尾辫，黑眸明眸笑容翩然，并不是美貌惊人，却在清丽之中带着灵动，让人过目难忘。

原来，这就是当年的冬雪，和他此刻一般年纪的她。韩焰想着，在心里默默记下了她的模样。

"我将继续徜徉在幻想的天空，在我的故事里，将一切不可能化为可能，为平凡的生活增添精彩的颜色。"

轻轻念出当年所写的获奖宣言，冬雪忍不住扑哧一笑。想起今时今日自己的作品再次得到肯定，她心中充满感慨，也有一棵叫作理想的幼苗正在涌动，等待破土而出。勤勤恳恳求学十余载，仿佛是第一次看清了前方的路，每一步，都走得幸福而有力。

韩焰抬腕看了看表："本来同学约了我打篮球。我给他们打个电话取消。"

"别啊，"冬雪连忙阻止，"你去打吧，我正好也想看，我最喜欢看人打篮球。"

她的眼睛亮晶晶的，像个追星的少女。韩焰在心里微叹了一声。

两人来到操场的时候，同学几个都已经到了，见到他身后的女孩时纷纷眼前一亮："韩焰，你哪儿骗来的学姐？"

"中文系的学姐。"男孩点了点头，样子有些张扬，意有所指。

一个男生故意在夏冬雪面前用单指转球："学姐你好，我是杨帆，计算机系一年级新生。"

"学姐你好，我叫余东东。"

忽然，一个篮球飞过去砸在余东东的屁股上，他嗷嗷叫着回过头，只看到一个搓着双手假装若无其事的韩焰，远远望着别处。

冬雪忍俊不禁。飞扬的青春，生动得如此清晰。现在的荧屏上常有怀念青葱岁月的电影，却不及眼前所见的这样真实。男生们嬉笑怒骂间，橙色的球已经飞快传动起来，一身白衣的韩焰动作还有些生疏，在场上承担一个传球控球的角色。

"白衣的男生好帅，是谁？"

"我知道他，是计算机系的韩焰。听说他很酷的，不太理人。"

修长的身材，清俊又精致的容貌。韩焰打球的时候，场外总有女生驻足观望，低声谈论着他。父母归来后的半年，他匀称不少，不像从前那般瘦得让人心疼。在那群活力四射的男生之中，他好像是静美的，运动间毫无粗鲁和狂野，冷静地依靠判断和走位来传球，助攻成功率出奇的高，是个可怕的对手。

冬雪安静地坐在场边，兔耳背包叠在膝盖上，乖巧的模样竟也引来注意。

"同学你好，我是建筑系大四的陆仁佳，你看着面生，是其他学校的吗？"

这是一个长相成熟的男生，看得出也是搭讪的老鸟了，一点都不紧张。冬雪心里一笑刚想出声，却见韩焰走了过来。

"有水吗？"

运动以后，他额前的发丝微微儒湿，双颊白里透红，一副鲜嫩可口的模样。冬雪双手一摊："喝完了。"

"我这里还有一瓶，没打开的。"想不到这个陆仁佳还挺有韧性，迎难而上。

韩焰回头冷冷地看了他一眼："不用了，我不喝冰的。"

冬雪几乎想笑出声来，跟在一脸严肃的韩焰身后离开球场，匆匆对那位陆同学说了声不好意思。

这样的韩焰，让冬雪再一次肯定之前在日记里加了双划线的词，完全正确。

Chapter6
谁的江湖惊艳了谁

能让你为之付出努力实现梦想的地方，至少要值得，
时光才不算虚度。

Winter's Heart

"谁让你这么改的？小夏，工作要用心，用心，我再三说过这个问题。"

在部门圆桌会议上，冬雪遭到了领导的猛烈炮轰。上周的同一时间同一地点，是这个人亲口说要改成这样的，但仅过了几天，他就忘了个干干净净，一盆脏水全扣在自己头上。

"要是就这样发出去了，肯定会出大问题，还好被我发现了！小夏，我知道你得了个创作奖，但工作归工作，还是要踏踏实实知道吗？"

她紧紧咬住下唇，感觉已经有泪在眼眶里打转，勉力不让它们掉下来。在座的十几个人明明都知道实情，却不会有人站出来说句公道话，谁在这个时候拂了领导的面子，也就是想好准备不干了。

这就是职场。

有失有得，后果自负，不是任何事情都可以据理力争。

从会议室出来，才有相熟的同事安慰地拍了拍她的肩膀。

"袁总就这样，上次许经理还被他骂哭了呢，你别上心。"

点了点头。只能如此，不然还能怎样呢？

感觉有几道意味不明的视线时不时在关注她，冬雪心里也有几分明白：自己入行近两年，还不算老鸟，却比其他人先得了行业奖项，是免不得遭到妒忌的。别以为男人多的地方是非就少，牵扯利益关乎人性的事情，男人同样可以上演一部《甄嬛传》。

叹了口气，打开手机却看到韩焰给她发了张图，是一个可爱的Q版男孩形象，正在钓鱼。

"这是星际岛屿主角的原画设计,新鲜出炉的。"

看着自己游戏的角色,冬雪爱不释手。如果说现实世界有多残酷,理想国度就有多丰满,可惜的是理想终究离不开现实。

冬雪的获奖策划是一款冒险加模拟经营类的在线游戏,名为星际岛屿。故事讲述的是未来世界,男孩小可在一次旅行中意外掉进虫洞,来到一个未知的宇宙空间。这里由一个个岛屿组成,小可身边除了一条宠物狗,只带着一个简单的背包,他将来这里靠自己的双手展开冒险,直到有一天重回家园。主角不会停留在一个地方,通过完成技能和建设,通关一个个岛屿关卡,每个岛屿都是一个不同的小世界,甚至是平行宇宙这样大胆的构思,充满了奇思妙想。

做游戏的几个男生是J大"游戏造梦社"的成员。适逢学校文化艺术节开幕,各个社团都要设摊招募新人,夏冬雪作为项目特邀嘉宾也参与其中。秋意宜人的日子里,她一套休闲运动服神清气爽,站在摊位前也为全是男生的"造梦社"增添了一抹柔色。

冬雪本就是活泼的娃娃脸,再加上休闲的装扮,在人潮川流不息的校园里毫无违和感,倒像是个高年级的学姐。加了女生成员的社团果然生意好些,时不时有小男生在造梦社摊位前驻足询问,一个上午收到了三个颇有潜质的候补社员。

"下雪小师妹?哇,我没看错吧?"替夏冬雪买午饭的韩焰,一回来就看到她遇见了熟人。年轻男人穿着休闲西服,身材高大剑眉星目,站在一堆大学男生里显出几分成熟。

"大师兄?"冬雪显然也很吃惊,"你怎么会在这里?"

男人嘿嘿一笑,挠了挠后脑勺,有一种看得见的阳光朴实:"毕业后我本准备就业,后来机缘巧合下又回到学校,现在是学校的助教了!"

"那我不能叫你大师兄啦,得改口叫你于老师咯。"冬雪笑道,"这样说来,咱们也一年多没见了。"

"错,是两年。"于江一本正经地纠正道,"毕业前实习期,你就基本不回学校了。"

一口一个大师兄小师妹,以为在拍《笑傲江湖》呢。正聊得投机的冬雪一回头,见到不远处拎着两盒饭的男孩,连忙向他招手:"韩焰,你买了好久啊,我都快饿死啦。"

语气中隐隐有着小女儿撒娇的蛮横，男孩这才抿唇一笑，简单道："排队的人很多。"

冬雪一边拆饭盒，一边指着身边的人："忘了介绍，这是我中文系的同学于江，在我们文学研究小组排行老大，人称大师兄，现在是学校的助教。大师兄，这是我妈同学的儿子韩焰，计算机系一年级新生。"

韩焰配合地叫道："于老师。"

于江笑着点头。对于一年级新生来说，这声老师他受得起。但过了一会儿，他发现这个白净漂亮的男生又看了他一眼，眼神轻轻的，却给人一种秋意渐浓的感觉。

J大的校园文化节非常热闹，全校几十个社团各展才艺吸引新生加入，尤其是为了吸引美女注意，有个摊位甚至上演了十个健硕男生齐齐做俯卧撑的场面，笑得冬雪前仰后合。

"现在的小男生，比我们那会儿放得开多了。"她有点怀念，又觉得新奇。

"你们那时是怎样的？"韩焰问她。

冬雪眯了眯眼，像是在透过眼前看过去："我是文学社的，我估计每个大学的文学社都不缺人。"她轻笑了一下，"我记得加入第一天，社长在讲台上，用浓浓的乡音念了一首诗歌。那个激情澎湃口水四溅……我是一个字没听懂。要不是社里有才的人真的多，也许我会打退堂鼓。"

明明是在人来人往的小径，风吹过树叶的沙沙声却听得清晰。舒爽而微凉的空气里，男孩和女孩坐在路边，低声交谈。女孩单手支着脑袋，时不时发出清脆的笑声。男孩听得很认真，偶尔才回一两句。他的眼尾嘴角，都漾着浅浅的笑意，浅得就像此刻的琐碎阳光，透过树的枝叶，跳跃在不同的行人身上。

相比看动漫、玩游戏来说，游戏制作是一个门槛很高的兴趣，令大部分学生望而却步。但冬雪发现一件有趣的事，就是每当韩焰站在摊位前的时候，就会有各种女生前来询问，哪怕是对游戏一窍不通。这不，又有两个女生在一边观察了许久，终于走上前来。问了些风马牛不相及的问题后，她们忽然指了指夏冬雪问道：

"请问，旁边这位是你的女朋友吗？"

韩焰微微一怔，随即反问道："我们像吗？"他幽幽地盯着那女生，对方呆呆地竟忘了答。他也不急，依然认真地望着人家，等待下文。

冬雪爽朗的声音掺了进来："哈哈哈，怎么可能，我告诉你们个秘密，这个男生他，还是单身哟！"

看着女生们脸上一秒放晴，某人则一秒转阴的气象骤变，她继续火上浇油："但这是个难啃的芋头，你们要有思想准备！"

芋头，芋头！这系草级的男生到这位学姐嘴巴里，居然被这样形容！

偏偏有人还没有自觉，用手肘支了支那个"烫手芋头"："刚才那两个妹子，左边那个看着很不错啊！喂，姐对你不错吧？有句话说得好，泡学妹要趁早，晚了就都被人抢走咯。"

冬雪没想到这臭小子完全不领情，冷着一张脸就转过身去干活了。惹得她在心里怒道，臭小子果然是臭小子，装经验入他口袋都不知道收。

韩焰苦练篮球两个月后，凭着身高和天赋的优势被破格收入系篮球队中。要知道计算机系都是男生，竞争可想而知的激烈，作为一年级生的他却得到了队长的赏识，得到一次比赛出场五分钟的机会。

但谁也不曾料到，就在这短短的五分钟里，他竟意外负伤了！

"哔哔——"

伴随着一记尖锐的哨音，两个身躯重重地落到了地上。

"建筑系队冲撞犯规！"裁判果断的声音下，可以看到身穿蓝色队服的男生爬了起来，而白色队服的男生坐在地上，抱着膝盖，眉头紧蹙。

"你没事吧？"

膝上一阵刺痛，一颗汗水从男生的额头滑落至鼻尖。他的脸色有些苍白，呼吸仍保持着运动时的轻喘，耳边全是嘈杂的人声，大多是询问他的状况。

有温热的液体从腿上汩汩流出。他深深地吸了一口气，向队长摇头："没事，但我不能继续比赛了。"

队长微微一愣，随即拍了拍他的肩膀："以后有的是机会。"

心中对这个新生的认可又增一分。当时被他练球时认真的眼神所打动，破例让一年级队员上场体验几分钟比赛，没想到竟遭对手违规负伤。

在这个时候，他既不嚷也不慌，反而想的还是比赛，这份冷静令他欣赏。

韩焰被人抬到一边，伤口刺心的痛过去了一阵，血还没止住。篮球队的队员、认识的同学还有一群女生们围绕着他，忽然从人群里冲出一个娇小的女生来。

"麻烦大家让一让！"小身材大爆发，她吼了这一嗓子，人群自动为她散开了一条道，但紧接着的嘘声却让她的脸红了透。齐小茉现在也没心思想旁的，看到韩焰受伤的那一刻，她的心吊到了嗓子眼，差点尖叫出来。她是篮球队的后勤队员之一，就是类似于动漫里"篮球经理"的角色，一看到有事，捧着事先预备好的医药箱就冲了过去。

"韩焰，我，我给你包扎一下，你别动。"她低着头，手微微颤抖，勉力克服自己对流血伤口的恐惧，也不敢让他见到自己红了的眼眶。

镊子夹着纱布，颤颤地接近伤口的时候，一只手把她轻轻地按住了。

"我自己来。"他淡淡说着，仿佛现在正在流血的是另一个人。齐小茉有些吃惊地抬眼看他，这么近的距离，可以看得清他的额上细细密密地渗了一片汗珠，薄唇略略苍白，却认真地抿着。在她的记忆里，韩焰最常见的就是这个表情，拒人千里，却好看得让人忍不住想去深究。

看着他熟练地清理包扎伤口，好像经常干这些事似的，齐小茉相信周围的人肯定和她一样震惊不已。

不管怎么说，韩焰第一次上场打篮球赛，以负伤退场告终。

寝室里的三个哥们也知道了这件事，主动帮他包揽了所有担担抬抬的粗活，表露出男生之间的同学爱来。刘梓骏、张逢、叶麦这三个人和韩焰是同班同学兼室友，刘梓骏是人高马大的东北汉子，外表潇洒有男人味，绰号"骏哥"，属于当仁不让的老大；张逢是个瘦弱的计算机男，戴着厚厚的黑框眼镜，从镜片外头几乎找不到他的眼睛，故绰号"眯缝眼"；叶麦算是个文艺青年，长得斯斯文文，平时喜欢吟诗作对卖弄几下文采，也不知道是不是报错专业来的这里，人称"大麦"。

这三个人，加上一个不爱说话但礼数周全的韩焰，整个寝室相处得倒还不错，日子久了相互之间也越发熟络起来，彼此的性子知根知底。

"韩焰，有什么要帮忙的随时告诉哥们一声，知道吗？"骏哥打水回来，看韩焰还保持着他走之前的姿势，直着条腿搁在凳子上看书，忍不住又关照了一句。在他们寝室，就数这小子最难懂，三棍子打不出一个屁来，偏偏还长得眉清目秀的，时不时有女孩借故打电话来找。

本来他们几个以为他是拽得不行，想给他点教训，但后来慢慢地，他们发现韩焰会在没人的时候默默打扫寝室卫生，会替他们将散落一桌的作业捡起来按人分好，而他们的各种生活隐私他对外却只字不提……他们发现，他只是不太外向而已，却绝不是目中无人。

这让韩焰在寝室成了一宝，连同他有点奇特的个性也被包容了下来。他们一起学习，一起生活，在许多夜里分吃几包泡面，也像今天这样熄了灯的夜里，谈论着男生们感兴趣的话题。

"前几天丽丽带我参加了她们系的晚会，乖乖，文学院那边的女生就是多啊，不过我看质量一般。"这是骏哥，寝室四个人里唯一有女朋友的人，在一开学就瞅准了目标追到手，整天一脸嘚瑟。

"你都有女朋友了，还关心别人的质量啊。"这酸溜溜的声音一听就是大麦，"不过你别光说不练哪，有好的记得留意着，哥们儿还是单身呢。"

"就，就是！"有人吸了吸鼻子，"你们都还好，骏哥有人爱，大麦为人骚，韩焰那更不用说了……"声音沮丧下来的眯缝眼顿了顿，"打篮球受伤，一晚上寝室电话没停过，连电话线都拔了。"

"喂喂，你说谁为人骚？"

"韩焰，今天场上有个女的冲出来非要给你包扎伤口，认识的？这妹子长得还不错，你不喜欢？"

三个人七嘴八舌地说了一大圈，发觉有一个人一声都没吭过，还以为他睡着了，这时他清冽的声音却轻轻响起："那是我的高中同学，在篮球队当后勤。"

"三年未能忘情，继续随君相伴求学路。"有人开始弄文，"啧啧，此等痴情女子现在少有，要我是你，就把她收了。"

"要你是韩焰，整个系的女生你都能收咯。"

"骏哥你别扯淡了。整个系？咱们系有能瞧的女生吗？"

"伤心事何必反复提……还是说回韩焰那个妹子吧，小鸟依人的类型，哥喜欢哟。"

黑暗中有人重重地翻了个身，床板咯吱咯吱响了几下。窗外余了几只秋蝉还在吟唱，稀稀落落地散播着远去的夏天味道。

"哥也喜欢小鸟依人的，最好是长头发，丰满，比我矮一头。"

"屁股要翘……"

眼看话题慢慢要跑偏了，有人生生扯了回来，男生的深夜寂寞伤不起："韩焰，你不喜欢这款，那你喜欢什么样的？"

这话一出，三个人都感到有些好奇。从来没听韩焰谈论过任何女生，也不肯接受女生的好意，莫非，莫非他是弯的？

有人无形地哆嗦了一下，嘟囔着："哥可是直男……"

韩焰轻咳一声，半晌，悠悠道："我喜欢的女孩，像初夏的阳光，恰到好处的温暖。像逆风飞翔的鸟儿，独立勇敢，还有点像兔子和熊猫，呆萌可爱。"

他说完这些，寝室里安静了许久。老半天麦子的声音才响了起来："我说韩焰，你能说点人类听得懂的语言吗？"

"是啊，乱七八糟的都说些什么呢，我听了半天没明白。"

男生们七嘴八舌，在他们青春而躁动的夜里浮想联翩。这是女神的世界，也是屌丝的，但归根到底还是鲜肉们的世界。

只是在他们看不到的黑暗里，少年闭着眼睛谈起这个话题的时候，青涩而坚定。认真地回忆，细细地描摹，脑子里出现的，竟是同样一个身影。

缓缓地，少年的嘴角勾出的，是一抹初雪消融的恬淡微笑。

篮球比赛过去快一周的时候，韩焰的皮肉伤好得很快，但周末回家时仍被温文发现了。

听说他在学校摔伤了腿，冬雪妈特意带着冬雪前去探望，经过一段时间的相处，她俨然把韩焰当成了干儿子，这一摔她是真的心疼。

只有冬雪仍旧大大咧咧，绕着他打量了一圈："看你这么精神，就是没事啦？"

冬雪妈带去一堆水果和补品："出了血，就要吃点好的补回来。你打篮球危险吗？危险以后就别参加了吧。"

冬雪支了支她妈："人家妈妈都没说话呢，你这……还真把人当儿子了啊。"

温文跟着笑道："何姐说的正是我的心声，不过我这儿子吧，从小我关心得也少，他有什么事都习惯自己担着了，很少和家里说。打不打篮球，我相信他自己心里有数的。"

冬雪妈连声说是。

韩焰想拿点零食给她们，刚站起身就被冬雪拦住："哎少爷你要干吗？想拿什么我帮你。"

韩焰轻睨她一眼，黑白里藏着的愉悦分明："我没什么事，在学校也这样。"

"那怎么行。你现在身娇肉贵，要帮我好好跟着游戏开发进度的。"冬雪打趣道。

全靠韩焰的通风报信，每当他们的游戏制作有了新的进展，她才能第一时间收到消息。温文代替他拿来了开心果："知道你爱吃这个，早就备着啦。"

冬雪笑嘻嘻："谢谢温阿姨。"

很快，两个妈妈之间互相聊起了家常，冬雪边剥开心果边看电视，韩焰坐在一旁，一如既往的安静。过了一会儿，冬雪拿出手机捣鼓什么，韩焰看了她一眼，伸手默默地帮她剥起干果来。

他剥得很仔细。去外壳，还去膜衣，修长素白的手指灵巧地翻动着，将一颗颗剔得干干净净的开心果放在她面前的餐盘里。但凡遇到些成色不是太好，或是形状不优美的，则放在自己面前。不多会儿，冬雪的面前就多了整整齐齐的一小碟开心果。

他的动作很小，但自自然然、神情专注，好像在雕琢一件艺术品。这个小举动被温文看在眼里，面上并没有表现出来，心中却震惊不已：素来内向冷清的儿子，什么时候学会做这样的事情了？那揉了多少温柔的细节，是抱着怎样的心情去实现的？

其实早些时候，温文也曾不经意间想到过这件事。他们愧对的儿子在那几个月，是怎样过来的，她比任何人都痛在心里。一家团圆那时她便想过儿子会不会喜欢上夏家的姑娘，但因为两人年纪相差太多，这个念头很快被放到一边，却在她的心里播下了种。如今仔细一留意，还真让她看出了点端倪！

焰焰对谁这样过，若非对方是小雪，他绝不会多理一分。这傻儿子！

　　要真是这样，她倒是也不会反对。但看小雪完全没有发现身边人做的事情，一副未知未觉的样子，自家儿子的路难走得很啊。罢了，罢了，孩子的事情，就让孩子们自己顺其自然吧！

　　在不同的年纪，人会有不同的际遇和想法。比如温文，在经历过大起大落后，更多的是慈爱和包容；比如韩焰这样的大学生，男生女生、梦想激情交错，正是青春躁动的年纪；也如冬雪这样的职场人，告别了纯真的校园，也不再是新入行的菜鸟以后，职场的残酷便在她这里前所未有地铺展开来。

　　冬雪现在参与策划的MM游戏人气不错，线上互动活动几乎每周都有。做活动要求的是严谨仔细，无论是措辞、规则还是发奖，每个环节都不能出错。那天晚上十点多，她洗完澡准备舒舒服服地上床玩会儿手机，公司QQ群里却出现了一条信息：

　　"连续有几个玩家反映，MM游戏活动发的虚拟礼包奖励不能激活！"

　　一句话在群里炸开了锅。连袁总都迅速关注到了这件事："是不是策划人员提供的礼包代码有错误？"

　　冬雪一个激灵，从床上翻坐起来。这是一个小活动，活动的细节她都仔细核对过，应该不会有误。虽然只有几个玩家反馈，她还是很认真地回复道：

　　"活动发奖相关细节都核对过，应该确实无误。个别玩家使用方法不对，不能激活也是有可能的。"

　　这时冬雪部门的许经理回复了："问题不大，也不难处理，明天上班的时候加以核对就行了。"

　　几百人的群里一时沉寂，除了几个当事人，谁也不愿意冒出头来。

　　冬雪觉得有点冤枉，但心道明天就能还自己清白，也就没再多说。但在此时，几个唯恐天下不乱的人开始发言：

　　"不能吧！虽然这是一个很小的活动，但是也关乎我们公司的信誉啊。"

　　"是的，我不认为这是一件小事，应该严肃处理。"

因为许经理的轻描淡写，袁总的面子下不来，几个善于察言观色的人正好顺了他的意思，他立马发下指令：

"离公司最近的人，立刻到公司去核对这件事的情况。本来嘛，今天居然没人加班，令我非常意外，可能大家最近的作风确实太松散了。"

到公司查证，就是要开冬雪电脑了。当着公司几百个人的大群里，连夜搜查她的电脑。没有一个人多说一句，群里空前沉默。一股巨大的耻辱感扑面而来，自己在公司近两年的信誉，不如有心之人推波助澜的两句话。很显然，她成了袁总的棋子，用来肃清公司工作风气的棋子。

"谁去公司，我把电脑密码单发给他。"忍住委屈，她一字一字输入手机，"发出去的，和还未发出去的礼包代码，我都分类保存好了。"

晚上十一点半，那个最初反馈问题的同事从公司回来，他私密了冬雪和袁总："已经查证了，礼包代码确实无误。看来是玩家自己的问题，与我公司无关。"

袁总轻描淡写地"哦"了一声，就没了下文。

冬雪私聊那位同事："麻烦你把刚才那句话，在公司大群里面再发一次。"

同事尴尬道："这，不用了吧？"

"怎么不用？既然反馈了，也查验了问题，说出结果不是理所当然的吗？群里肯定还有关注这件事后续的同事吧。"因为心里有情绪，她打字也不免语气不善，想了想又补充道，"只是，请你说出事实而已。还有，辛苦了。"

无懈可击，同事最后在大群里证明了夏冬雪同志的清白。但经过这样一遭，结果是如何没人关注了，大家只记得了袁总的不信任和这场笑话一般的作风整顿。

整件事完全了结的时候已经是午夜时分。在黑暗的房间里，冬雪睁着双眼躺在床上，握着手机的手心里微微出汗。她心绪难平，不知道多少别有用心的人，还在像今天这样虎视眈眈，等着给她挖陷阱呢。

这就是自己兢兢业业，服务了两年的公司吗？无数个日夜的苦思冥想，绞尽脑汁，换来的竟是这样的结果？

她可以坚强，可以不哭，却无法不在意。因为全情投入，所以在意，所以倍感委屈。

那时候的她还不知道，公司人际氛围比公司的业务更重要。每天近十个小时待在公司，为之付出青春和才华的地方，至少要让自己感到值得。

她翻了个身，了无睡意，便光着脚走到阳台上。

秋意渐深，夜风的寒意明显。她的身躯微微发抖，心里却有着一股热潮在不停翻滚着。她想做一番有成就感的事！想要全心投入她的事业，而不用担心队友在自己的脚边挖了坑，等着她去跳！

都说学校是个小社会，社会是个大杂烩，人生是个大舞台。从小社会到大舞台，百种滋味，有喜有悲。望着夜幕之下，还稀稀落落地亮着若干灯火，不知是否同是天涯沦落人，谁与她今夜有着相同的心情？

同一个夜晚，同一片天空，在她不知道的地方，有个年轻男孩也还未进入梦乡。此刻的寝室里，已经有人鼾声大作，韩焰斜靠在床边，手里的iPad上停留着一个新闻网页：

陆氏与莫氏或将展开大规模战略合作，揭秘两家的太子千金曾是同班同学。

如果他没有记错的话，网页上的男人和女人，他都曾经在聚会上见过。而在那时，他们还是不太熟的老同学，关系普通至极。

他也记得很清楚，冬雪望着那个男人时，眼中的闪亮。怎么眼前的图片中，参加晚宴的那两人却手挽着手，西装加晚礼服，望着对方相视而笑呢？

他应该错过了什么。冬雪把情绪藏得很深，深到她的脸上总是洋溢着笑容，让人无法企及那个男人在她的心里，究竟还占有怎样的位置。

韩焰知道，这是他不能介入的，她的过去。

Chapter7
真爱的理论与实践

越是充满勇气的爱情，越是逆风飞翔的情感，是否更
可被称之为"真爱"？

Winter's Heart

高雅的摆设，礼貌的服务，张晓晔邀约的这家餐厅给了冬雪良好的
第一印象。暖色系的灯光并不刺眼，却很璀璨，映得她包包上的挂件都闪
亮起来。

"下雪，这里这里！"坐在窗边的张晓晔压低了声音叫她，并连连
挥手。冬雪环顾四周，正在就餐的人不少，大多衣着光鲜举止优雅，交谈
时窃窃私语。

"这里吃饭很贵吧？"她落了座，对张晓晔小声道。这可不怪她屌
丝，像这样的高级餐厅，不符合她们小白领的消费水平。

"怕什么，"坐对面的那个一脸嘚瑟，"我阿姨给的招待券，咱俩
吃得走不动了都够。"

两个女孩看着对方哧哧轻笑起来，并在侍应的等待中点了菜。冬雪
将周遭喜爱的餐厅装饰拍了照，正想发到网上，却听侍应问道："小姐，
请问需要点饮料吗？"

"和我朋友一样就行了。"她随口回着，餐厅的几张相片已经PO上
了朋友圈。

耳边萦绕着慵懒的女声，哼着若有若无的淡淡jazz，两个女孩边吃边
聊，非常惬意。正在此时，张晓晔的眼神忽然紧了紧，低头道："那边，
门口，陆以珩。"

冬雪心口微微一跳，顺着她的视线望去，看到一身休闲西装的陆以
珩和一对中年夫妇正走进来。

陆以珩一眼就看见了窗边的冬雪，微微一怔后眉眼柔和起来，径直

走到她们桌前："冬雪、晓晔，这么巧。"

张晓晔是知道前因后果的，当然没个好脸色给他看，倒是冬雪微笑道："晓晔带我来体验这家餐厅。"

面上几句寒暄，心中百转千回。仅仅是一小段时间，却感觉眼前的陆以珩如此陌生。内心不由得生出淡淡的伤感，不应埋怨时间，让她年少时的美梦破碎的，并不是时间。

陆以珩回到自己的座位上，忍了半天没说话的张晓晔才开口："我真搞不懂这个人。原本以为他什么都好，你俩也是好事多磨，没想到他身上一大堆的秘密……"

冬雪拍了拍她的手背："晓晔，别说了，我懂。"

两人举起杯子碰了碰，各自喝了几口，像是在发泄某种愤懑的情绪。过了一会儿，陆以珩又走了过来，神色有些微妙："冬雪，我母亲在那边，想邀请你过去聊几句，你方便吗？"

冬雪看了看张晓晔，后者把包一拎，干脆道："我结完账就先走了，你们慢慢聊吧。"又悄悄对冬雪挤了下眼睛，不知是助威还是提醒。

不远处，冬雪已经知道那个衣着得体的女人一直在看她。

陆家主母何其精明，能打理起一个家族，就能知道儿子面对这个女孩时与别人不同。趁着陆父外出接电话的当口，请儿子邀请她过来，时间也掌握得刚刚好。

"伯母你好。"冬雪先向长辈打了招呼。

陆母也对她微笑，邀请她就坐："夏小姐对吗？我听以珩说，你是他的老同学？"

"是的，我们是高中同学。"冬雪不露声色，脸上却忍不住发热。

"挺好，同学之间是最纯真的。"陆母顿了顿，"以珩留学回来以后，可能就你们这群老同学，和他关系近些。"

陆母垂下眼帘笑了笑，又看向冬雪。她保养得不错，看起来挺年轻，又隐隐又一股锐利隐藏在美貌之中。

冬雪放平的心又怦怦直跳起来。她看了一眼陆以珩，他早就没了笑容，眼神来回于母亲和自己之间，曾熟悉的英俊面容有些局促，想开口又开不了口的样子。

一阵笑意掠过冬雪的心头，是的，是笑意。陆母当然知道莫枚枚和他们是同学，也知道陆以珩对她不一般，才让她过来问话的吧。脸上越来越热，眼前的景致也有些模糊，一个念头忽然浮上冬雪的脑海：难道刚才她和晓晔喝的饮料里面有酒？

因为聊得开怀，之前两人是一饮而尽的，现在一阵阵酒意却涌了上来。她在心里叫苦不迭，放在膝上的双手紧握成拳又松开，想让自己注意力集中一些。

"陆以珩是班长，为人很亲切，与所有同学关系都不错。"她说的是实话，别人眼里的陆以珩是完美的，这也是他希望呈现在别人眼中的形象，他很成功。

陆母点了点头，刚想说话，却听冬雪又说道："只不过五年前他忽然出了国，期间也没与大家联系。几年时间过去，大家对他的印象可能还停留在高中时代，有了一段真空期。"

陆以珩面露一丝苦闷。陆母的微笑凝结在嘴边，放出大招："莫枚枚是你的好朋友？"

"妈，"陆以珩终于忍不住道，"冬雪的朋友还在外面等她呢。"

陆母轻轻看了他一眼，却是放弃了那个话题，改问道："你是做什么职业的？"

冬雪感觉整个世界都在轻微旋转，只听得自己的声音在说："我是个运营策划，游戏的。嗯……就是给游戏写写故事，做做活动的那种。"

也不知道这种职业在陆母的耳朵里能听懂几成，她多嘴地加了句解释。陆以珩见缝插针地加入进来："冬雪，走吧，晓晔该等急了。"

冬雪点了点头，勉力让自己保持平衡，向陆母道了别。走出餐厅冷风一吹，她稍微清醒了一些，也知道刚才自己多嘴了，但能说出来的感觉不能更棒！

"陆以珩，"她微微眯眼，指着眼前男人的鼻子，"我不后悔！我说了我，该说的，不管你妈妈会怎么看我，都没关系，没关系了。"

她的声音有些大。其实她比之前清醒，却更亢奋，想把埋在心里的东西全部挖出来丢掉："不用总说对不起，你没有，对不起任何人。哦，你对不起莫枚枚。"

"对"字在陆以珩嘴边，生生地被压了回去。秋天的夜晚轻寒相伴，映着由远及近又走远的车灯，脚下枯叶扬起落下，周而复始。

在喧嚣中恢复宁谧。在宁谧中又再一次喧嚣。

周末在家的韩焰看完电视，时间已经不早。手机一直如他那般，安安静静地躺在一旁。晚饭前把星际岛屿的新登场图发给了冬雪，几个小时下来她竟然毫无反应，很不符合她的风格。打了电话过去，却是无人接听。

韩焰翻看手机，在朋友圈里见到她去了一家西餐厅，就在他家附近。想了想，还是悄悄地溜出门去。

西餐厅的灯光昏暗，大门紧闭，应该已经打烊正在内部清扫。空荡的街道上人烟稀少，只偶尔有车从马路上飞驰而过。

这样的一时兴起，这样的漫无目的。在十个月前，冬雪也曾陪他一起疯过。

微乎其微地扯了扯嘴角，为自己的行为感到讶异的韩焰，却在街角发现了一团黑影。

人影蜷缩在花坛的一边，微微抖动着，在夜幕的掩盖下几乎看不真切。但那若有若无的哭泣声却吸引了他的注意，待走近一瞧却是内心极震撼："冬雪，你怎么了？"

他永远也忘不了那一瞬间。也许若干年后，他们都不会记得那是他第一次这样叫她。但他一定会想起，她回过头来的时候，脸上的泪痕在微弱的光线下，就像黯淡的流星划过天际。

他抬了抬手想帮她拭去泪水，却还是放了下来，只把她扶起仔细打量，确认是否受伤。

"你怎么了？"他声音轻柔不少，清澈纯净，在安静的街道上如此真切。

冬雪胡乱地抹了几下脸，却是咧嘴一笑："臭小子！你怎么知道我在这里？不会这么巧吧？"

韩焰已经知道她喝了酒，耐心地答道："你自己在朋友圈晒的。"

某人脑袋一歪，好像是这么回事哦。摸出手机一看，不知道什么时候竟然变成了静音，还有好几个未接来电和消息。

"你是担心姐姐，所以特意来找的吗？"

韩焰撇了撇嘴："我是夜跑，刚好经过。"

"谢谢，谢谢你刚好经过。"她笑着，红着眼睛和鼻子笑得难看，但却毫不在意。在这一刻，吹着自由的风，她知道她做回了自己。

谁给谁救赎，不如说谁让谁活得更真实。

"……你没有，对不起任何人。哦，你对不起莫枚枚。"那一刻，她当然看得清楚，陆以珩脸上的错愕与难堪。

不是的，不是这样的啊……她的心在叫嚣，她其实并不想看他受伤难过。

曾经深深喜欢，谁愿亲手摧毁？到今时今日，陆以珩当然有他的打算，她呢，她能为她的自卑怯懦寻找更好的说法吗？

如果不是借着这酒意，可能她永远也不会说这些话。她不如尤佳，敢爱敢恨，宁可被陆以珩拒绝一百次也要轰轰烈烈；她甚至不如莫枚枚，坚持而隐忍地爱着，终于有一天可能是感动了天意，竟许她美梦成真。

是她，她自导自演了与陆以珩的擦肩而过，却把这一份心痛完全加诸在他的身上！压抑许久的各种挣扎，在这一刻都借故发作起来：

"陆以珩，你要成功知道吗？"

"嗯。"

"陆以珩，你如果要和枚枚一起，就要好好地过，知道吗？"

"……嗯。"

"陆以珩……"她也不记得自己究竟说了多少，总之是一切曾经想说的没说的不能说的，一股脑儿都倒了出来。她的烈，就像一团火，经年累月的冰封被融尽的时候，刹那燃烧。

人的记忆是神奇的，它可以忘记一些事，也可以记得一些。那个人拥抱时的体温，他在她耳边轻微的呢喃，她为什么就可以记得，可以记得这么清楚呢？

心里的酸楚，并不全是不舍。它包含了对年少时那份纯真的怀念，对失去的情感的珍惜，对现实生活的无奈……太多太多，最后化为一句"珍重"。

再见了，珍重。这也许是最后一句。

还记得吗，开学第一天，他明眸如星，笑颜似云："我是陆以珩，王字旁加行人的行。"

有些人就如流逝的时间，并不是努力就可以抓得住。

经过一通发泄的冬雪感觉浑身舒爽，其实她的酒意早就散得差不多，把自己清空的感觉真的很好。

"韩焰，当我第一次感觉人生到了低谷的时候，没想到陪我的人是你。"

韩焰陪她缓缓走着。他是一个很好的听众，从来都是。

"我只是在借题发挥而已，"冬雪吸了吸鼻子，脸上泪痕已干，有点绷绷的，"其实我也不是真的这么难过，毕竟他都离开那么多年了，再浓的喜欢也晾淡了。"

望向天空，今天的夜幕深蓝，没有星。

"他刚走的时候，我的心就像是被抽空了一块。你知道吗，高三快毕业的那会儿，我特别惶恐，我并不是怕高考压力，我是怕考完以后，会再也见不到那个人。"

韩焰当然知道"那个人"是谁。他安静地听着，内心却如夜风下的湖面，一层一层的涟漪，并不平静。

"但是，原来再深的喜欢，也敌不过时间。"一辆车经过，瞬间照亮了两人的面容。"不，也可能只是我臆想的深。"

"你把所有的问题都揽上了身。"他一语戳中要害。

"嘿嘿！"冬雪轻笑一声，"这样我会开心一点。在公司我已经像个受害者，难道感情上我还要当个弱者？这个社会太残酷了，但我不会服输的。"

事业、情感双双失意，让这个年轻的女孩显得有些焦躁和沮丧。但她的内心偏就有一团火，烧光了，还要重新来过。这个夜晚，他们没有坐车，一路慢慢地走着，一个说一个听，好像路遥遥没有了尽头。

"冬雪，我最低落的时候，是你陪我度过。这一次，换我，陪你一起走。"

入夜后的校园，像一幕都市青春剧。年轻的男男女女，在剧中上演着各自婉转动人的故事。

"答应他！答应他！"异常嘈杂的起哄声，响彻熄灯后的校园。地上亮着摆放成心形的蜡烛，心的中央站着一个弹吉他的男生，唱一首轻快而又甜蜜的歌曲。

他的脚边是一块牌子，上面写着：

一直喜欢你，希望你知道；永远爱着你，希望你也是！

大胆的追逐，热烈的绽放，是青春独有的珍贵回忆。而这带着明显笑意的起哄，让大家都心照不宣：这可是在男生寝室楼下！

一个男生，在男生寝室楼下求爱，说明什么？

时代在进步，想法在蜕变，这样的事情如今已经不再惊世骇俗。围观的同学们纷纷笑道："真爱啊！"

有人鄙夷，有人不屑，但大部分人都是笑着拍着，更有人大方送上祝福："在一起！"

真爱究竟是什么？打破世俗隔阂的追求，还是不顾一切的相伴？日久生情是爱，青梅竹马是爱，电光石火是爱，孽缘未断亦是爱。快节奏的今天，我们是否曾思考，越是充满勇气的爱情，越是逆风飞翔的情感，是否更可被称之为"真爱"？

关于爱的诠释，每个人各不相同。而在J大的校园里，也有一个女孩爱得沉默，却也炽热。

"再拿下一球！"运动鞋在特制的地板上摩擦出吱嘎的声响，体育馆里的篮球赛正在紧张进行。场上比得热火朝天，场下一片喊声沸腾，而在球场边缘，一个女孩默默站着，并不显眼。她不在人群中，也不在替补席旁，她选了一个僻静的角落，眼神只追逐着一个身影。

是什么时候开始的呢，眼中变得只有这一个人。

他奔跑，濡湿的发贴在额前；他穿白红相间的队服，11号，裸露在外的皮肤白皙，没有一丝粗鲁；他带球上篮，却被对手狠狠地拍了下来，深吐口气，他跑回下一个配合的位置，面上不见焦急。

他总是这样淡淡的，却又对每件事专注认真。也许，正是这一点深深吸引着自己，齐小茉在观看韩焰打球赛时，悄悄地想着。

这样的人，如果他深情地望着自己，会不会幸福得晕过去呢？

微微的怔忪中，哨音响起，计算机系赢下了比赛。队长走过去拍了拍韩焰的肩膀："看来是完全恢复了。"

韩焰点了点头："谢谢队长给我机会上场。"

"不能叫年轻人留下太多遗憾。"大三的队长一副少年老成的模样，自己都笑了起来，"你很努力，大家都同意你上场。"

齐小茉凑上去给韩焰递了毛巾和水，甜甜笑道："球队居然让大一新生打了整整半场，你真厉害。"

韩焰道了谢："要不是领先得多，我就要拖后腿了。"

齐小茉盯着他喝水时滑动的喉结，脸上微微发热。小片刻，她下定决心道："那个……我们系傍晚有个话剧表演，已经演过两场了，口碑，还不错……你有没有兴趣，一起去看看？"

心跳得像擂鼓，总算把话说出来了。一路追随他来到大学，也知道喜欢他的女生绝不在少数，好在他是生人勿近的样子，让自己多少有点机会。

"抱歉，"他简单干脆地回复，"今晚有约了。"不知为何，他看起来心情不错，竟对她微微一笑，"谢谢。"

少一丝桀骜，多一缕清逸，这笑容把女孩被拒绝的苦涩都拂走了。

韩焰匆匆赶到游戏造梦社的时候，在门口已经听到了冬雪欢快的声音。

"哇，这个开场动画简直太酷炫啦！"

"这个剧情关卡，玩起来很带感。"

这游戏是她的亲生儿子，真是哪儿哪儿都好。他抿了抿唇推门而入，却遭到了对方的嫌弃。

"你怎么运动完也不洗个澡再过来，有汗味！"冬雪故作夸张地捂着鼻子，但又忍不住关切，"比赛赢下没？"

有味道吗？其他几个社员你看看我，我看看你，一脸茫然。难道在男生寝室待太久，对汗味这种最没有存在感的异味，早就产生了免疫力？

男孩点了点头："赢了。"忍不住又打量了冬雪一眼，今天她穿着米白色连衣裙，脚蹬粉色搭扣皮鞋，倒是文静可嘉，可一转身就露了馅了，那连衣裙居然是连帽的，两只兔子耳朵垂在背后，随着她的动作一摇一摆！

果然。韩焰在心里默念一句，也很快加入到游戏制作的讨论中去。

时间一晃就过了三个小时，正事说完的时候窗外天色擦黑，狂风大作树影摇动。

"糟了，好像要下雨的样子。"看冬雪迷茫的眼神，就知道她来的时候肯定没看天气预报。韩焰从包里摸出一把伞来："我这儿有备着，如果雨太大的话，试试能不能打到车。"

今晚是两家的聚餐日，地点在冬雪家。

既不是姐弟，也不是情侣，却总同进同出的。对于他们之间的关系，社员之间早已心照不宣，没人会多问一句。

挥手道别，两人走在校园里的时候，风力正劲。冬雪边走边捂着自己的裙摆，早知道今天就不应该穿裙子。韩焰负责打伞，但是大风把伞吹得七扭八歪，脆弱的伞架子眼瞧着就要折了。

"风大，没什么雨，还是把伞收了吧。"冬雪大声说着，几缕雨丝顺着风刮到她的脸上，即便是打着伞也挡不到。秋夜的雨清冷无比，她腾出一只拢着裙摆的手，扶上自己的手臂，后悔自己真是太大大咧咧了，穿着完全不合时宜。

韩焰收了伞，见她这样冷，果断将外套脱了下来。他里面只穿了一件衬衫，看起来比她还单薄。冬雪忙伸手阻止："哎不用了，过会儿上地铁就好了。"

"没事，你……"话没说完，男孩忽然脸色一变，黑眸中盛满焦急，冲过去抱住她往前跑了两步。紧接着一声巨响在夏冬雪耳边炸了开来。

这一连串的事情发生在一瞬间。响声过后，她又听到几声惊叫。颈脖间的温度消失，韩焰松开了她，却还扶着她的双肩仔细打量，好像在确认她安好无恙。

"你……流血了。"怔怔地，冬雪只说得出这一句话。她能感觉，感觉自己在微微发抖，感觉韩焰的手紧紧攥着她的肩膀。一缕温热从他的耳朵上方汩汩流下，在他们的脚边，是一个碎裂的花盆。

"楼上花盆掉下来，砸伤人了！"有人叫喊着，有人在通知校方。

这一幕来得突然，冬雪脑子里乱哄哄的，只知道这个花盆掉落的位置，正是刚才自己站着的地方。

要不是韩焰将她推开，那么现在……

一只微凉的手，带着雨丝的湿润，轻轻抚上她的脸颊。"没事吧？"拍拍，捏捏，揉揉，看她没有反应，男孩有些着急，"吓到了？"

感觉到自己再次落入那个怀抱里，他的肩膀和胸膛有些瘦削，硬邦邦的。耳边，清冽的声音重复着："没事了。"

一遍一遍，魔咒一般，却真的可以消除心中的不安。是什么时候呢，也有过类似这样的场景……是了，那时她发着高烧神智模糊，也是这个声音曾在她耳边说过别怕，我在呢。

后知后觉地，脸上腾地有了热度。疾风无情地刮打着他们，此时此刻，这个怀抱是如此温暖，令人留恋。

不过片刻，却好像过了许久，直到一群人急急忙忙跑了过来，冬雪才听到自己的声音在说："我好了，韩焰。"

与此同时，室友骏哥吼了一嗓子："他X的谁这么不道德，高空坠物有多危险不知道吗？"

这声音盖过了她的蚊子叫，男孩也没听到她改了口，竟没叫他臭小子。

眯缝眼迅速考察了事发现场，并咔嚓咔嚓拍下照片存证。这时校医也赶到了，焦急道："你们都散开，这位同学的伤口还没止血。"

一语惊醒众人，大家腾出空间给校医包扎。韩焰的伤口在额头至耳朵之间，一道细口子险险擦过眼角，要是再偏一点，后果不堪设想。

"花盆是擦着你的脸过去的？"大麦惊道，"花盆再刮过去半寸，眼睛瞎了。你人再少走半步，命都没了！结果你啥事没有，帅的人果然都有主角光环！"

他的玩笑没让一个人笑出来，尤其是冬雪。到此刻她才算回过神来，韩焰这可不光是救她，是拿命和她换了呀！

校医给蹲在地上的韩焰包扎，男孩幽深的黑眸时不时瞥向她，有些无辜，也有些担忧的样子。冬雪挪开目光，说她反应迟钝她认，要是这样还不知道这小子心里什么打算，可实在说不过去了！

还是寝室的三个狐朋狗友心态轻松，骏哥早就留意到夏冬雪了，摩擦着双手笑道："这位漂亮姐姐是谁，还不赶紧介绍介绍！"

眯缝眼和大麦对了个眼神儿，这下总算是抓到韩焰的痛脚了。那什么"兔子熊猫的……"不是眼前这位，还能有谁哪？

幸亏他们不知道刚才他是如何救下她的，否则恐怕可以拿出去吹上三年。

但还有他们不知道的，这一瞬间被对面校园便利店的监控录像拍了个正着，清晰不带码的。

Chapter8
我爱我的，与你何干？

无论你对我是喜欢还是讨厌，是想念还是忘却，在我
心里的你却始终不变。所以……我爱我的，与你何干？

Winter's Heart

那天晚上在冬雪家聚餐，家长们对韩焰的伤势万分关切，韩焰则对受伤的经过轻描淡写，只说是一场意外，校方研究过后给予赔偿。大家的注意力都集中在他这边，倒没人注意冬雪的反应异常，整晚有些迟钝，没什么精神的样子。

入夜，冬雪回忆起今天发生的一切，仍能感觉到自己的身躯有些轻颤。那是一种后怕，反应过来之后才知道的害怕。与此同时，心中自然也难以平静，当另一个人在危险发生的一刹那，拼尽自己来保全你的时候，谁能做到坦然接受？

窗外的雨，从下午一直下到了夜晚。淅淅沥沥，时停时续。一阵风吹入窗槛，掀得书桌上的日记本发出轻微的翻页声。她一惊，生怕雨水洒湿了日记，忙起身关窗。

微弱的灯光照在日记本的某一页，记录着她帮韩焰打扫房子，韩焰给她做饭的事。那天她发现了少年的优秀，多才多艺还做得一手好菜，于是写下对他的一片赞美。回忆他们的初相识，充满了戏剧化的往来，少年对他从冰冷到熟稔，半年间他们之间的互动越来越频繁。

只是从什么时候开始，他居然对自己动了那心思？

拿起手机，想关心下他的伤势，却又觉得有些局促。没来得及理清思绪，却是他的消息先到一步："你还好吗？感觉你被吓到了。"

他果然是对自己格外关注的。心里说不出的怪滋味，明明把他当少年看待，可现在他却长成了一个男人，一个看起来还挺可靠的男人，正在用行动代替言语向她告白。

想了想，她还是务实道："我没事，幸好你也没有。你的伤好些吗？"不是不感谢，而是不敢撩开感谢的话题，怕将他们之间的纱被突兀地撩走后，不知如何面对。

那边回复得倒是挺快："小伤，过两天会好，你没事就行。"

按照他的性格，恐怕非常耐心才能回复这么多字吧。冬雪想起那些女生给他发的信息，基本都石沉大海，心道其实韩焰的性格本来也是内向凉薄的，偏偏到了她这里，倒好像变了个人似的。可能是因为年轻，对自己的心情并不懂得掩饰，叫人很容易便能分辨。这样的情感多半是冲动，应该来得快去得也快。

思及此，冬雪很快在心里下了个决定。

韩焰受伤事故发生后的一周，校方在研究后给出结论，那栋跌落花盆的楼正在整修，事故发生属于管理疏忽所致，校方需负责并赔偿。虽说当时情况危急，但毕竟最终没有酿成大祸，所以赔偿也就是点到即止了。

"这事差点就要弄出人命了，校方现在装傻充愣的，真是无赖。"星期六的上午，学生们收拾好行囊准备回家，韩焰与一群同学走在路上，大家七嘴八舌地表达意见。

"韩焰的伤都好得差不多了，你觉得学校还能怎么赔？肯定是大事化小，小事化了呗。"

"那也不是那样说，"一个纤细但倔强的女声插了进来，是齐小茉，"韩焰，他的脸上留下了疤。"她是篮球队后勤，与这帮人渐渐混熟了。

这张她万分欣赏的俊美脸蛋上，现在左侧眼角到耳朵的地方，伤口已经愈合，却留下了轻微的痕迹。

"这叫给哥们儿留点活路。"有同学开始自嘲，"不过增加了残缺美之后，恐怕韩焰要走红到艺术系了。"

同学们哗然大笑起来。人流在校园的小道上穿梭不息，一对男女与他们擦身而过的瞬间，被人群包围的男孩脚步顿了顿，回头看了一眼，神色莫测。

"怎么了？"有人问他，却见他摇了摇头，眉眼低垂。

没有人继续追问。很多时候，几乎没人知道他在沉默的时候究竟想着什么。

与他擦身而过的女孩，蓬松的短发别着一枚爱心发卡，背着双肩包，清新的水蓝色像晴朗的天空，洁白的球鞋像点缀在天空中的云朵。她在笑，半个酒窝微微旋开，对着她身边的男人。

那个男人，他曾经见过一次，他叫他：于老师。

冬雪来到J大，和于江在一起，却没有告诉他。甚至，余光中他还看见，于江的手揽上了她的肩……

本来，他们也不是捆绑在一起的，她回母校见什么人，没有必要特意告知。心中微微酸涩，面上却没有表露出来。在她的世界里，他迟到了，这是他早就知道的。

先有陆以珩，现在又有大师兄。也许以后，还会有其他人。

但……他有他的决意，与他们又有何干？

路的那头，男人拘谨地拿开了放在女孩肩头的手，憨笑道："刚那一路也不知道有没有相熟的学生，被人看见真是不好意思。"

冬雪对他笑道："真是为难你了大师兄，但在这学校里面我想不到其他合适的人选了。"

于江摇了摇头："既然你叫我一声师兄，你有困难我还能不帮你？反正我又没有女朋友，误会怕啥。"他挠了挠头，有些困惑，"不过小师妹，你叫我演这一出，是给谁看哪？"

冬雪一怔，喃喃着："有心人，是会看见的……"

因为游戏制作的事，后来冬雪与韩焰又见过几次。他对之前的事只字不提，也没问起她和于江，倒是她刻意在他面前接了几次电话，每次都是甜腻腻地叫着大师兄，连她自己都有些寒毛直立。

讨论事情晚了，韩焰照例送她回家，她忙推说："不用了，大师兄会来接我……"言下之意凿凿，再笨的人也该明了。

谁知男孩却简单道："那我陪你等他，他来了我再走。"说罢双手插兜站到一旁，竟是一副随便等多久的模样。

于江是她随口搬出来的，现在人在哪里都不知道。他的坚韧出乎冬雪意料，她只能妥协："那，今天也不早了，我还是先回去吧。"

她走在前，男孩在后。路灯把他们的影子拉得很长很长。她一路走着，望见地上的影子始终跟在她一步之遥的地方，无论是过马路还是上下楼梯，不曾离远。

这样的情况后来又发生过几次。无论冬雪明示暗示她与大师兄的亲密关系，韩焰都总是不紧不慢地在她的范围里，一如既往地做着他的事。他就像一根苍竹，鲜翠挺拔，刚直屹立，无论冬雪给他刮风下雨也好，闪雷落雪也罢，他始终保持着自己的姿态，也始终在她转身就能看见的地方。这无声的表达，虽未化为一句告白，却好像是在说：

我爱我的，与你何干？

冬雪不知这是单纯还是隐忍，是坚持还是呆萌，只知道她的那一套在他那里全然不奏效。而在不久以后，她收到一个令她震惊不已的电话。

"小师妹，恐怕我以后帮不到你了。"于江在话筒里的声音颇为无奈，却也有一丝笑意掺杂其中，"不是师兄不想帮你哟，只是那个男同学英雄救美的视频现在在学校里太火了！要说你和我好了，恐怕也没人信哪。"

视频，什么视频？冬雪到J大校园论坛一搜索，才发现那天韩焰救她的视频竟被完整地拍了下来，并被有心人传上了网络：

计算机系草英雄救美奋不顾身，美女竟是本校中文系师姐。

这样一个恶俗的标题，居然已经有了五千多的点击量，现在的大学生是有多闲！胆战心惊地点了进去，才发觉网络的可怕，本来视频的场面已经够有冲击力了，加上韩焰在本校人气旺盛，就更为人所津津乐道。最可怕的是，早就毕业最最无辜的中文系师姐，其在学校的声名、得奖经历和为人处事细节，竟都让人一一扒了出来。

"哇，系草和学姐难道有什么不可告人的关系？"

"系草原来缺少母爱。"

"学姐真会玩！"

"你们仔细看那场景了吗？系草分明是不计后果的，绝对是真爱好吗！"

各种嘈杂的留言充斥着校园论坛，其中不乏许多充满恶意的点评，基本都是围绕着他们的年龄差展开。什么老牛吃嫩草，学姐玩学弟之类的，非常难听。可过了没多久，这个帖子连同视频忽然从论坛神秘地消失了，连楼主的IP也被莫名地黑了，再不能发表任何主题。

除了计算机系的那些家伙，没人做得到这些事，大家都这么说。但说归说，却没人再去掀起这个话题了，毕竟万一得罪了哪路怪才，把自己的电脑黑了，那才叫得不偿失。

"计算机系草英雄救美奋不顾身，美女竟是本校中文系师姐"，这个话题虽然因为楼主的IP被封而消停，但视频中的主人公早已被学生们挖出来八了个透，尤其是男主角韩焰，既然楼主大言不惭地称他是系草，褒的贬的，更加是引人注意。

在专业课教室外，时不时会见到成群结队的女生"路过"窗前，探一探脑袋，指指点点。而放课后的寝室楼下更是热闹，门房大妈将成沓的信件递给他："喏，今天又这么多。"言语间有些不耐。

韩焰依然轻声道谢，微微勾起的嘴角边，礼貌的笑意似有若无，让大妈瞬间放柔了调子："年轻人，怎么这么忙。"

神色里宛若少女重临，韩焰肩颈一凉，一只冻冰冰的手就这么搭在他的肩膀上，耳边传来半嘲半羡的话语："你还真是上吃八十下吃十八。"

甩脱大麦的爪子，却也接过了他的话头："我还能吃王八。"

"哈哈哈！"某人冷笑三声，"你的幽默感还是这么差。"

回到寝室，视力最好的眯缝眼一眼就瞧见他手里捏着这一沓粉粉的东西，夸张地叫道："英雄，您现在可一战成名，拜帖无数了，啥时候也关照下兄弟？"

骏哥在一旁煽风点火："你把他那些信拿来，直接抽一个，抽到谁就用韩焰的名义约了。"

当事人冷冷地望了他俩一眼，出馊主意的人瞬间结冰。

正在此时，楼下响起了大妈亢奋的声音："308韩焰有人找！"

这场景在最近几天是屡见不鲜了，只听另一个浑厚洪亮的男中音果断回了声不在，大妈没声儿了。

骏哥讨好道："怎么样，我回得不错吧？把那些个妹子介绍点给我？"

"你答应，你家丽丽答应吗？"大麦捏着嗓子怪声怪气道。

"有守门员，还不让人进球嘛？"骏哥的故作潇洒被所有人一眼看穿，谁不知道他就是个"气管炎"。他干笑两声，把火引到沉默的人身上

去:

"韩焰，那天请你介绍师姐，你愣是没出声儿。也别瞒了，哥们几个都知道你的心思了，口味够独特的啊，啥时候追上师姐请咱撮一顿？"

说到这茬，室友三人忽然觉得室内温度低了不少，冷得想披件外套。他们也算是懂这小子的人，他不愿开口说的事情，别说他们仨，再来十个都撬不开他的嘴。

但尽管如此，他却并非难以亲近，至少室友们这样觉得。

"那……要不要我们给出个主意？大麦吧，大麦风流偶傥主意多。"眯缝眼说着说着，忽然把好室友推上了风口浪尖。

大麦做了个扬手的动作，眯缝眼脖子一缩，却听他清澈的声音迟疑道："我怀疑……她故意找了个人，扮她的男朋友。"

三人来劲了："扮？怎么扮？为啥要扮呢？你表白没？你咋知道是扮不是真的？"

聒噪的世界，一大堆问题，没有一个建设性的意见。早知道还是不要轻信这群"八公"才好，韩焰抱了书躲到一边，再不理这些人的追问。

每个人每天都会遇到许多问题，并非所有问题都有解答。有的人孜孜不倦地追寻着，有的人大智若愚地糊涂着，不管选择怎样的态度面对，生活仍要继续，前程依旧放在那里，等待抉择。

"喂，韩焰？嗯，我今天去造梦社。我辞职了。"

韩焰通知冬雪游戏研发进度的时候，第一个知道了她辞职的消息。

虽然"师兄战术"被视频走红事件打败，冬雪还是刻意冷落了韩焰一阵子，让他慢慢想明白些。但令她不解的是，男孩始终不卑不亢、不疾不徐地做着他该做的事，也一如既往地关注着她，实在让人无法反感。难道无缘无故，要她先跳出来道"不准你喜欢我"？

这样未免也太霸道。只是每当她侃侃而谈的时候，总有他在一旁安静地听。专注凝视她的眼睛里，盛开着一池的星光。意识到什么的冬雪，会不自觉地移开目光，说不刻意，偏是刻意。

这个时候的她还没意识到，韩焰的喜欢，像一颗极轻极柔的蒲公英种子，在她的世界悄悄落了根。没有人期待过这颗种子会有怎样的成长，它却用韧劲抓住了整片土地，驻足停留。

"辞职了，伯父伯母那儿不好交代吧？"韩焰深知冬雪的脾气性格，她爱憎分明，必然是受了委屈才甩手不干的。但两代人理念不同，这个理由在父母那可能不容易被接受。

冬雪在电话里轻叹一声。待她到了J大，他才发现她神情有些仓皇，往日的活泼装扮也变成了中规中矩的朴素，心知这次不妙。

"上次冤枉我，这次索性被人冒用名义窃取劳动果实。"她有些无奈，也有些愤懑，"公司里高层喜欢听好话，小人得志，黑白不分，实在待不下去。"

韩焰没上过职场，没法与她分析，只能顺着她的意思道："不开心，就别做了。"

"不做是容易，但是生计怎么办？"冬雪觉得他回得简单，想得天真，"再找工作又是从头开始，这段时间跟爸妈也不知道怎么说。"

她抱歉地看了韩焰一眼，觉得自己有些迁怒。也难怪，今天刚不愉快地结束了这份工作，这小子就自己找上门来，当了免费的出气筒。

"抱歉，你毕竟只是新鲜大学生……"没指望他都明白，能当个听众已经感谢。

句子才说一半，却被韩焰打断了："大学生也是成年人，早晚要上社会。"

冬雪叹道："说来说去，只是觉得自己这样走得不光彩，不甘心。究竟是公司太奇葩，还是我太任性，不能适应职场的普遍现象？"

韩焰想了想："我无法评价你的同事，但如果你问心无愧，就够了。"

问心无愧就够了……冬雪呢喃了几遍，懒懒的夕阳照拂在两人头顶，也映照着两人并肩走过的小道。隐约可以感觉，过往的学生将视线聚焦在他们身上，当是认出了热门视频的男主女主本尊。也有他们看不到的，比如齐小茉站在阴影里，望着他们远去的背影，不自觉地咬住自己的下唇。

韩焰的分析是正确的，也是简陋的。站在他的经历上，必然无法给她进一步的就职建议。在造梦社与大家讨论游戏的时候，冬雪暂时忘却了现实的烦恼，一头扎进理想的国度中去。看着自己的作品一点一滴地丰满起来，那种满足感无法用言语形容。那时那刻，一个大胆的念头在她的脑海里应运而生——

"要不，我不找工作了，和大家一起创业吧！"

社员几个不明所以，纷纷为这个有勇气的女孩鼓掌呐喊。

只有韩焰微微蹙眉："创业需要很多条件的，你才刚上两年班，况且伯父伯母那边……"

"是朋友的就支持我。"冬雪豪情万千，这个念头像一针鸡血，把压抑了许久的情绪统统甩了开去，"恰恰是因为年轻，我还有资本去拼，我想证明自己！"

她露出真心的笑意，双眼眯成一弯新月，白皙的娃娃脸上浮着淡淡粉晕。如此意气风发的年纪，应该做一个与之相配的梦。梦想还是要有的，万一实现了呢？

万万没想到，促成她下决心辞职创业的，是故事获奖这意外的契机。意料之中和意料之外这对双生子，经常互换着身份迷惑世人。就好像她觉得年少的情感不会太长久，但意外的是韩焰却出奇地执着一样。

夏冬雪回家把事情和父母一说，自然是无法第一时间得到支持的。但下定决心不动摇是她的优点，说通俗点就是拗，谁也拗不过她，他们也便睁一只眼闭一只眼让她去试了。过了不久，另一件意料之外——又可以说是意料之中的事情发生了：

陆以珩和莫枚枚珠宝店挑选戒指，知情人爆料他们会在某星级会所正式订婚，商界相关名人、部分大牌明星将出席典礼，媒体热切关注。

冬雪忙于自己的事业正昏天黑地，自然无心关注那些花边新闻，张晓晔告诉她这件事的时候，她愣了愣，感觉有些意外，意外如此之快。

陆以珩，果然和她一样，在下定决心的时候特别果断。相同的步伐未必向着相同的方向，他们做出了不同的选择。

之后她收到莫枚枚的电话，邀请她到场观礼。她很想把这想成一场挑衅、一种炫耀，但事实是莫枚枚恳切的请求，真诚地诉说，让她没有理由说个"不"字。

如果拒绝，就好像变相地在宣告，夏冬雪和陆以珩还没有成为过去式。

她换上最美的衣服，和几个要好的同学一起去观礼。订婚仪式很高级，他们在一个角落里看现场衣香鬓影，偶尔还会有一两张熟悉的脸孔，曾在大荧屏上才能见到。

拍下自己，拍下同学，拍下一对新人。交换订婚戒指的那一刻，冬雪的心抽痛了一下，很多年前曾经幻想过的场景，终于出现在了眼前。穿着白色西装的陆以珩，风度翩翩儒雅得无可挑剔，脸上挂着堪称完美的微笑，却看着另外一个女子。

是时将那个画面修正了。她淡淡地想着，有一种从梦境中醒来的迷茫感。

"祝福你们。"与新人碰杯的时候，她听到自己轻声说道。莫枚枚笑得很开心，甚至眼角还泛着一丝晶莹。陆以珩则深深地望着她，没说话，一口将杯中的香槟饮尽。

将喝完了，杯中酒。却道不尽，许多愁。

夹杂在回忆与现实间的冬雪，在散场以后渐渐清醒。陆以珩已经走远，从此后梦里相见，只是当年的他，却不复现在的他了。梦境里的时光，可以一再停留，她的少年，却和现实一般无情地被更新了。

一阵风刮过，揉了揉跑进眼里的砂砾，却在家门楼下望见一个熟悉的身影。

男孩的面容因着她的走近渐渐清晰。昏黄路灯的映照下，他眼眸幽深，凉薄之中暗含隐忧。睫与鼻梁于灯光下，映在脸上淡淡的影，恰是风华正茂的男孩，精致得几乎宛如从荧屏里走出。

她揉着泛红的眼睛，衣着单薄，忘了戴围巾。

他眸中的忧色愈盛，像极了月下波光粼粼的湖，明明灭灭。

此时此刻，两人心里完全是截然不同的观感：

果然哭过了——韩焰。

Shit——夏冬雪。

曾经在话别陆以珩的夜晚，被目睹过大哭的冬雪，知道今儿是跳进黄河也洗不清了。不及多想，人已至面前，她只得问道："你怎么会在这里？"语气中，竟是隐隐带着不悦。

韩焰浑然不觉，不知等了多久的身躯动了动，脸上犹带着三分茫然："你的电话，不通。"

冬雪怔了怔，拿出手机一看，果然是没电了。今晚的归途有些伤感，根本就没有用过手机，也没想到有谁会这样把她记在了心上……她在心里摇了摇头，不能的，记她在心上的人不该是这个少年。

她把手机在他面前亮了亮："只是没电了而已。不早了，赶紧回去吧……天挺冷的。"

心中顾忌太多，短短几句话里，字字生分。

韩焰低下头，眼中的光逐渐暗淡。

一阵冷风吹过，路灯扑闪了几下。

两人的脸在光线变换中忽明忽暗。

"嗯……"他轻轻地应道，又抬眸看她，"我，不明白，你为什么要去？"

他当时想问，她的心真的有这么坚强吗？

是啊，这个问题，她也是问过自己的。是见证？是不甘？还是告别？到现在，她终于想得明白："只是，想留下点什么。"

毕竟，这不是梦一场。

不管年少时的爱恋有没有结果，毕竟也悄悄地绽放过。长大后最终与自己修成正果的，多半不会是初恋，只能放在心里偷偷地怀想一下罢了。这件事因着莫枚枚的介入变得复杂，也因为她的关系了结得果断，焉知非福。

她心里豁达，这话听到另一个人耳朵里，却不是那个意思。

一直知道冬雪不曾忘却过她那位班长，直到人家和别人订婚了，她宁可哭着也要去参加典礼，想留作纪念……

那一瞬间，从未体验过爱情之痛的韩焰，忽然感到一阵巨大的心灰。他可以无怨无悔地努力让她感动，却无法将她心里的人赶走。

这位男孩，丝毫没意识到自己已经把自己绕入了歧途。

"我走了。"他轻声说着，人已经转了过去。

深秋的夜里，他走得有些慢，背影孤清冷寂。

冬雪觉得有些奇怪，口型动了动想唤他一句，但转念一想对方如她的意思离开了，再叫他做什么呢。尽管如此，她心里却泛起了一种说不清的滋味，难以捉摸。

那之后的一段日子，韩焰似乎不像从前那样关注她了。尽管在造梦社他们还会经常遇见，男孩依然任劳任怨，话却越来越少。

　　直到有一天，冬雪听母亲无意中说道："人人都是贴秋膘，唯独焰焰是每到冬天越发瘦。去年冬天是因为庆祥的事儿，好不容易看着养匀称了点，这阵子脸颊又瘦下去了。"她才意识到韩焰瘦了一圈，穿着厚实的外套也隐约能看得出来，心里说不出的又惊又涩。

　　现在的韩焰，除了眉眼间多了长开后的俊美外，几乎快要变成初相识时，那个冷傲寒凉的少年了。

　　在这样晦涩难明的心情中，又一个冬季如约而至。

Chapter9
既然不爱，何必相占？

在爱情中，我们往往会为了讨好一个人，把自己变成另外一个人。

在迁就付出和丢掉自我的天秤上，又有几人把握得准？

Winter's Heart

J大有个传统，在每个第一学期结束之前，也就是过年放假前，有一个新年文艺晚会。

这是由学生自发组织的盛会，像一场盛大的Party，宣告着假期前的狂欢。而这个晚会的高潮便是校花校草评选：这是一项完全公开、公正的评选，由全校学生进行不记名投票，学生会与各社团联合监督，统计结果被整个J大的学生认可。

在今年的评选结果中，大二女生江淼淼蝉联校花宝座，而校草的殊荣，却被一个刚进学校半年的毛头小子一举斩获！

当然，"毛头小子"这个前缀，是一群腹诽的学长在心里给加上的。英雄救美视频走红校园，虽被人及时拦下没能继续传播，影响力也早就穿透了学生堆里，甚至连邻校的学生都成群结队地跑来围观。再加之"校奖学金获得者""篮球队最年轻的正式队员""冰山美男"等等这类标签一个一个被打上，韩焰这个名字，将会从明天开始被冠上新的荣耀"J大有史以来得票数最高的校草候选人"。

这是可以预见的，也确实成了真。然而令大多数人没想到的，却是第二天到来的时候，这位新任校草陷入了一个巨大的是非。

这一天的J大注定不平静。一部分学生还在参与期末考试，另一些已经在做假期回家前的收拾，校园里闲着的学生特别多。

"你们听说了吗？"

“什么，你还不知道？就是那个校草啊，他……”

“听说在布告栏上都贴着呢！走，看热闹去！”

消息最灵通的骏哥大惊小怪地冲进寝室的时候，韩焰正安静地看着书，貌似一个小时前他就是这个姿势，已经变成了一座雕像。

看到他如此气定神闲，骏哥一口气憋是卡在胸口提不上来："我说哥哥哎，你还这么优哉？楼下都快炸开锅啦！"

当事人没应，倒是大麦接了话头。骏哥急得一拍大腿："不知道是哪个龟孙子搞了几张照片，贴在校园广场的布告栏里，他们说，说是韩焰泡别人姐被打的照片……还有，还有那位学姐的也有……"

一直波澜不惊的男孩听到最后一句，才凌厉地抬眸看他。

骏哥忽然觉得像一座大山往自己背上直直压了下来，差点把后面的话都给忘了。

只听眯缝眼急问道："怎么会这样？我可不信韩焰会这样。"

“可不是，”骏哥终于找回节奏，“可是人太多了，我也挤不进去呀！反正传言的版本很多，哥们儿，你现在可是大红人，一举一动惊动整个校园哪。”

韩焰放下手中的书，窗边的微阳打在他漆黑的发上，映出一缕漂亮的光泽。他并不关心谁又说了他什么，但骏哥的话里显然有他关注的东西："我去看看。"

“看，是本人！”

“居然有勇气到现场来看，一人一口唾沫都能淹了他！校草确实屌！”语气酸溜溜的。

“本尊超帅，超漂亮啊！”花痴的一群。

“这种小白脸，仗着自己条件好就抢别人姐，也是贱得不行。”这是唯恐天下不乱的。

人群的声音虽然嘈杂，但大多是看热闹的，并没有人真的敢怎么样。反倒是随着男孩面无表情地逼近，学生们纷纷往两侧退后，竟是不知不觉给他让了条道出来。

快要开始午饭的时间，人来人往的中心广场，布告栏，大剌剌地贴着几个字和几张照片：

新任校草大起底：曾卷入私人纠纷遭殴打被追杀，为人无底线老少通吃，实为女性骗子！

　　那几张照片，是韩焰高三那年遭遇黑衣人追击，被江文一等同学欺负，还有冬雪被人推倒在地上的情景。照片上的韩焰看起来瘦一些，颜比现在稚嫩一些，却是完全不走样的精致冷傲。其中好几张脸上都挂了彩，小臂上也有清晰可见的青紫，实在狼狈不堪。

　　看得出布置这一切的人用心良苦，真是好大的一盘棋呵。

　　照片里的韩焰，是经历着最痛苦时期的他。那个冷得刺骨的季节里，他独自一人背负着所有，忍受着欺辱，却没有磨灭内心的坚定和信念。明眼人看得分明，即便他满身狼狈，照片里那清澈如潭的眼神，却是干净得没有一丝恐惧。

　　被众人欺负却不反抗，这不是心虚是什么？恐怕大部分人都这样想。

　　这一切已经过去，真相也已大白，别人怎么看，他从未在意过。挖他结痂了的伤口，想着他再一次血流不止的人，怕是要失望了。

　　只是，那个人……他的眼神停留在某一张照片上，女孩跌坐在地上，警惕地望着前方，哦不，应该是盯着那袋被她拿来当武器的年货，侧颜清丽中带着凶悍。

　　想到"凶悍"这个词，他倒是不露声色地微微扬起了嘴角。若没有她，真相总有一天也会大白。

　　可若没有她来过，那个冬天，到如今，会多么寂寥无色啊。

　　陷入回忆中的韩焰，耳边的嘈杂渐渐已经化为了虚声，再无纷扰。可怀念中，心里却有一股真实的痛楚，在缓缓溢出。

　　他始终无法取代，她心里最重的那个人的位置。

　　"别看了。"从人群中忽然跑出来一个女生，伸出双手挡在他的面前，清秀的脸上布满焦急和不忍，"韩焰，别去看，都不是真的。"

　　齐小茉是第一批听到消息后赶过来的人。她愤怒，居然有人这样中伤韩焰；她震惊，因为这些照片里竟也有那位学姐！尽管如此，这样不堪的场面，有些竟是连她都不知道的，就这样曝光在千百个学生眼前，早已有人拿出手机翻拍下来，凭她一个人一双手，又如何阻止？

而那位视频中的女主角学姐，也出现在这组照片里，大家的八卦心理就更盛了。原来他们不是在本校结识的，校草在高中时就已经与学姐经历过此等偶像剧场景了，这是赤裸裸的早恋啊！

"果然人不可貌相，平时装得多高冷都没用，还不是被人打得像狗一样。"终于，有第一个人忍不住出来乱吠，引发周围学生的窃窃私语。

"学姐本来有男朋友吧？不知道是抢了别人的女朋友，还是软脚虾懦弱男，竟然被人打都不还手，还是男人吗？"

"不是的，不是这样的！"齐小茉摇着头，小小的个子和声音在人海中显得如此无力。

韩焰冷冷地望着公告栏，好像并听不到周围的人在说什么。他的目光停留在某一张照片上，想起那个最难的时候，曾有个人为他遮风挡雨，陪着他一起笑看寒冬经过。

"谁吃饱了撑的，连学姐的谣都敢造？！"

中气十足的声音，仿佛是从天而降。伴随着一声自行车的急刹，这个女孩的声音与记忆中的某一处瞬间重合，她就这样乘风而来，带着势要破冰融雪的气势。

"哗！"人群骚动，女主角终于闪亮登场。

她就这样乘风而来，气势汹汹。他微微一惊，抬眸望去，却见冬雪骑在一辆自行车上，双脚刚刚落地，背后的兔耳双肩包跟着她的动作轻轻一颤。

她冲入人堆，学生们哪敢阻拦，自觉地给她让出了道儿。先前冬雪路过，原本不打算看热闹的，但学生们讨论的声音入了她的耳，字字句句的貌似居然和自己扯上了关系！

来到公告栏前一看，她更是气不打一处来，指着这里边的照片就道："这都是谁干的，敢不敢站出来？"

显然没人响应。她正又惊又怒，想不到大学里居然有这样的心机X，做出此等龌龊的事，并没有注意到身旁有个人用含蓄的又近乎贪婪的目光盯看着自己，要不然她肯定就无法正常发挥女汉子本色了。

"做这个事情的人给我听好了：姐知道你多半就在人群里，等着看韩焰的反应了是吧？省省吧，在照片上这事发生的时候，我就认识他了，就算是那时候，他都没掉过一滴眼泪，没颓废没放弃过！倒是你，做这些见不得人的事情，故意抹黑丑化，想必也是獐头鼠目之辈吧？"

没想到她一开口就跟炮筒子似的停不下来了，敌暗我明，韩焰怕她得罪人吃亏，忙轻拍了拍她："我没事，别说了。"

能搞到这些照片的人，多半是韩焰的高中同学，冬雪心里清明得很，自然没有顾虑。

"围观的同学们，咱们都是有文化有素质的大学生，能不被一小撮人有心挑拨恶意唆摆吗？事情的真相和这里写的完全不同，关于我的部分也是。"她停了停，终于发觉好多学生，包括身边的韩焰，用一种吃惊与难以形容的眼神望着她，怎么说呢，也许可以称之为，景仰？

难道毕业了几年的女生都变成了这么厉害的角色？

也许，只是这位夏学姐的个人风格独树一帜而已……

"个人在此澄清，全不符合事实。如有疑义，欢迎站出来与我当面对质。"

话已至此，无需再说，自然有人会把今天的事传播出去。眼下校园论坛估计已经刷爆了，冬雪这个辞职创业的人，在J大被无故再三刷新存在感，倒是比她在读时红了不止十倍。

韩焰是不屑公开解释什么的，冬雪当然知道他会保持沉默，所以连带他的份也一并说了，这才痛快。掏出手机打了个电话，片刻，一群学生匆匆忙忙地赶了过来，将公告栏的东西撤了个干净。

"替我向于老师说声谢谢。"她对其中一个学生轻声说道。

没热闹看，人群渐渐散去，留下了几张带着揶揄的脸孔。

"学姐好，"骏哥憨笑两声，"这是第二次打照面了哈？我们，我们三个，是韩焰的室友。我叫骏哥，哦不，您可以叫我骏弟弟，这是眯缝眼，那个头发长点的是大麦。"

"骏弟弟？你摆明了是占学姐便宜。"眯缝眼无风起浪，"学姐，我叫张逢，学姐如有单身的朋友，欢迎介绍给我，我很喜欢温柔可人的大姐姐。"

"我去，眯缝眼你恶不恶心？"骏哥寒了一个，"别忘了正经事！"

大麦伸手捋了捋刘海，故作潇洒道："咱们J大男生颜值最高的寝室——男生楼2栋308室，诚心诚意想请学姐共进午餐，地点是学校小食堂，不知学姐是否赏光？"

冬雪被他们的耍宝逗乐了，也跟着怪声怪气道："请小食堂？算是有诚意咯？"

"心里想的是五星级大酒店，无奈口袋空空，只能用心意抵偿千金。"大麦反应很快，惹得几人都笑了出来。

"我叫夏冬雪。"冬雪介绍自己，"大你们好几届呢。"

"雪姐，"骏哥立刻接道，"雪姐，学姐，都是一个音嘛！那以后我们就叫你雪姐啦！"

韩焰听着几人的对话，一种淡淡的温暖酝酿在空气里，连拂面而来的北风也不那么冰凉了。

"还愣着干吗，傻了？"女孩回头对他笑道，灿烂活泼得好像一缕阳光。

他知道的啊，他一直是知道的。

当他的世界冰封万里，她的出现就会融化冰雪。每一次，都是她，再不会有第二个人。

他的心，就像寒风拂过的大地，却因一缕阳光的眷顾而悄然复苏。

擅自乱动公告栏这种事，校方后来做了彻查。虽然那个广场附近有监控，拍得却不太清晰，只能看到在凌晨的时候，有个戴帽低头的人鬼鬼祟祟地做了这件事，看身形，是个男生。

韩焰看这段录像的时候，心里已经隐约有了底。等到夏冬雪追问他进展的时候，他却摇头道："摄像头老化，天色太暗，看不清。"

她为了保护他挺身而出，他却不愿让她承受任何风险。

"我觉得可能和那个江文一有关。"冬雪还是嗅到了一点味道。

韩焰不置可否，心里却有点感激这个恶作剧的始作俑者。如果没有他，冬雪不会再次来到他的面前，这件事的出现，打破了他们之间的一道冰墙，也让他再次坚定了自己的心意。

问题是，自己心里的那个女孩，眼下却和室友们聊成一片呢！

自从上次结识后，骏哥他们开口闭口就把雪姐挂在嘴上，甚至拿这个唯一的软肋来要挟韩焰，能够让这处变不惊的小子吃瘪的感觉，真是不要太棒。

"雪姐，让我来献唱一首歌，表达对你的敬仰之情！"耍宝的是眯缝眼，拿起话筒就是一嗓子破音。

"对面的女孩看过来，看过来，看过来……"

"我看到你了！可是，你的眼睛在哪儿？"冬雪双手拢做喇叭状喊着，融入一室欢乐。

今天，308寝室邀请雪姐一起唱K。骏哥不停向坐在最边上的韩焰打着眼色，这小子，看着人模狗样的，他们给创造了机会还不赶紧把握，是要急死他不是？

韩焰今天穿着简洁的白衬衣加深蓝色羊毛开衫，下配一条深灰色长裤，青春之中带着几分优雅。与陆以珩的优雅贵气不同，他的这身打扮，像一朵安静绽放的兰花，精致清冽，却不容轻易接近。

几个男生先后鬼哭狼嚎地烘热了气氛，终于轮到了韩焰点的歌。前奏一出，全场出奇地安静下来：

> 终于做了这个决定
> 别人怎么说我不理
> 只要你也一样的肯定
> 我愿意天涯海角都随你去
> 我知道一切不容易
> 我的心一直温习说服自己
> 最怕你忽然说要放弃
> 爱真的需要勇气
> 来面对流言蜚语
> 只要你一个眼神肯定
> 我的爱就有意义
> 我们都需要勇气
> 去相信会在一起
> 人潮拥挤我能感觉你
> 放在我手心里你的真心
> ……

他的歌声，和他说话一样清澈而冰凉。

平日里韩焰很少话，更别提是唱歌了，室友们早就打开了手机录音，千载难逢的事情怎能错过。

歌词一出，冬雪心里就打起了小鼓。这次倒不是敏感迟到了，而是压根没想到！她眼里的那个少年——经历过坎坷和历练，已经成长为一个出色的大男孩，耀眼得令人无法忽视。一字一句，韩焰唱得认真，更唱得动情，在场的人心里无不动容。

我们都需要勇气

来面对流言蜚语

只要你一个眼神肯定

我的爱就有意义

……

这时，他侧过身，看向身边的女孩。

饶是KTV中光线再昏暗，他也可以感觉到此时冬雪的脸上热气滚滚。

男孩指节分明的手，紧紧攥着话筒，漆黑的眸子直视着冬雪，白皙的脸上淡淡飞粉。KTV里的炫彩灯光在室内流转，两人的眼睛里光华浮动，一瞬间，胜过万语千言。

骏哥在心里大叫一声好！谁说韩焰不会追妹子，老子这就给跪了好吗？

歌曲完了，他却仍这样看着冬雪，看着眼中的她有些三分窘迫，两分羞涩和一分恼意，可爱至极，忽然鼓足勇气说道：

"如果我们都需要勇气，我愿意先去努力。只要你敢说，我就敢做。你，敢不敢？"

在场的几个都发出了起哄声，韩焰是不鸣则已啊，鸣起来拿着话筒表白，真是酷毙了！

天知道，其实他是太紧张，忘了放下。

"如果我们都需要勇气，我愿意先去努力。只要你敢说，我就敢做。你，敢不敢？"

敢不敢？敢不敢？敢不敢……

安静的房间里，麦克风传出的声音，仿佛还在不断余音绕梁。

空气里挤满紧张，却也酝酿着一种温度，随时会喷涌而出。

在四双眼睛的注视下，冬雪咧开嘴，大刺刺地笑道："好啊，要玩真心话还是大冒险？姐姐奉陪到底！"

情急之下她强行解释，低头在心里暗骂自己丢人，还有点担心……眼睛悄悄地向上瞟。男孩紧握话筒的手慢慢放了下去，黑眸沉寂面容平静，目光仍停留在自己身上。

"我去一下洗手间。"她不敢再待下去，认怂地借尿遁走。

洗手间镜子里的女孩满面通红，马上就要沸腾的样子。没想到韩焰会将她逼到如此窘迫的地步，谁又能想到在别的事情上干脆爽辣的女汉子，在感情上偏偏是一只鸵鸟。

"臭小子，居然搞突然袭击。"她不满地咕哝着，却又忍不住有点想笑，刚才惊慌失措逃走的人真是夏冬雪吗？打开水龙头，冰凉的触觉让她微微一醒，迟到的担忧也接踵而至：韩焰，看来这次真是难以甩脱了。总这样装傻充愣，能逃避到几时？又将给他带来多少伤害？

她擦干手，按上自己怦怦直跳的心口。甩脱，为什么非要甩脱？

是什么，在操控着她，对他鼓足勇气出口的话，连考虑一下的余地都不给？

待她回到房间，那群男生已然又热闹开了，一片鬼哭狼嚎中，韩焰默默拈起一杯汽水喝着，仿佛刚才什么也没有发生过。

她心虚地走了过去，男孩忽然抬眸看她，乌黑湿润的眼睛，像缓缓流淌的河，沉静、包容。

他微微一笑，向她发出召唤："这边，冬雪。"

她知道，这一切确实发生过。

她知道，他在等她的一个回答。

舆论是个神奇的东西。但凡一件事引起了人们的关注，人肉一下，奇奇怪怪的细节就都会被扒拉出来。而"公告栏事件"发生后，校园论坛上显然热闹了好几天，关于事情真相、疑犯推测、嫌言恶语等回帖刷了整整几十页，而根据大家的智慧结晶，与韩焰同时考入J大的几位同班同学，显然有巨大作案动机。

他们的推测都是空想，哪有看到监控视频的韩焰心中明白。可明白归明白，他却并不打算去追究。按照他一贯的思维，别人的动机，与己何干？

令他没想到的是，他没有做的事情，有心人却为他做了。齐小茉约他在教学楼后面的小花园见，意外地带来一个他意料之中的人。

低着头的汪凡。

毕竟做贼心虚，汪凡哪敢狡辩什么，在韩焰面前一股脑儿把事情全交代了。

这事果然是因江文一而起，前不久有次同学聚会，汪凡无意中说起韩焰不承认自己有姐姐的事儿，有心人把前因后果一串，就想出了那个恶毒的主意。

以牙还牙，让韩焰尝尝在意的人被伤害的苦滋味。

齐小茉气愤道："当时我就猜到，肯定是咱们同学干的，除了他们谁能有这些照片？只是没想到已经到大学了，他，他还不肯放过你。"

韩焰听罢摇了摇头，淡道："江叔叔确实做错了，也尝了苦果。可惜江文一不愿相信事实，他不肯放过的，是他自己。"

自己父母证明清白重获自由，江文一的父亲却被扣上了罪人的帽子，甚至被他连累受伤的同事家属，都隐隐怪责。遭遇家庭变故的江文一，始终无法接受这个事实，他更愿意相信父亲是被冤枉的、被栽赃的，而罪魁祸首，就是韩焰一家。

一念之差，嫉妒将江文一的灵魂扭曲，陷入无尽的痛苦之中。

汪凡自觉对不起韩焰，连连道歉后才离开。

齐小茉有些愣道："就这么放过他了？"

韩焰打量着她，这个小个子女孩爆发出的能量，确实出乎他的意料之外。可能因为心里苦恋着一个人，他才能看清别人对自己的付出，仿佛这就是另一个自己。

被韩焰这样幽幽地看着，齐小茉不由得红了脸，嗫嚅道："他，他们这样处心积虑地想害你，一次又一次，我实在看不过眼……"

"齐小茉，"韩焰轻唤她的名字，神情温和，"谢谢你。我真没想到，你会特意把汪凡叫出来。"

看样子，他早就知道了？齐小茉窘迫地想着，却听韩焰说道："你做的一切，我很感激。"

韩焰从来都是冷冰冰生人勿近的，哪里和她说过这么体己的话。齐小茉心里热乎乎的，把心一横道："韩焰，我，我当然是为了你，我一直关注着你的事。你被人诬陷，我很着急却觉得自己能为你做的太少……韩焰，我喜欢你，很久了。"她终于说了出来，心跳得快要飞出来了，心中却仿佛有块石头落了地。

隐隐地，她仿佛听见了一声轻叹。

"我已经有喜欢的人了。"这个声音很凉，比此刻傍晚时分刮在脸上的风还凉。

齐小茉心里的答案呼之欲出："是，那位学姐？"

韩焰闭了闭眼，没有否认。

齐小茉虽然早就猜到几分，但她仍不放弃："学姐，比咱们要大好几岁吧？她会接受你吗，女孩子不都喜欢比自己成熟的男人吗？"

韩焰沉默着，漆黑的眸子淡淡地望着远方。已是隆冬了，北风正劲的时候，光秃秃的树枝被刮得凌空乱舞。

半晌，才听那个声音幽幽道："我能不能进入她的世界，和她占领我的世界，并不是充要条件。但自从她来了以后，我这里，已经再没有一丝缝隙。"

直到人走远了，齐小茉才渐渐缓过神来。韩焰，她心中那精致冷清得几乎没有人类正常情感的韩焰，居然让别人填满了他的整个世界。

究竟是她迟到，还是注定不会是她？

一个热点的消失，大多因为被另一个所取代。很快，J大的学生们开始忘记了校草的那些八卦，紧锣密鼓的期末考试也一轮轮地展开，校园里到处都是捧着书本彻夜奋战的学生。

"我今晚到奋斗楼去看书。"眯缝眼捧着理论课的书本，留下一个决绝的身影，"我可不想第一学期就挂科。"

奋斗楼，是全校唯一一栋通宵亮灯的楼，在考试期间人气特别旺。摸鱼了一个学期的学生，趁着最后几天通宵冲刺，运气好的也可以混个及格。

"哎你别走，哥和你一起去。"骏哥抓起一袋面包和几本书，飞快地开始单手穿鞋，一副英雄就义的表情，"如果我没有通过考试，过年我也不用回家了。"

正坐在床上看书的韩焰望了他们一眼，笑得有些深意。

大麦会了他的意："谁让你们平时上课睡大觉来着？看韩焰多笃定，想必拿奖学金都没问题。"

"对呀，"骏哥如梦初醒，"让韩焰给咱开小灶吧！把重点啥的划一划背一背，明天考完了，哥请你们涮火锅，怎么样？"

308寝室里一片欢腾，韩焰被临时拉作老师，给一群不上进的室友补课。他的笔记详细，重点鲜明，把其他三男看得一愣一愣的。

有了高手相助，第二天的考试自然是手到擒来。四个男孩高兴地上街涮火锅，却在路边的咖啡馆见到了意外的一幕：

那个他们熟悉的女孩，今天却穿着蓝底格子套装裙，一身白领丽人的装扮。她用手指往耳后拢了拢头发，拈起咖啡来喝，秀气端庄得判若两人。

她的对面，坐着一个穿西装的年轻男人。两人你一言我一句，偶尔客套地微笑一下，看得出并不相熟。

"这该不会是……"大麦与骏哥互相看了一眼，"传说中的相亲吧？"

回头望了望身后，韩焰的脸色当然不太好看。骏哥顿时超人附身："那不行，怎么也不能让咱嫂子被人抢了去！"

"大麦，你有什么招没？"

"你们为啥都看着我？"大麦受宠若"惊"。

"你小子平时损招最多，别装傻，发挥你小宇宙的时候到了。"四个男孩互相推搡着，韩焰走在最后，眼神却不忘落在那个熟悉又陌生的身影上。

她在重复着往耳后拢头发。这个小动作的意思他知道，代表她现在感到很局促。

冬雪坐在那里，假装拈起咖啡来喝，心里悄悄寻思着如何找借口遁走。要不是爸妈老在耳边说着"你虚岁都二十五了，没有正经工作，连个男朋友都没有"，她才不会答应这场相亲息事宁人。

然而坐在对面的男人实在是无趣极了，她拼命忍住打哈欠的冲动，脑子里打着自己的小算盘。正在此时，一声气势磅礴的"大姐"在她耳边响起。

吓了一跳的冬雪转头望去，却见四个戴着古怪墨镜的男孩，正迈着七零八落的步伐走到自己身边，又重复了一声："大姐，原来您在这儿呢。"

冬雪仔细一分辨，立马就认出了他们是谁，尤其是韩焰，戴着个kitty猫的红框女式墨镜，怎么看都是个精神异常。她脑子一转便知道是怎么回事了，却也顺着他们佯装怒道："阿大阿二不三不四，你们没老老实实执行任务，跑到这儿来捣什么乱？"

"报告大姐，任务已经完成！搞五和搞六眼下正在医院，等候大姐吩咐！"

冬雪看着对面的男人一脸惊疑不定的神色，在心里笑得满地打滚，面上却不敢流露出来。她一本正经地向对方解释道："这是我的四个小弟，打小就跟着我，几乎寸步不离。"

对面的男人果然找了个借口逃也似的走了，脸色跟吃了苍蝇似的。

等到他走远了，四个男孩才摘了借来的道具眼镜，哈哈大笑起来。

冬雪不能任这群小子无法无天，便质问道："你们这么瞎打乱撞的，要是我正在见重要的客人怎么办？"

韩焰摘去滑稽的眼镜后，露出一双漂亮的黑色眼睛，淡道："你不是想玩真心话大冒险吗？这就是大冒险。"

冬雪一怔，韩焰和这群小子混一起时间长了，学坏了啊，居然学会偷换概念了。

"那个人看起来就很怂的样子。雪姐，你不会怪我们把他吓跑了吧？"骏哥恶人先告状，又不怀好意地笑，"看起来比韩焰还差，哦不，比大麦都不如。"

他的背后结结实实地挨了一记，痛得他原地跳起嗷嗷直叫。

冬雪被他们逗乐了："你们四个不好好准备考试，跑出来干吗？"

"最难的科目应该能过了，出来涮火锅庆祝一下。"骏哥揉着发麻的背，"雪姐还没吃饭吧，和我们一起？"面上笑得谄媚，心里的算盘打得哐哐响：又能给兄弟创造机会，又可能不用买单，一举两得！

韩焰冷冷地补了一句："一起去吧，骏哥说今天他请客。"

仿佛听到一面玻璃哗啦啦碎裂的声音，骏哥的肉体和心灵承受了双重打击，在心里默默念叨着识人不清。

　　有这几个爱搞怪的在，席间自是一片气氛欢腾。一女四男，该闹的闹，该静的静，其乐融融。韩焰脱去的外套里面，穿着件白色毛衣，深蓝色的衬衫领子露出，儒雅斯文。相比周遭几个穿得乱七八糟，甚至毛衣领子比较低，把秋衣都露出来的室友来说，简直体面太多。但冬雪望着他的一举一动，却有一种说不出的违和感。

　　去年冬天，地铁站，第一次邂逅那个少年。他衣着单薄，手上有伤，眸中却冰凉而桀骜，像天上的孤星，令人过目难忘。

　　而现在，他几乎只穿白衣，流露出一种温和儒雅，亦让人赏心悦目。但，这个少年眼中的傲气去了哪里？眼前的他，为何让她觉得越发像一个人？

　　心里钝了一下，这才慢慢升腾起了一种怀疑。应该，不会是她想的那样吧？

　　火锅店的热气翻滚中，她望着对面男孩时而清晰时而模糊的面容，心中也同样雾气氤氲起来。

Chapter10
暗里的温馨

如果我不让你照顾我，或者让我照顾你，我们岂不是
要白白浪费好多担心？

Winter's Heart

随着期末考试的陆续结束，寒假的脚步越来越近，造梦社的成员们也准备回家过年了。这是年前冬雪最后一次造访J大，正值隆冬，漫天飞雪的季节。

踏进小食堂，她抖了抖身上的雪，跺着脚道："哎呀，这雪下得太大了，从校门口走进来这一段路，我背包上都积了一层！"

有人笑着回了她几句。抬眼望去，这才发现今天桌前除了那几个计算机男，居然还有两个女生。其中一个黑色长发及腰，姿容精致，是个令人惊艳的美女。

这两个女生，一个坐在人堆里，大美女却和韩焰一起，坐在离人群稍远的地方。

"哎，谁的女朋友？"她落落大方地问道、这段时间已经和这些人混得很熟。他们之中有几个人有女朋友她也知道，只是从未见过。

有人给她介绍："这是老姚的女朋友姗姗，那个是她的朋友，本校校花江淼淼。"

话毕，几个男生都忍不住往江淼淼那又看了几眼，有人补充起来："她是艺术管理系大二的，已经蝉联两届校花了。"

这倒是不容易。J大代有美女出，各领风骚一整年，一般来说校花都是每年刷新的，在这个盛产美女的学校，一个人能蝉联两届校花，想必各方面都非常了得。

让冬雪多看两眼的，不只是江淼淼的美貌，而是她居然能接近万年冰山韩焰，两人坐在一边低声说着什么，期间美人儿掩嘴轻笑，韩焰居然

也扬起了嘴角，俊颜柔和。

俊男美女的组合，像阳光一般耀眼夺目，甚是养眼。冬雪也不多看他们，坐到桌前准备讨论今天的游戏研发进度。这时韩焰站起准备归队，江淼淼随他一同走了过来，娇声道："以前不知道，今天接触了才发觉你这人真有意思。"

一桌的人都看着他们。江淼淼朝韩焰微微一笑，明艳动人："你要记得，这份殊荣，只有你才配得起哟。"又向着众人摆了摆手，"不打扰你们，我和姗姗先走了。"而后，这才像发现了桌前的冬雪，将她上下打量了一番，"你就是夏冬雪？"

语气中，隐隐透着些失望的意思。

冬雪点了点头："我是。"

江淼淼嫣然一笑，竟将手臂搭在韩焰的肩上。她的身材本就高挑傲人，加上高跟鞋，和韩焰是不相上下。

"这个男人，我看上了。"

她大大方方地宣布道："如果你不识货，请不要占着位置，免得暴殄天物。"

冬雪心里霎时间就恼了："我占着什么位置了？还有，韩焰是人不是货，请不要用错词。"

韩焰本来已经甩脱了江淼淼的手，正要说话，没想到冬雪先发声呛人了。他本阴沉下来的脸色因着她的恼意竟舒展开来，把后面的一串话也咽了下去。

江淼淼无所谓地耸了耸肩："anyway，后会有期。"

假洋鬼子。冬雪在心里暗骂一声，这才发现她一身的奢侈品牌，光那一个包包，大概够得上一个小白领一年的工资了。长这么漂亮，居然还是个富二代，真是天意眷顾啊。

两个女生的针锋相对，让这次的讨论整个笼罩在一种古怪的氛围里。末了，众人依依惜别约好年后再聚，冬雪便与韩焰一起踏上了回家的路。

大雪。

韩焰取出一把特大号的伞，让冬雪将自己的小伞收了起来。自从上次大风大雨吹折了他那把可怜的伞后，他就特意订购了这一把，能够妥妥地将两人包裹在安全范围内，就连冬雪的兔耳背包也不会积上雪。

冬雪看着他赏心悦目的侧颜，心道这小子究竟有什么好的，竟连富二代校花都站出来和她叫板了。除了颜值高点，人高瘦些，会点才艺会点运动会点家务，还比较细心之外，就是一个普通的大学生而已啊。

天知道，一个普通的大学男生，能够集齐以上五个优点，就可以召唤神龙了好吗。

按她的理解，自己已经是毕业两年多的老人了，但刚才面对江淼淼的挑衅，她竟完全无法按捺自己的情绪，表现得有点小家子气。

尤其是江淼淼说她不识货的时候，她真的很生气。韩焰，那个冰冷的、让人心疼的韩焰，怎么会变成货，她又怎会不知道他的好？

忍不住又瞟了身边的男孩一眼。大雪中，他稳稳地撑着伞，修长的手指被冻得通红。他长长的睫微微向下垂着，时而向前，过一会儿又垂下去，不断地交错观察着面前和脚下的路。

"小心，前面有个水洼。"他轻轻地说道，拉着她的手臂往边上挪了挪。

冬雪心中微动，伸出自己插在衣兜中的手，褪下一只羊毛半指手套来。

"等等。"她叫停男孩，将那只手套戴在他冻红的手上。

她的手触上他的，冰一般的冷。她用力将手套穿过他的手指，因为大小的关系，像个大人穿上了小孩衣服，手套被绷得紧紧的，但好歹是套上了。

"谢谢。"男孩若有所思地看了她一眼，又把视线投到那只绷得可笑的手套上。

寒风还是一阵一阵，无情地摧残在他们身上。但握着伞的这只手，却像自带了暖炉一般，不再刺骨，不再疼痛。

"你准备什么时候开始寒假？"沉默半响，冬雪开口问道。

理论上说，考试结束后就可以陆续回家，所以学生们开始放假的时间有早有晚。

"我们系和建筑系还有最后一场篮球赛，室内的。"韩焰的声音淡而不冷，"比完了就没事留在学校了。"

冬雪心中一醒，疑惑了许久的问题终于提了出来："我记得……你说过你会打网球吧？怎么想到大学学篮球了？"

韩焰沉默了片刻，终是答道："想学一样新的东西。"声音里，冬雪隐隐感觉到一丝无奈。

他们走过去年过年时冬雪妈带他们买衣服的百货商场。在那里，韩焰挑选了一件白色的羽绒服，还被冬雪妈认为大过年穿这颜色不够喜庆。

她记得，在这之前，韩焰似乎很少穿过白衣。打篮球，穿白衣，举止优雅……

"你说谎。"冬雪肯定道，"你学打篮球，是因为陆以珩以前是篮球队长，是不是？你只穿白衣，是因为我夸过陆以珩穿白色好看，是不是？"

韩焰走得缓慢，低下头去。

"韩焰，你要把自己变成陆以珩？"冬雪听到自己的声音变得严厉起来，还夹杂着一丝心疼和其他什么东西。

男孩始终低着头，不语。

"为什么？"冬雪在问出口的同时，忽然觉得自己已经知道了答案，"你明明很优秀，够好了。"

"如果我是他，你会多看我一眼。"冷风里，吹来男孩寥落的只言片语，"如果我是他，你才会注意到，我的存在。"

冬雪忽然觉得寒风像窜入了衣领，心口微微一凉。男孩的努力和付出，让总在逃避的自己显得那么不堪。

"可是，那你也不能……不能这样……"她底气不足起来，"其实，你比他更优秀。不，不应该拿你们做比较的，你们完全不同。"

"冬雪。"这是她又一次听到这个声音，认真地唤她的名。

她抬起眼眸，正对上他垂落的视线。

"如果我不是你喜欢的样子，该怎么办？你教我该怎么办？"他好看的双眉微微蹙起，神色有几分懊恼和几分无辜。

我喜欢的样子？冬雪模糊地想着："难道所有穿白衣打篮球的男生，我都会更加欣赏吗？傻小子啊！"

她微微叹息："我以为，只要我不认可你，不认可你说的任何事，以你的年纪，很快都会过去的……"

"在爱情方面，你很有经验吗？"没想到男孩居然反问她，"如果人真的可以控制自己的心意，那心意还有什么可贵的呢？"

"可是你还小啊！"她毫不犹豫地脱口而出，"我比你大了五岁多，整整近六岁哪。韩焰，你这么优秀，不知道多少小女生喜欢你，何必……"

"但那人里没有你。"既然话题揭开，韩焰就没打算让她混过去，"我知道，你比我大一些，可是你走过的路，我也正经历着。只要我走得快些，未来的某一天，一定可以赶上你的。"

"时间怎么赶得上？"冬雪被他的说法弄得哭笑不得，"别人会怎么看我们？"

"我不在乎。"韩焰索性丢了伞，拉着她来到一边的屋檐下。

他双手扶着她的肩，黑眸认真地凝视着她，一字一句："如果，你还没想好，我可以等你……我最不缺的，就是时间。如果……你不喜欢我，就告诉我。"他的声音晦涩起来，但很快变得坚决，"但就算如此，我也不会放弃的。"

"你现在是一时冲动……"

"我知道，这需要勇气。"

"可我们不需要一时冲动的勇气！"冬雪加重了语气，"我比你大这么多，怎么经营一段感情？认识我们的人会怎么看？父母会怎么想？未来变数有多么大？你毕竟还太小了，和你说这些，又能领悟多少呢？"

冬雪讲了很多，她无法接受他的理由。

韩焰听得分明，但却没有多大的失落。因为她说得再多，也只是外因，从没有一句"我不喜欢你"。

其实她，并不讨厌自己吧。韩焰淡淡地想着，便不去反驳冬雪的质疑："也许你说的这一切会发生，但我的心意不会变。我知道现在的我，没有资格去承诺什么，或许，时间可以为我证明一切。"

他捡起地上的伞，又为她掸了掸肩头的雪："走吧，我送你回去。"

淡定的韩焰让冬雪看不明白，但她没忘了今天挑起话题的原因："不管怎么说，你别再模仿那个谁了……你就是你，不是任何人。"

"嗯。"男孩应了，又补充道，"不过，我是真的喜欢打篮球。"虽然学篮球的动机不算单纯，但他最终却是爱上了这项运动。

"嗯，那就好。"两人的背影在街道上渐渐缩小，偶尔飘来一两句简单的交谈，也很快湮没在风雪中。

这一年，韩焰大学一年级，冬雪就业两年后，辞职创业。

这一年，韩焰第一次向冬雪阐明了心意，却遭到一口拒绝。

这一年的林林总总，随着春节的开篇，慢慢被掀了过去。韩庆祥夫妇因为项目的原因，春节期间去B市总部过节，将儿子也带了去。加上是寒假期间，冬雪失去韩焰的消息，整整一个月的时间。

别的上班族只有可怜的七天过年假，冬雪因着J大还没开学，自己的业务无法展开，倒成了个真正的无业游民。在家被父母嫌弃，出门朋友又都在上班，实属百无聊赖。对于韩焰的失踪，她一方面有些不习惯，另一方面，又觉得以他的性格，冷清不现人前，才算是符合的。

只是，寒假期间，他一个人在做什么呢？好几次，还是忍不住想起这些，也想起最后一次见面，他认真的表白，心中柔软。

其实，她能感受得到，这个男孩的心，比谁都真。毕竟认识他，是在他最艰难的时候，一起度过的时光，既有开心，也有难忘……

冬雪妈叫着女儿的名字，沉浸在思绪中的冬雪完全没有听到。直到妈妈用手在她面前挥动，她才如梦初醒。

"想什么呢这么入神，叫你几声了都没反应。"冬雪妈睨着她，"你说你那个创业靠谱不，现在哪个不是在上班，别弄到最后两头空。"

这段时间，父母泼她冷水也不是一次两次了，冬雪只是有些不耐地阻止妈妈继续说下去："妈，我知道啦——"

"就连焰焰也忙得很，"冬雪妈后面的话吸引了她的注意，"前两天温文和我说，焰焰已经要到英国去了！"

冬雪一惊："他到英国去做什么？"

"好像说是交换生，去留学，要一学期也不知道是一年。"冬雪妈也说不清细节，"反正庆祥夫妇平时很忙，也没时间照顾孩子。焰焰去留学他们也挺赞成的，不太担心他的独立生活能力。要是你出去呀，我可不知道要多担心呢……"

冬雪妈又絮絮叨叨地说了一会儿，见她一副神游天外的样子，摇了摇头离开了。

妈妈后面的话冬雪也确实没听见，脑中只留下了一个念头：

韩焰要去英国。毫无预兆，一声不响的。

和当年的陆以珩一模一样。

有一种什么东西在崩塌的感觉，这惊人的巧合是偶然还是注定？在她开始对他有那么一点点想念的时候，他却一声不吭地就此离开？

难道这是上天对于她这个犹豫懦弱者的一种惩罚？

混乱中，她拨不通韩焰的手机，只找到了骏哥的。对方告诉他，韩焰明天一早的飞机离开，把时间告诉了她。

这一晚，冬雪失眠了。许久没有过心绪澎湃中，她想了很多。年少时的悸动，长大后的奋斗，还有与韩焰的一段难解奇遇。一直以为自己把他当孩子看，却没发觉他的真诚正在一点一点瓦解她的成见，甚至在她的心中开始变得重要。

她与陆以珩失去的时光，让他们无法再回到从前。

今天，她又一次面临相同的抉择。

不愿重蹈覆辙。天将明时，她的决心落定。

然当她一路赶到机场，却崩溃地发现骏哥给错了时间！原本飞英国的那个航班，一小时前已经飞走。她环顾着四周，旅客们拖着行李箱来来往往，并没有电影里的情节出现。

男主其实并没有离开，当女主一转身，会发现男主就在身后，他选择了为自己留下。

剧情终归是剧情，而事实是，韩焰真的走了。

然后，J大如期开学。冬雪走在没有韩焰的J大，忽然发觉这个校园是那么空荡，心中也空落落的，好像少了点什么，就连讨论游戏进度时，都偶尔会分神。

"雪姐，我办事不力，该打。"骏哥一万个懊丧，这个给哥们儿创造的最好机会就被他这么一手摧毁了。

"话说韩焰也真是的，老是玩人间蒸发，真不知道他的手机是干吗用的？"眯缝眼好意替骏哥解围，却发现自己把气氛弄得更差了，"他，他这人就是淡，觉得没人会找他……"

"没关系的，"冬雪强作欢笑，"他这个人，凡事都是想好了的。既然决定去留学了，那我们就支持他吧。"

只是，对她表白与离开，这一前一后的工夫，也是他想好的吗？隐隐地，冬雪感到自己应该错过了什么。在这种失落与纠结中，失去韩焰的第一周过去了。

然后，韩焰回来了。

冬雪在家门口见到他的一刹那，几乎感到有东西要跑出眼睛。她眨了眨眼，努力把那些东西压了下去，只对着他冷哼一声。

"我回来了，冬雪。"他对着她微微一笑，宛若细碎阳光纷落在她的发梢、肩头和眼角，那般灿烂温暖，"第一个来见你。"

"你不是去了英国吗？一声不响的。"某人忽然傲娇起来。

"有一周的体验期，过后我说不适应，就回来了。"韩焰说得很自然，好像早就想好要这么干似的，"我故意不联系你的。"

见女孩一双大眼睛瞪着他，他隐约有些笑意，却不敢表现出来。

"我想试试看，"男孩抿了抿唇，"我想试试我如果离开，你会不会，不舍得我。"

"效果很不错。"冬雪恶狠狠地说着，背过身去不看他。

韩焰以为她真的生气了，着急道："是我不好，让你失望了。"

"谁对你失望了，别往自己脸上贴金。"冬雪冷道，"你要走就走，电话也打不通，谁能阻止你的决定？"

"你还在这里，我怎么会走？"男孩从背后变出一包东西，"看，我给你买了礼物，都是你喜欢吃的。"

女孩瞟了一眼那些东西，嘟囔着："骗小孩呢？拿点吃的就想搞定。"语气却是缓和不少。

韩焰又拿出一部手机，正是和她一模一样的型号："先前手机，老是自动关机，我已经买了新的。"

听着他的一言一语，冬雪心里却是宽松下来。韩焰回来了，她心中失落的那一块才得以圆满。这是她这一次，最大的发现。

他终究不是陆以珩，他们不是一类人。

这一次，可能还来得及。

J大与英国交换留学生的名额一向宝贵，韩焰作为本次五名人选中唯一的大一生，却因为在过渡期适应不了提前回国，不禁令人痛惜和费解。

同寝室那三个哥们儿却是懂了，纷纷对他竖起大拇指："男人！真汉子！哥给你送个'服'字！"

倒是他本人反应最平淡："那边比这里还冷，我不习惯。"

说得这边好像四季如春似的……骏哥忽然发现了韩焰新技能get：善于找让人一眼识破的烂借口。

不管怎么说，韩焰的大学生活如常继续，而冬雪也还是隔三岔五来到造梦社，瞧着《星际岛屿》距离完工越来越近。

只是，冬雪快到J大之前，韩焰都会亲自跑出去买一杯热巧克力，让她进来的时候暖暖手。

只是，如果冬雪早到食堂，就会多打一个菜，恰巧每次都是合了某人的口味。

诸如此类，乐此不疲。

乍暖还寒的早春，夏、韩两家人凑了个都有空的周末，约着一起出游农家乐。三百多公里的路程，开了整整四个小时，为了活络僵硬的身体，冬雪抵达后浑身抖动个不停，搞怪的模样惹得大人们哈哈大笑。

"爸妈，叔叔阿姨，这是你们的水瓶。"收拾完行李，韩焰将车上的矿泉水拿了下来，也顺手递给冬雪，"冬雪，你的。"

"焰焰，怎么这么没礼貌。"韩庆祥不赞同，"要叫冬雪姐姐。"

冬雪笑得有些尴尬："韩叔叔，没关系……"

冬雪爸妈也帮腔道："是啊，孩子们都成年了，都是朋友，不用刻意叫姐姐的。"

温文隐约知道儿子打的什么主意，在一边笑而不语。韩焰自然是没吭声，从认识第一天开始到现在，他似乎还从来没叫过她"姐姐"呢。

这处农家乐不是热门景点，是真正的村庄。之前韩家的亲戚来过，便介绍了他们。房子和房子间隔得有些距离，并没有路灯，入了夜之后便一团漆黑，偶尔能听到稀稀落落狗吠之声。

白天开阔秀丽的风景，此刻全被浓重的夜色掩埋，在清新的空气与绝对的静谧中，几点淡淡的黄绿色，缓缓从眼前往空中飘去。

"哇，萤火虫！"这是冬雪第一次见到萤火虫，虽不似偶像剧中成群成片，却也像点缀在夜空里的俏皮星星，忽近忽远。

她往前几步，想要抓住萤火虫，却握了个空。越往前走，光点越来越密，就像在眼前揭开了一片星河，美得令人目眩。

"冬雪？"韩焰倒了杯茶的工夫，屋门前的女孩就不见了。瞧真些，隐约可见一个人影在前方移动着，他心里一急，连忙追了上去。

"别走那么快，看着点脚下……"话音未落，只听女孩轻呼一声。韩焰没半分犹豫，冲过去将她一把揽入怀中，一瞬间两人只感到天旋地转，随即结结实实地摔了个屁股墩。

"唔……"冬雪揉着发痛的脑袋，从韩焰身上爬了起来，迷茫地抬头看去，"路上居然有个坑？"

男孩仿佛是沉默了小片刻，才钝钝说道："这么黑的路，你也敢一个人走……其他事怎么没见你这么有勇气呢？"

语文学得不错啊，还知道声东击西了。冬雪反驳道："向来内敛的人，关键时候也挺能说啊？"

一只手帮着揉她的脑袋。

"还疼不？"

"哟，你轻点就不疼啦！"

韩焰打量了一下周围："这个坑不算深，但我们没有工具，爬不出去。你带手机没？"

冬雪摇了摇头："本来就在屋门口晃悠的，没准备走远。"

黑暗中，看不到韩焰的表情，她在心里脑补了一个被鄙视的眼神。

"要不……我们喊吧？总有人能听到。"冬雪提议。

"这么晚这么静，一喊整村人都要惊动了。"韩焰一说，冬雪也觉得不好。

"那……怎么办？"话音里，隐约听得到她在轻颤，不知是冷的还是怕的。感觉一双臂弯拢住了自己，规矩而安稳，没有一丝轻浮之意，是令她安心的恬淡温度。

"我想想。"耳边是韩焰清澈的声音。不知怎的，她的心里渐渐安定下来，也借着这黑暗，第一次放肆地感受来自这个男孩的气息。

春寒料峭，农野的夜冷得瘆人。本以为父母发现两人不见，很快就会来找，不知是不是打牌打得忘了时间，居然一点动静都没有。

男孩与女孩互相依偎着，从对方身上获取一点体温。

"韩焰，不如你哼首歌来听听吧。"

"我不会唱歌。"

"胡说，上次唱K你不是还唱得很好。"

"……"

半晌，男孩幽幽地哼起了一首陌生的旋律。轻轻的，悠扬婉转，带着一丝迷离的异域气息。冬雪感到整个人仿佛陷入一种奇境之中，等到他哼完了，才从自己的幻想世界中抽脱出来。

"韩焰，你的歌声竟然启发了我的灵感。"她的声音透着欣喜，"我要聘你做御用灵感启迪师。"

男孩哭笑不得："能兼职吗？"这可不是他想要的职位。

"韩焰。"

"嗯。"

"你为什么不爱说话？是因为孤独吗？"

"喜欢说话，就不孤独了吗？"

"……"只有他的只言片语，能让冬雪语塞。

"印象里，童年时我通常是一个人。"耳边传来他的诉说，"爸妈都忙于事业，有时候将我托给亲戚，有时候寄住在学校里……"

"……"

"我，不擅与人交谈。"

"因为你不曾有一起交流的小伙伴。"冬雪为他补充，"你就没有过一些开朗的想法？"

韩焰想了想："可能……有，曾经很羡慕别人一起窝在地上拍纸片卡。"

"我靠！"冬雪忽然出声吓他一跳，听她的声音有些激动，"看来我就是你没找到的那个小伙伴啊！我小时候身边同龄的都是女孩，在一起就喜欢玩芭比娃娃之类的，要不就是拿着妈妈的首饰扮皇后扮贵妃，我多想找群人窝在地上拍纸卡片。"

黑暗中，女孩咯咯笑得清脆："要是咱们那时候认识，肯定是很合拍的小伙伴。不过，我小的时候，你还没断奶呢。"

韩焰没有反驳，不知在想些什么。

"君生我未生，我生君已老，说的就是你我这样的。"冬雪感慨道。

某人闷声："年龄真的那么重要吗？"

"我给你打个比方：我现在二十五你二十，我们之间的差距还不明显；十年之后，三十五岁的女人已到中年，男人三十一枝花；三十年后，五十五岁的女人已经过完更年期了，五十岁的男人可以宣称真正成熟了，好比那些男明星，再娶个刚成年的绝对没问题。"

冬雪的话里透着老成："别小看区区的五六年，恰好是隔了一代的。人家不是说了吗，男人三十岁才开始成熟。"

韩焰说不过她，但也不赞同："你哪里看来的歪理。"

一时间，气氛似是有些伤感。

"你说，你要早生几年多好。"

微乎其微的声音，但是韩焰听清了。

"如果是现在，我一样可以保护你……我还可以走你走过的路，你却不能复制我的经历，"韩焰笑得极浅，"而且老了以后，我还多点力气照顾你，多好……"

"说什么呢。"冬雪脸上发热，推了他一下，却没用多大力气。身子仍牢牢地被扣在某人怀里，颈间感受得到他的温热气息，有什么东西不言而喻，呼之欲出。

"冬雪。"看不见的时候，听觉就异常清晰，"我理解你的担忧。我们，无法与时间赛跑，也无法预测未来。我想用我的现在，换你的将来……你，愿不愿意？"

冬雪的心跳像湍急的河流，汹涌澎湃着。这一刻，虽然有许多的理性在劝阻，但她实在太留恋这个怀抱的温度，这个承诺的安稳，这个清傲男孩带来的吸引和冲击，她刚想开口，却听见不远处传来错落的呼唤声，透着着急。

两人被家人拎出去的时候免不得挨了一顿批，尤其是冬雪。

"你作为姐姐，怎么也跟着尽闯祸呢？"

还是冬雪妈了解女儿，睨了自己丈夫一眼："你别说，这事没准就是冬雪带的头，疯丫头。"

冬雪和韩焰对视了一眼，悄悄吐了吐舌头。

这一夜大人们的鼾声如雷，冬雪却辗转难眠。

"我想用我的现在，换你的将来……你，愿不愿意？"

他的话仍在耳边灼热，连带着她未曾说出口的回答。终于熬到了天明，冬雪顶着两只硕大的熊猫眼，看到韩焰仍然是一副肤白貌美的样子，心中愤恨："你怎么可以睡得这么好！"

"没睡多久，"他居然这么回答，以彰显自己天生丽质，"怎么可能睡得着。"

一点小小的甜在彼此间氤氲开来。冬雪注意到他今天有点古怪，长长的衣袖盖着左手手背，整个手缩在里面。

"你的手怎么了？"她强行要看，他拗不过，只得露出已经经过简单包扎，却仍能隐约看到暗红的手背。

"是昨天，你垫着我下坑时弄的吗？"心中一痛，还混合着感动、内疚等复杂的情绪，冬雪轻轻地抚过那个伤口，"你呀，最能耐就是让人担心。"

"这方面的话，我认为彼此彼此。"某男神清气爽，还笑意吟吟。

"如果……我不让你照顾我，或让我照顾你，我们岂不是都要白白浪费好多担心？"

韩焰一怔，而后喜道："你的意思是……"

冬雪站在原地，睨了他一眼："笨蛋！"

男孩露出一个大大的微笑，带着纯真，漾着幸福。这一刻宛如万雪初融，比窗外的阳光更加灿烂三分，令人移不开视线。待到父母们走出来，韩焰早就抽回了手，他们只见到一个脸颊通红的冬雪，怔怔傻傻的，不由得奇怪。

"她刚才喝水，呛着了。"韩焰微笑着，替她编了一个很烂的理由。

在大人们眼中，孩子再大也始终还是孩子，捣乱闯祸喝水呛着这种事，见怪不怪。两家人在一起的旅行表面上依然温馨，暗地里，却有许多东西在悄悄地改变。

就像归途的时候，女孩背着兔耳包蹦蹦跳跳轻盈无比，大家只当她是活泼，却不知那包里重的东西，早已被男孩偷偷挪走了。

路上，韩焰接了个电话，脸上有掩不住的喜意。

"有一个好消息和另一个好消息，想先听哪个？"男孩望着女孩的眼睛亮晶晶，女孩望着男孩的脸蛋红扑扑。

"先听第一个好消息，再听第二个好消息。"她笑着，浅浅的梨涡在嘴角绽放。

男孩清了清嗓子："第一个好消息，他们刚打给我，游戏的研发基本完成了。"

"太好了！"女孩欢呼道，"那是不是意味着我们可以把它装上电脑，真正开始玩了？"

从文档变成成品的感觉，就像用仙女棒将洋娃娃变成了真正的公主，妙不可言。韩焰望着她兴奋的可爱笑脸，很想伸手去捏一捏，但无奈家长们在一旁虎视眈眈，只能作罢："基本上可以开通测试了，边测试边做错误修复。"

"我今晚可能会兴奋得睡不着觉。"

"别急，你忘了还有第二个好消息？"

"对哦……还有什么能比《星际岛屿》诞生更好的消息？我要听！"

韩焰轻咳一声，却没有立刻告诉她。

冬雪急了，又拍了他一下："你倒是说呀，还卖关子。"

他慢条斯理地说："下周，系里有一场篮球赛……"

"是决赛，我们系对环境工程系。"

冬雪瞟了瞟他假装淡定，实则脸颊飘粉的傲娇样，装傻道："你比赛关我啥事？赶紧说！"

韩焰哀怨地瞅着她，清澈的眸子荡漾荡漾的。半晌，冬雪投降："我，我会去现场给你加油助威的。"

某人这才满足道："第二个好消息，《星际岛屿》有机会真正面对玩家了。"

冬雪听得不太明白："什么叫真正面对玩家……你是说，有人愿意投资我们的游戏？"她简直要原地蹦跶起来了，"是什么人？"

"江淼淼的哥哥，据说他经常投资一些网络和手机游戏，我就托她把这个项目代为介绍了。"

冬雪脸色稍阴："是她？难怪……"

而后，她仿佛想通了什么，狐疑地凑近他的身边，上下打量了一下："臭小子，你不会是出卖了XX之类，换来的投资机会吧？我不会对你负责的！"

　　男孩重重地咳了两声："我现在不是'臭小子'了。"

　　"韩焰，我们很重视这个项目，但是如果有勉强的话，我宁可不要他们的投资。"女孩说道。

　　闻言，心里甜丝丝的男孩轻回："只是欠一个人情，不需要用XX来还的。"

　　"臭小子，开朗不少啊？"

　　"跟你学的。"

　　"还有，不是臭小子……"

　　小小不满的声音在空气里渐渐小声，飘远。

Chapter11
姐弟恋，是甜蜜的冒险

有考验的爱情格外甜蜜，相对的，也会面临一系列意想不到的状况。

Winter's Heart

冬雪曾经提过的，关于年龄对爱情的影响，其实算是滞后效应。如果双方只相差一两岁，外形上差不多，当下的困难显然小些。就像饶是娃娃脸的冬雪，一眼看上去便年长于韩焰，两人走在路上被人打量的目光，就令她觉得这个世界充满了恶意

"你这杯看起来比较好喝。"冬雪捧着自己的巧克力奶茶，眼睛却瞅着韩焰手里的卡布奇诺。

"那我和你换。"某男大大方方。

"不要，你喝过的。"被嫌弃后，某男又摆出了撒手锏：无辜脸，又帅又萌的样子让路人们频频回眸。

他一米八二的身高，修长匀称。一身以蓝色系为主的英伦风休闲套装，内搭格子衬衫，乌发柔软自然，面容白皙精致，却带着点清傲之意，不容亲近。

就是这样一个男孩，走在路上备受瞩目，甚至有一个推销模样的人凑过来递上一张名片："我是某演艺公司的工作人员，请问你对模特工作是否有兴趣？"

等了整整一分钟，却没等到男孩的回答。四目相对，男孩冷冰冰地问道："请问我可以走了吗？"

这位仁兄才意识到自己挡了人家的道儿，再回过神来，人已经走远了。

两人走着走着，迎面走来两个大妈。冬雪没注意，但是对方把她认出来了。

"张阿姨，李阿姨。"她连忙称呼，并向身边人介绍，"这是以前小时候的邻居阿姨。"

两个大妈对着韩焰好一顿打量，脸上笑容不断，然后问冬雪："这是你的弟弟啊？"

冬雪脸色一僵，看向韩焰，发现他的目光中藏着一点期待。

她硬着头皮笑道："这，这是我，男朋友。"

大妈们露出了然的神色："很不错啊！一表人才！"

别过他们，韩焰对她露出一个甜甜的笑来，好像得到了偌大的满足。冬雪奇道："你不觉得尴尬吗？"

某人一脸常态："我觉得好就可以了。"

冬雪又担心道："如果她们和我父母有联系，告诉他们了怎么办？"

某人有点委屈："我很见不得人吗？"

"我觉得没那么快……嗯，我还没准备好。"

韩焰沉默片刻，点了点头："听你的。"

后来的一段时间，"这是你弟弟啊"这个问题，冬雪被问啊问啊就习惯了，到后来她甚至可以自嘲"姐这个吃小鲜肉的人"，并以此为傲了。

来到球赛那天，韩焰已经被列为首发球员。当然，他在篮球上是下了苦功的，这一点队友们都看在眼中，没人对他的首发表示质疑。

毕竟是决赛，双方都是实力强劲。比赛刚开始几分钟，比分就咬得很紧，计算机系每次得分，环境工程系便会以一个漂亮回击追回来，根本甩不开优势。

"环境，环境，逢投必进！环境，环境，第一是你！"

场边，传来了对手啦啦队整齐的呐喊加油声。环境工程系虽然也是女丁单薄，但总比计算机系要好些。冬雪坐在场边，想大声为他们加油，但无奈势单力孤力量渺弱。

"好球，韩焰nice！"场内，韩焰一个灵敏的传球判断，帮助队友拿下两分。冬雪觉得，他是全场最冷静的人，幽深的眸子盯着对手的一举一动，在瞬间判断应该由哪个队友进行进攻，成功率极高。

"韩焰！韩焰！帅帅帅！韩焰！韩焰！棒棒棒！"

震耳欲聋的呐喊声让冬雪僵了一下，哪儿来这么地动山摇的啦啦队？还是韩焰私人专属！

回头一看，呵！一大群女孩，穿着夸张的小可爱和短裙，拿着五颜六色的彩带，在那儿列队蹦跶呢！在她们之中站着一个高挑的女孩，双手交叉在胸前，姿态冷艳高傲，像个女王。

"那不是江淼淼嘛……"

"听说，江淼淼以前也挺过一个大四的学长，不过人家已经毕业了……现在换成新任校草啦？"

"哇，校花出手了！"

酸的、贬的、羡慕的，耳边传来纷纭的议论声，冬雪多少听见了些，心里想着应该给韩焰打上标签：此男乃我私人专属，闲杂人等不得妄想，这样才行。

脑洞一开心情变好，正在此时场外一片惊呼，环境工程系队员冲撞犯规，倒下的正是韩焰！

冬雪猛地从位子上站了起来。只见一个小身影从身前哧溜一下蹿了出去，提着药箱的齐小茉已经赶到场边，着急地唤道："韩焰，你要不要紧？"

是她。

冬雪一眼就认出了齐小茉，这个时刻出现在韩焰周围的女孩。

很显然，站在高处的江淼淼也发现了她。江淼淼用看一只小绵羊的眼光，冷冷地望着她。

这是一种冷漠的、同情弱者的目光。冬雪看得分明，也不知道江淼淼这天生的优越感从何而来。

韩焰捂着膝盖，脸色有些发白。对手不知是无意还是故意，撞上的正是韩焰的旧患，上次比赛受伤的地方。

"先喷一下止痛喷雾吧。"作为篮球队后勤的齐小茉被放进场内，为做伤口紧急处理。韩焰从箱子里拿出一卷绷带，在喷雾后紧紧将膝盖缠了起来，然后勉力站起身，向队长示意自己要继续比赛。

"你可以吗？"队长表示担忧。

韩焰点了点头，擦去额上冷汗。

"我想打完比赛。"他的眼光缓缓飘过场中，停留在冬雪所在的地方，"如果感觉跟不上队伍，我会自动要求下场。"

齐小茉顺着他的目光，自然也看到了那位学姐。她紧紧咬住下唇，将劝阻的话咽了下去，提着箱子走到场外后，裁判一声哨响，中断的比赛又开始了。

冬雪往场中方向挪了几个位置，想看得更真切些，没注意齐小茉在不远处观察她。

韩焰跑得比先前慢了些，好像知道对手会针对他这个弱点，尽量减少自己的控球时间，以判断和反应来创造助攻机会。冬雪看得入神，连齐小茉向自己走来都没看见，就在她靠近的时候，江淼淼却不知从哪里杀了出来："喂，你。"

她成功地同时吸引了齐小茉与冬雪的注意。江淼淼拢了拢长发，那些女孩子列成两排站在她的身后："你是谁？和韩焰很熟吗？"

可能是她的威胁太明显，齐小茉也生出了戒备："关你什么事？"

"韩焰是我看上的。"如果是一般人这样赤裸裸的挑衅，肯定会被人当作有病，但这人偏偏是江淼淼，她从来想要什么都能得到，说话根本不会拐弯，"你最好不要掺和进来，否则你想在J大好好读完毕业，也要掂量掂量自己。"

她们的这番交谈音量不大，可偏偏坐在旁边的冬雪听了个清楚，心道这江淼淼也太目中无人了！

"我认识韩焰已经四年了，他不会喜欢你的。"齐小茉很肯定地说道，并有意无意地朝冬雪看了一眼，"即使不是我，也不会是你。"

被当众打脸的江淼淼恼了，对身边的女生说道："和她同寝室的女生是谁，马上给我查出来。"

齐小茉隐约想到了什么，脸上的血色渐渐褪去。须臾，女生递给江淼淼一张字条，她用食指和中指夹着，在齐小茉面前晃了晃："只要我一个电话，你在寝室就没好日子过了，信不信？现在向我道歉，然后退出，还来得及。"

齐小茉哪里肯让步，只能紧紧咬住下唇不作声。

"喂，你搞错对象了吧。"有人终于忍不住站了起来，"何况，这是公立大学，你以为拍偶像剧呢？"

江淼淼抬了抬眼皮，像这才发现她在那边似的。

"这不是夏冬雪么？装什么好人，情敌也要帮？"

齐小茉瞅瞅冬雪，脸上一阵白一阵红，快哭出来的样子。

"你家什么来头，我是不知道。"冬雪毕竟长她们几岁，说起话来有条不紊，"但社会的舆论有多可怕你该知道，一个话题就能人肉到你家保姆今天穿什么颜色的衣服，还是不要太招摇的好。"

"何况，以你的身份和一个普通女生较劲，不觉得浪费了吗？"说罢，冬雪又似笑非笑地补充了一句，"你要看上韩焰是你的事，有本事就自己争取，抢得到再说。"

江淼淼没想到一个假期过去，本来暧昧不明的冬雪居然态度强硬起来，不禁恼道："教训起人来真是头头是道，不愧是大姐级的人物。"这是暗指冬雪老呢，"论外貌、论身家、论年龄，我怎么可能抢不过你。"

冬雪不想再搭理她，扯了扯嘴角就坐下继续看比赛了。江淼淼讨了个没趣，只得走到另一边，也没再为难齐小茉。后者红着脸向她连连道谢，冬雪虽然不可能喜欢她，但也当之无愧地受了。

另一头，计算机系通过顽强的毅力，以两分的优势最终拿下了冠军。这是一场来之不易的胜利，是计算机系第一次摘得校际比赛的冠军，也是韩焰人生中第一次获得篮球赛的冠军。队员们轮流亲吻奖杯，学校还给每个上场的球员一块小金牌，以兹纪念。

闪光灯噼里啪啦，校媒体报道社——简称校媒社的学生捕捉着激动人心的场面，回头放在各类校园媒体上。镜头里，那最引人注目的校草拿着奖牌，离开队伍一步步向观众席走去。

人群开始骚动，冬雪站在场边，看见热气腾腾的男孩向自己而来。

他的脸泛着运动后的绯红，身量修长有力，带着年轻男孩独有的朝气和张扬。周围的声音在说什么，他毫不在意，只是在女孩面前弯下腰，摊开双手，金灿灿的奖牌静静地躺在他的手心。

"这是，献给你的。"他轻轻说着，眸光干净柔和。

不知是谁带了头，从稀稀落落开始，周围慢慢响起了成片的掌声。校媒社的同学乐疯了，沉寂已久的"J大校草与学姐"系列，眼瞧着又有新料了！

冬雪心里暖暖的，小手慢慢伸向那块意义非凡的奖牌。这个时候，一个冷冷的女声响起："你的游戏，不要投资了吗？"

好歹也是风云人物，众目睽睽之下，江淼淼只敢旁敲侧击。韩焰看着冬雪，眼神里有些内疚，毕竟那是她心心念念的理想呵！

冬雪率性地一笑，一把抓起奖牌："你还不知道吧？那是我的游戏！"

没有回答，也不用回答。不需要说得明了，韩焰反手包住她的小爪子，与她十指紧扣，一起离开了体育馆。

在他们紧紧相牵的手心里，小金牌渐渐从冰凉变得温热，一如他们彼此间的温度一般。

韩焰一身球衣，只简单地披一件外套，模样和身量走在校园里，引起的是百分百的回头率。这位校草上任之后新闻不断，是J大的红人了，只是看到他这次大大方方牵着学姐的手，还是有学生偷偷掏出手机来拍。

"有人，在拍我们。"冬雪有些窘迫，小手挠了挠试图逃脱，却被韩焰抓得更紧。

"随他们。"他的表情很淡定，但微微汗湿的手心却出卖了主人的心情。

她走得比他稍慢一些，低头，看见自己几乎每一步都走在他的影子里。韩焰在她的心里一直都是弟弟般的，但第一次，她发现原来他比自己高大得多。

我比你大，你比我高。

她在心里悄悄地想着，有一点小小的欣喜。

坏消息传来，韩焰的膝盖由于反复受伤，被医生勒令卧床静养两周。冬雪前去探望，嘴上却说是被妈妈派来的，不知道温文阿姨为啥笑得有些奇怪。

"你看你，这么拼吧，要是落下个病根，变成拐子怎么办。"她刚放下外套，房间里就开始热闹起来。女孩的声音像温暖的风，拂走了先前一屋子的冷寂。

男孩坐在床上，米色毛衣下，竟盖着一条粉色的被子，让冬雪忍俊不禁："你妈比我妈还少女心。"

韩焰扯了扯嘴角："不要说脏话。"

冬雪愣了愣，而后爆发出一阵欢快的大笑。男孩静静地望着她，忽然生出一股惆怅："可是，游戏……"

游戏完成后，一群人兴高采烈地安装测试，同时在线人数第一次刷新到12人。这是《星际岛屿》的历史人数最高纪录，大家都相信它会拥有更多玩家的喜爱。

可开罪了江淼淼，到手的投资也飞走了。韩焰知道冬雪平日里大大咧咧，却是把情感藏得很深的人，心里最遗憾的肯定就是她。

"这游戏做得很不错，相信会有伯乐相中它。"冬雪稍微有点犹疑，但很快又乐观起来，"江淼淼欺人太甚，就算投了游戏，以后怕也是很麻烦。再说，她欺负的是齐小茉……"她忽然停下来，重重地眨了眨眼，眼神贼贼的。

韩焰微一摇头："我和齐小茉只是同学。"

冬雪嘿嘿一笑，能让这冷清的家伙主动开脱，里头肯定有故事："她怎么向你表白的？"

韩焰知道自己是着了她的道了，俊脸憋出红晕："我……你……"半晌，憋出一句幽怨的，"你欺负人。"

冬雪再次朗声大笑起来。此时温文敲了敲门进来送茶，就见到女孩笑得直抹眼睛，自家的傻儿子坐在床上，满脸通红笑也不是哭也不是，一时间也无法脑补发生了什么事。

待温文离开后，冬雪才继续道："你这么高调，J大校园论坛又要热闹了。"

男孩脸上露出一丝若有若无的笑意："他们发不出来的。"

只要寄托于网络的，计算机系有的是办法。骏哥那几只虽为损友，关键时候还是相当靠谱。

冬雪在口袋里掏呀掏，掏出一块小金牌来："这个还是给你吧？毕竟是你第一次篮球拿奖，挺有价值的。"

大手轻轻包住了她的，微微温热。

"就是因为珍贵。"

男孩面容清朗，眸光幽幽，只说了这样一句。冬雪心中微微一动，韩焰握着她的手，她的手里握着金牌，初次牵手的情景再回眼前。

那些微的、柔和的悸动，从他掌心里传来的温意，竟能感觉到那一丝无法言说的坚定。冬雪抬眸看了他一眼，又低下头去，"嗯"了一声。

　　一时无声。感觉韩焰微微侧身靠近了一些，冬雪脸上发热，连忙说道："没，没想到你进步这么快，第一次当首发而已，就冠军，那些打了好几年的还要不要混了。"

　　抬望眼，他好看的眉眼似乎有些犹疑，是不是自己的谈吐太粗鲁了。她悄悄地想着，却不觉早已会错了意。

　　"因为喜欢，所以认真练习了。"韩焰一字一句，"能够为队伍创造机会，很有成就感。"

　　还以为他是独行侠，没想到他喜欢团队配合。这令人意外的答案言下之意，冬雪却捕捉到了："我也没有透过你去看什么。我本来，就喜欢看人打篮球的。"

　　男孩抿唇一笑，浅淡柔和："我知道。"

　　他已经，不需要再模仿陆以珩。他知道。

　　那些卑微的、晦涩的心事，就像此刻窗外明媚的春光，已在不知不觉中悄然散去。

　　半个月的时间只能卧床，对于青春好动的年纪来说有些折磨。第二个周末，308寝室那几只狐朋狗友抽空探望韩焰，却发现有个女孩正坐在他床头削苹果。

　　骏哥心直口快："学姐！"

　　"皮痒了你！"大麦恰好掩上门，拍了下他，"要叫嫂子！"

　　三男立马站成一排，呼啦啦鞠了一躬，齐声道："嫂子好！"

　　说罢互相对了个眼神，笑容有些贼，不知道学姐会不会生气？

　　只见冬雪露出迷茫，问道："韩焰，你居然是最老的？"

　　这妮子，明显又get错了点。她背后的男孩却是扬起了一抹淡淡的笑意，略带羞涩。

　　"那是，我是最小最嫩的。"骏哥脸皮厚过城墙，"韩焰这小子闷声不响发大财，摔坏了腿还有嫂子照顾着，羡慕嫉妒恨啊。"

　　这下冬雪终于知道不好意思了，把削好的苹果狠狠塞到韩焰手里，瞪了他一眼。

无辜的某男放出冰冻射线，骏哥登时变身冰雕一座。大麦四周围打量着，发现他的房间里居然有一架钢琴，惊道："韩焰，你会弹琴？"

"他不但会弹琴，还会说爱呢。"眯缝眼想也不想地跟了一句，随后毫无意外地变成了第二座冰雕。

冬雪忽然想到了什么："对哦，你说过你会钢琴，我还从来没听你弹过呢！"

几双期待的黑眼睛闪着光，但有人叹道："你脚不好，还是别下床了。"

可能是不忍心让众人失望，韩焰指了指床边的柜子："这里，还有一个。"

那是一个可以卷起的简单电子琴，韩焰试了试音，极为修长的手指在黑白琴键上优雅地起落，像一幅艺术品。开始是星芒几颗，伴随月辉清咏，渐渐的，天空宽广起来，以无限、无限的速度扩张着，将一个完整的宇宙呈现在众人眼前。

原来音乐可以这样有感情。柔缓的、激烈的、最终回归了平静，却余韵悠长。韩焰倾心演绎了一首歌曲，却又同时讲述了一个故事。故事里，他的心情时而甜蜜，时而迷惘，时而激动万分……视线，不知从什么时候开始胶着到了一起，应该说冬雪是一直望着他的，目不转睛，从他的手到他的侧颜，带着一种惊艳和沉醉。

而韩焰，也在不觉间看向了她。

女孩的毛衣柔软，脸颊微红，黑眸中的喜悦晶莹跃动。他的世界里充满了旋律，他的旋律中满溢的，是他的女孩。

一曲罢了，不知是谁先轻咳了一声，随后大麦讷讷说道："那个……我们，我们还是先走吧。"

剩下两人不住应声，差不多三十秒内几个人就从韩焰家离开了。

仿佛刚才韩焰家有什么洪水猛兽，催得他们逃也似的离开。

只有绯红了双颊的冬雪，忍不住想要伸手去按捺怦怦直跳的内心。韩焰专注的眼神里带着一味霸道，一丝倔强，在他们相识一年多之后的今天，他终于敢让她完整地看见自己。

他的眸，清冷而又燃烧着熊熊烈火。一如刚才的曲子，温婉旋律所唱诵的，却是爱情的荡气回肠。

他的面颊如窗外桃花，唇若珍珠蜜色泛光。他的黑发遮住了半边眉梢，他的……

　　然后，她什么都看不到了。

　　匆匆掠过，电光石火一瞬间。

　　女孩提起背包，低着头向韩家道别，坚持不肯留饭。韩庆祥和温文虽然觉得奇怪，却未曾看清她通红的脸。

　　推开房门，自家卧床的儿子定定地坐在那里，身前放着一个电子键盘。他的食指和中指轻轻放在唇边，神情若有所思。

　　疯了。

　　真是疯了。

　　整个世界都疯了。

　　冬雪抓狂地揉着脑袋，把一头短发揉成了鸟窝，引得路过的大叔频频回头。

　　漫无目地走在街道，正是华灯初上的时候，春天特有的暖醺之意拂得人酥酥麻麻，偶有一瞬的迷离之感。想来肯定是这春意惹的祸，才让她做出了那样的事。

　　迎面走来一个背着书包的少年，手里拿着一支雪糕。吮吸间，唇上亮晶晶的。冬雪盯着那唇看了片刻，忽然脸上又烧了起来。

　　韩焰的唇，也是这般蜜色光泽……尝起来，是带着甘润的柔软……

　　入夜后辗转反侧，冬雪还是没能明白，自己竟主动吻了他这回事。一赖春光明媚，二怪容颜醉人，三论色迷心窍……哦不，色字头上一把刀。

　　正胡思乱想着，手机屏幕忽然亮了起来。可能见她太久没回复聊天，韩焰便来了电话。静音之下，屏幕荧荧的白光照亮了房间一隅，他的名字也端端正正地出现在屏幕上，微微透着暖意。

　　自牵手的那天开始，他在她的手机里，已不再是"那个臭小子"。

　　"没吵醒你吧？"他刻意压低的声音，带了一种诱人的磁性。

　　她娇嗔得像个小孩："明知道要吵醒我，那你还打？"

　　"担心，啊。"他略迟疑道，"还有，想你。"

　　冬雪回味了一会这甜甜的滋味。做坏事的人是她，有什么可被担心的?

"那个……"

"那个……"

沉默片刻后两人同时开口，又听到话筒里的对方，轻轻咔了一下的呼吸声。

谁了解这种幸福?

就是话筒里同时响起那会心的一笑。

"没什么，我睡了。"她说。

"晚安。"他说完，却在等她先挂电话。

看着通话结束，屏幕熄灭，男孩面上还留着轻微的笑意。

这敢于主动亲吻，却羞于回应一句想念的，冬雪。

星期五的晚上，张晓晔约冬雪吃饭，理由说得有些含糊，神神秘秘的。待冬雪赶到时，发现张晓晔身边有另一个男人，穿着挺有品位，长相周正。

他和张晓晔并排坐在一起，冬雪有些明了，只故意问道："晓晔，这位是……"

一向开朗的张晓晔此时也有些羞涩："他叫张浩，我……我男朋友。"

冬雪想用手肘支一下她再逗一逗，但想起人家现在有护花使者了，只得作罢："你好，我是夏冬雪。"

张浩看起来比张晓晔大几岁，应该算是成熟男士了。他笑着点头："晓晔常说起你，和你们同桌那段时光。"

他很绅士地为两位女士布了餐具，安排点菜，介绍餐厅特色等等。从开始到买单，服务周到，看得出张晓晔也很满意。

趁着他去洗手间的时间，冬雪赶紧问道："这男人不错，你哪儿骗来的?"

"怎么说话呢这是，"张晓晔掩不住脸上的笑意，"他是我同事，不同部门的，追了好久本小姐才答应的呢。今天叫他来就是让你过过眼的。"

冬雪笑着点头："我看行。"

正说着，她的手机提示来了新微信，低头见是韩焰发来："买了新鲜的开心果，明天给你送去。"

冬雪抿唇一笑，刚想回复，张晓晔凑了过来："谁啊，笑得这么贼。你小妞该不会瞒着我偷偷谈恋爱了吧？"

有那么一瞬间，冬雪想附和她的话，却觉得万一说出真相，不被她的口水淹没才怪。恰好远远看见张浩正走回来，就罢了。

"哪有。"她迅速掐灭了手机屏幕，笑得有些心虚。

张晓晔的注意力转移到新男友身上。

"咱们关系这么铁，如果你谈恋爱了，可要第一个让我知道啊。"

"嗯。"这一声，冬雪自己都不知道发没发出来。

由于彻底得罪了江淼淼，《星际岛屿》的获投资机会也跟着飞了。造梦社的成员虽表示理解，可背后多少也有人不满。这年头，有钱的都是爷，个人那些小恩怨小原则算个啥。韩焰私底下请大家吃了饭，原原本本地说明了一切，个别人心里的小情绪才算是抚平一些。

这事儿，冬雪并不知情。

"要一个番茄意面、一份烤鸡翅，哦，再来一个小盘装牛肉披萨。"在J大附近的快餐店，韩焰和冬雪点了餐。其实冬雪更想吃另一家日本料理，但每次韩焰从不让她买单，学生的经济又太有限，所以她尽量帮他省着点，还不能表现出来。

在一起，就是小到一餐饭，也要为对方考虑，还要照顾他的面子。

餐点送来，关掉朋友圈里张晓晔正在晒的海鲜刺身，思绪回到现实。"下周Z区有个新兴项目创业孵化扶持，专门针对新款游戏、App这样的小型项目。我回去拟一份策划书，相信会有投资人看上它的。"

韩焰不如她那么乐观："你已经很久没上班了，万一……"

"嗯。"冬雪垂下眼帘，"我觉得我有点孤注一掷。不过创业就是冒险的啊，如果有万无一失的创业，谁还老老实实打工？"

她放在桌面上的手被韩焰轻轻握住："策划书，美化和特效部分交给我吧。"

他黑眸幽幽，像一汪深潭。又来了，美色攻势。冬雪模糊地想着，不知怎的又想起先前自己所做的事，不由得红了脸："那，那是当然，你也是小组一分子。”

韩焰看着她略显窘迫的样子，淡淡地笑了。女服务生将一杯饮料放在他面前，傻道：“您的柠檬红茶。”

“我们没点这个。”冬雪快人快语，只见服务生愣了愣，然后赶忙低头看单，再把杯子拿走，“对，对不起，送错了。”闹了一个大红脸。

冬雪刚想笑他，身边走过两个大概是J大的女生，对着他们指指点点，隐约听得到韩焰的名字出现。她拿起手机照了照自己，柔软的短发刚刚过耳，款式极简的灰色宽袖毛衣，素面朝天平平无奇，只有一双黑亮的大眼睛称得上萌，忽然间有些失落。

“年轻的女孩子多好啊，无忧无虑。”望着她们的背影，她轻声嘘叹。她已经走到了所谓女人年纪的分水岭上，某宝上多少化妆品介绍里提过，女人一过二十五，皮肤就走下坡路。

韩焰以为她说游戏的事，没听出来她话里有话：“别担心，我会一直支持你。”

困境之中，这个人始终陪伴在旁，让她暖心。冬雪回了他一个笑容：“那当然，我们一定会成功的。”

我们。不再是我和你。

当我遇见你，变成了我们。后来的事情，都开始不一样。

当晚没过几个小时，冬雪的平静被一条微信搅乱。确切地说，是第二条，因为她看到得晚了，迟迟没回，于江才追问的：

“小师妹，冒昧地问一句，你现在有男朋友没？”

“别怪师兄直接啊，你是不是和计算机系那个大一新生好上了？我今天在西餐馆看到你俩了。”

两条信息相隔一个小时。于江这个人冬雪是了解的，平时风格比较稳健保守，能让他连发追问，必是惊到他了。不过在J大认识的人里，于江大约是最后一个知道他们在一起的，老师和学生的圈子毕竟不同。

“是啊师兄，晚上你也在？我没看到你。”冬雪轻描淡写。

于江的消息回得很快：“冬雪师妹，我真是没想到啊。别怪我多嘴，你想清楚了吗？你是职业女性，那小子才大一，还是个孩子呢。”

他还是个孩子啊！冬雪顿时脑补了这句话，带着笑意边戳手机：

"还行吧，我挺了解他的。"

她不准备详细解释，感情这回事又怎么解释给旁人知道。

"咱们同学里，好几个已经结婚了，有的都当妈了。你找了个这么小的，能有结果吗？女大男小，女方很吃亏的，你等过了适婚年纪，他倒是风华正茂，会耽误的。"他像个慈父般念念有词，甚至发来了一段语音，"可能我是个比较传统的人，老实告诉你吧，我姐当年就是找了个比她小三四岁的。刚开始男的对她也挺不错的，把我姐感动得不行。两人结婚后几年，由于经济基础一般，我姐又要上班又要带孩子。这男的刚刚开始成熟，交际渐渐增多，家里事情管得少，矛盾就多了起来。

"两人之间感情变差，经常争吵。那会儿我姐都三十出头了，男的才二十七八，正是好时候呢，单位里年轻女孩儿一撩拨，就出事了。现在他们离了婚，我姐一个人带着孩子，我看着都觉得她老了许多。所以找小男人这件事，要问我全家，肯定都是摇头。

"师妹，你怎么不回？该不会是我说得多，你生气了吧？"

迟迟不见回复，于江又问了一句。他见不到，屏幕对面的女孩正望着窗外发呆。他的好意，冬雪当然明白。不光是他，可能身边的其他朋友，也会给予相似的劝告。

以后会发生吗？像于江所说的那些事。韩焰不是普通男孩，他就像天上熠熠生辉的星，夜幕也挡不住那样的璀璨，自己真的可以hold住吗？

这一晚，在犹豫、挣扎、感动、欣喜、甜蜜这些情绪都尝过之后，淡淡的不安让冬雪感慨万千。现状与质疑，姐弟恋的现实问题，又一次清晰地摆到了她的面前。虽然开心的时候并不会想起，但万籁俱寂时，却很清晰。

她翻出日记本，看那一篇篇记录着他们从相识到误解，从友善到相知的文字，让她想起了那个桀骜冰凉的男孩。他像一座慢慢融化的冰山，曾不善言辞，到现在愿为她遮风挡雨。

他愿困境相伴，她也愿相信他的现在，和以后。

"我们会努力的，也许这是一种证明。"她不知道于江能不能理解她的回答，也许依然会为她摇头。但在这浮华的世界里，有一颗初绽的、炽热的心交付面前，又有谁懂这纯真的可贵，怜惜这信任的厚重呢？

Chapter12
姐弟恋，是场战争

　　感情里的先来后到，是否可以用一句真心来巧取豪夺？

Winter's Heart

　　"焰焰，你姐又来啦？"

　　"这对小孩关系真好。"

　　"张阿姨，李阿姨。"某个特有中老年妇女缘的小鲜肉先打了招呼，后果断地不客气道，"她叫夏冬雪，是我爸同学的女儿，不是我姐。"

　　也不等看两个阿姨脸上有什么表情变化，道了个别就走，和煦的春景中隐有冷风窜过。倒是那个年轻女孩朝她们笑了笑，透着些古灵精怪。

　　"她们肯定在想，这小孩性格不如长得有爱。"冬雪打趣道。

　　步履匆匆的男孩微微一顿，一个眼神轻轻飘来，冷清中带了一丝幽怨："说实话，她们就不会这样想了。"

　　冬雪连连摆手："按我爸的性格，知道了那还得了。"

　　两人提着袋子走进韩焰家的时候，阳光正好，把一屋子的温馨都笼罩在金色里。今天他们约了308寝室那几只去公园野餐，趁着时候早先把食材处理一下。

　　关上门，韩焰把手里的两袋货卸下，连忙转身来拿她手里的，虽然轻飘飘的只装着几把蔬菜，也不愿让她多提一会儿。冬雪心里甜丝丝的，转头打量着房里："听说韩叔叔他们出差了？"

　　"嗯，去邻城，明天才回来。"男孩正儿八经地答了，然后双手轻轻地将她环住，静静凝视着。

　　这货，藏在光明正大背后的潜台词，原来是："来我家吧，我家没人！"

女孩脸上一红，装模作样地拍了他一下："学坏了。"

韩焰低头在她脸上轻轻啄了一记。他没有笑，但漆黑的眸子里盈动的，却是悦然分明。阳光在他的背后柔和，暖暖的安全感包围着她，忽而生出一种璀璨的向往来。

男孩缓缓低头，女孩微微踮起脚……

稀里哗啦！从房里隐约传出声音，两人一惊，先前的甜蜜悸动立即四散飞去。几步跑到房间，却见一个人影蹲在衣柜前，地上堆着一座小山丘般高的衣服。

莫非家里遭了贼？两人对视一眼，握拳逼近一步，那"贼"也恰好抬起了脑袋：竟是韩庆祥！

冬雪心跳咚咚，刚才他们……不知道韩叔叔看见没有，不由得捏住了韩焰的衣角。男孩哪里不知道她的心思，向前一步："爸？你们不是一早就出发了吗，妈妈呢？"

韩庆祥的样子有些着急和无奈："我们出了门才发现有重要证件没拿，你妈跟着项目组的车先过去了，我随后自己坐火车去会合……你妈说放在大衣口袋里的，是哪件大衣呢？"

而后，他忽然见到了韩焰身后的冬雪："哦哟，小雪来啦？叔叔找得昏头昏脑都没看见你，抱歉抱歉。"

冬雪笑得有些尴尬："没事的，韩叔叔……"

"今天你过来找焰玩？家里没人，没法做饭给你们吃。"韩庆祥后知后觉，冬雪的笑容开始僵硬。

倒是韩焰淡定，不愧是绰号叫冰山的男人。

"我们约了同学野餐，先回家洗菜的。"

韩庆祥心急找证件，只"哦哦"了两声，也没心思和他们多聊。两人回到厨房一通收拾，万分心虚地出了门，来到公园集合地点，却发现除了寝室那三只，居然还来了一个不速之客。

齐小茉披下长发，一身碎花连衣裙，田园小清新风格衬得她楚楚可人。两人到来，她先是紧盯着韩焰，又将目光移到冬雪身上，倒也大方地看着她笑道："学姐。"

韩焰若有所思地看了冬雪一眼，见她没什么异样，才将目光移到室友身上。这无声的电波三人显然接收到了，眯缝眼赶紧开脱："不，不关哥们儿的事，是大麦邀请人来的！"

一向风流倜傥能说会道的大麦此刻显得有些局促："小茉，大家都认识，又是韩焰的高中同学，我就邀请她一起来玩了。"

骏哥瞥了他一眼，心道傻子都知道咋回事儿了！他赶紧绕开话题："来来，哥们几个锅子摆好，火也生好了，就差你们的肉了！"

冬雪瞧着他们眉来眼去的，不露声色："想吃我们的肉？想得美！"

众人终于哈哈大笑起来，化解了一些尴尬。刚将食材拿出，忽然一阵浓滚滚的黑烟飘了过来，夹着些灰屑粘到了他们的东西上。

"哪个不长眼的？"骏哥骂骂咧咧地抹了抹被烟迷住的眼睛，才看清离他们不远的一个斜坡上，居然还有一群人生了炉。由于那坡度偏高，又在上风口，他们燃起的烟和灰免不得要让下方的人照单全收。

"可恶，他们是故意的！"齐小茉一跺脚，"就那个削尖出来的地方，根本不适合烧烤。他们就是想把咱们熏跑，好鸠占鹊巢。"

"可不是，"大麦振振有词地附和着，"现在的年轻人……心思未免太恶毒。"一派老成模样。

"我去和他们说。"一群人里，冬雪这个大姐姐当仁不让。

她刚走出一步，手却被轻轻握了住："一起去。"侧眸，是熟悉的高瘦身影，手掌里带着令人安心的淡淡温度。

齐小茉站在他们身后，眼神来回于两人之间，默默低下头去。

冬雪和韩焰来到那一群男男女女身前，礼貌道："你们好，你们在这里生火，灰都飞到我们下面了，我们的食材都脏了。能不能麻烦你们换个地方，或者尽快弄好？"

那群人里有人嗤笑道："公园是自由地方，各弄各的，有什么关系？风要往下吹，我们又没办法，要么你们换个地方吧。"

换个地方，岂不是如了你们的愿。冬雪心中一恼："你们烧烤就烧烤，放这么多纸来烧，才有这么灰。"

"我们拿什么来生火是我们的自由，"那群人也不好惹，"小姐，麻烦你让一让，我们要烤东西吃了。"

"你……"

眼看两人不顺利，眯缝眼往前凑了凑："要不，我们去帮忙？不过那边人也挺多的。"尤其还有四五个高大壮的汉子，这句是他脑补的。

"看你那怂样。"骏哥看不过眼，"敢欺负嫂子，瞧我去教他们做人。"

"哎，别冲动。"这时齐小茉开口道，"这帮人看着也挺不好惹的，好好的野餐别破坏了，实在不行我们就换个地方吧，应该还有空地的。"

"小茉说得有道理，以和为贵，和气生财嘛。"大麦的这番附和，在场没有一个人听得进去。

冬雪正一包火，忽然感觉被握着的手紧了紧。

"话不能这么说。"一直没开口，冷冷清清的年轻男孩发了声，"公园是自由地方，但你们所在的地方却不是。"

"小子，你唬谁呢。"对方嗓门大起来，他身旁两个女孩倒是瞧着韩焰，掩嘴偷笑。

韩焰指了指他的身后："你看一看，那边。"

众人仔细一看，果然斜坡旁边的林子里依稀有块牌子，上面写着"树林旁边，禁止烧烤，违者罚款"的字样。原来这块地方竟是不允许生火的！冬雪顿时快活起来："我们不是唬你，是帮你们呢。一会儿被管理人员看到了，野餐不成还要罚款，何必呢？"

对方心虚，也便不与他们多说，匆匆收拾东西就离开了。冬雪笑着伸出手来，看着面前毫无反应的木头："give me five！"

韩焰这才讷讷地伸出一只手，然后被她重重地拍了一记。

"刚才不是还很机灵，怎么这会儿变呆了？"

"他们，大概是被你吓跑的。"韩焰难得地打趣，"你气势汹汹，林子都快被你点着了。"

冬雪佯装生气，两人嬉笑打闹着跑了回来，骏哥对他们竖起大拇指。一场闹剧总算平息，几人开始"自己动手，丰衣足食"的生活。

冬雪和齐小茉两个女生不做粗活，基本就负责为大家烧烤，眼瞧着手里两串鸡翅被烤得色泽金黄、香气四溢，冬雪心情愉悦，没想到自己还是有厨艺天分的。

齐小茉招呼着众人："香肠好了，谁要？"

大麦首当其冲，其他人也饿了自然是不客气。冬雪一抬头，发现她身旁的某男双眼直勾勾地盯着她——她手里的东西，不由得好笑道："想吃这个？"

唔唔。猫咪般点头。

又指了指一边盘子里刚烤好的其他东西："我这还没好，要不先吃个香肠？"

唔唔。狗狗般摇头。

冬雪来了兴致，扬着鸡翅在他面前左右晃动，韩焰便像那玩球的猫咪一样，脑袋跟着转，一番配合逗得她哈哈大笑。

"给你，屁孩。"逗完，赏一串鸡翅，这货吃得一脸满足。

平时再高冷，再成熟，骨子里还是呆萌。冬雪想起自己最初给韩焰的评价，第三次下了肯定的结论。

"小茉，这个羊肉串很棒，刚烤好的。"大麦在一旁想献殷勤，不料齐小茉并不领情："不用了，我饱了。"

骏哥边吃边拍照，偷偷发给自己的女朋友："丽丽，下次和我一起来吧，挺好玩的。"

眯缝眼凑过去："又给媳妇儿汇报行踪呢？"

骏哥把手机一收："我需要给她汇报？风和日丽美食当前的，我这是发朋友圈，让大家羡慕羡慕的。"

眯缝眼抓着后脑勺："我刚也发了朋友圈来着，怎么没看到你的……"

年轻的男孩女孩，在这样一个春意萌动的季节，拥有着各不相同的心事。有的倾慕，令人愉悦；有的爱恋，令人无奈；有的痴缠，令人厌倦。

不论如何，在夏冬雪眼里，这都是大学毕业以后再没拥有过的，纯真与青春。

许是因为公开帮助过齐小茉，所以虽然齐小茉有时看起来怪怪的，却也算进退合度。加上不长眼的大麦看上了人家，所以集体活动时不时也总得捎上她。

为什么说大麦不长眼呢？不是齐小茉不够好，而是明知道人家倾慕韩焰多年，还一头栽进去，非但是不长眼，恐怕连脑都不够用吧。

可是爱情，哪有那么多道理可言？

冬雪灭掉手机屏幕，不看朋友圈里那一大堆秀恩爱晒美食的。在这夜宵正当时的23点，这群深夜放毒的家伙们居心叵测。百无聊赖地在网上神游，她被这样一段话吸引了：

"姐弟恋"中的男性多是心理上比较有依赖性的"小男人"，他们更喜欢被呵护，被照顾，内心似乎有一个不想长大的小男孩，某种意义上来说是贪恋母爱的温暖。"姐弟恋"中的女性多是母爱泛滥，成熟孤独，经济相对独立的女性，她们有能力，有条件去付出更多的时间和精力去疼爱一个比自己小的男人……言下之意就是所以姐弟恋很容易失败，不靠谱。

去他X的！在心里偷偷地默念了一句，冬雪愤懑不已：这是哪个"砖家"想出来的？一看就知道他只是姐弟恋的旁观者而已！

她噼里啪啦地在键盘上砸字：

姐弟恋怎么了？这社会连跨越种族和性别的爱情都能被接受认可，姐弟恋不过是一男一女相爱，为什么要说得如此不堪？五十岁大叔娶二十多岁女孩，大家笑着羡慕，要是把大叔换成大娘试试？赤果果的歧视！

按下发送键，她长舒了一口气，敏感姗姗来迟。是什么时候，她已经给自己加上了前缀和定义？还是说……这些话，多少还是戳中了些什么？

夜风微凉，却带着些喜人的清爽。窗外的世界还没早早休息。间有间无的霓虹灯影，伴着偶然路过的人声，将即将要来的夏天揭开了小小的一角。

手机轻响，将站在窗边人儿的思绪拉回。点开一段音频，流泻出一曲优雅的旋律。清澈、低沉的钢琴声，在这安静的夜里如此清晰，琴音的演绎充满情感，不觉，令人陷入深深的思绪之中。

许久，冬雪对网络的那头送去一抹月光，道了晚安。

这是最真的韩焰。沉默，亦可千言万语。

曾经，鸿雁传书、电话、短信，人们用各种方法隔空望见思念的人。

如今，信息如此便捷，距离缩减仿佛不见。但那些看不见的，却在心头。

转眼，冬雪辞职好几个月了，本来就不厚的积蓄已经用了个七七八八，又不好意思当啃老族，这日子的氛围有点像眼下的天气，渐渐地燥热起来。

"听说那女的是富二代，不用上班的，所以才这么有空。"

"不会吧？看样子不大像啊……像江淼淼那样的，全身都是名牌。"

"嗤，可能人家比较低调呢。"

J大的绿地花园里，韩焰与冬雪十指紧扣。已值黄昏时分，夕阳将他们的影子映落在地面上，一高一低，相映成趣。

微暖的风吹得人酥酥的，男孩的侧颜沉静精致。有的时候，可以这样陪他静静地坐着，一下午，只字片语。他的手心始终是微温的，从不火热，却令人安心。树影簌簌，她轻轻靠在他的肩头，视线里并排列着他们的双腿，牛仔裤与丝袜，显得很和谐。

但也有的时候，这种静美的画面会飞入几只苍蝇，嗡嗡作响吵闹不休。

两个女生坐在不远处，交头接耳，眼光时不时瞄向他们。说人是非也就罢了，声音还不知道收一收，唯恐别人听不到一般。

女生有的时候就是这样。单身时是男神，有主了还不如路人甲。而那"浑身名牌"的江淼淼，从她们口中说出来更是不屑。

富二代而已，算什么成功。怪只怪，她们没出生在那样的家庭。

与自己交握的手指，牵着冬雪的心念同时微微一动，她抬起视线，凝望远方："明明已经过了期，还在享受这校园生活的悠闲，我真是奢侈啊。"

握着她的那只手微微一紧，却依旧沉默。那两个聒噪的声音却越发明显起来。

"这社会没节操的事情太多了，你看那些女主播什么的，只要穿得性感点对着摄像头，大把的钱就进来了。"

"对啊，艺术系那个女生不是为了评优，和她的教授……"说到这句，两人脑袋又凑到了一起，小声窃窃。不多会儿一起轻笑起来，"所以说，都是利益的问题。或者说，能用利益摆平的就不是问题。"

"毕竟是时代不同，校草和老女人在一起图什么，还不也是吃软饭？人不可貌相，找男人还是长相安全点的好。"

丑男或许不花心，是典型的酸葡萄心理。

心中无名火起，这些女人怎么如此嘴碎？还未及她发作，身边人已经噌地站起身来，向他们走去。

"韩焰……"冬雪轻唤一声，急忙追了上去。

凑在一起的女生们惊觉身前出现阴影，抬头竟然见到男孩站在自己面前！他身量高瘦，皮肤白皙仿若凝冰带雪，紧抿的片唇昭示了它的主人现在心情很不愉快。

"虽然不愿意听到别人的谈话，"这声音清寒明澈，没有温度，"但不是事实，不能不负责任地脱口而出。"

两个女生怔怔地看着他，嘴巴微张呈O形，大约是没想到校草会与她们交谈。

"对、对不起……"两人低着头落荒而逃。附近路过的学生指指点点，甚至有人掏出了手机。

冬雪扯了扯他的衣袖："别生气……虽然我也挺怒的。"

"不能这样说你。"他只字片语，语气冷硬。冬雪站在他的身后，没有看见男孩眼中的坚定与轻愁。

一顿校园简餐之后回到家，已是夜色浓重。冬雪爸泡着脚看报纸，冬雪妈在一旁看电视，一切看起来好像与往常并没有什么不同。

她放下包，只听爸爸开口说道："听说林老师的女儿考上了公务员？她男朋友是医生，挺好的，一家人工作都稳定。"

"可不是，"冬雪妈接话，"林老师的女儿平时闷声不响，没想到倒挺争气的。"

虽然没人提到她，但言下之意都快满溢出来，冬雪岂能听不出来？想开口反驳，但想了想还是没出声。

"爸妈，我先去洗澡了。"

冬雪爸轻叹一声放下报纸，朝她妈使了个眼色，后者对着他微微摇头。虽然女儿再古灵精怪，做父母的哪能不知道她在装傻？只是这眼瞧着二十五了，没对象，还要帮别人搞什么创业，几个月了啥动静没有。

父母的疑虑也同样在冬雪心里盘旋不下。游戏是做出来了，找投资商却远没有想象中容易。在创业筹措大会上描述自己的作品时虽然紧张，但也满怀期待，这份与韩焰共同出品的策划书里，凝聚了自己全部的心血，可纵观其他参加者的作品，却发觉每一个都有创意，都有令人折服之处。

机遇会眷顾有准备的人，可为了梦想孜孜不倦的又何止她一个！如果幸运女神不降临，这几个月的努力，将随时化为泡影。

很残酷，但这就是是现实。

生活在这个社会，不是努力付出就一定有回报。有的人选择接受，有的人选择放弃，有的人则选择——争取。

冬雪接到齐小茉短信的时候，心里有一种"果然"的感觉。这个女孩的韧劲她早已见识过，即便是江淼淼的强压，也没能让她低头，眼前的困难，又怎能阻挡她的决心？

相约咖啡店的午后，春意正浓。是工作日的时间，大街上稀稀落落没有多少行人。齐小茉最近似是转了型，披肩长发加珍珠发卡，越发精致淑女起来。

"学姐，对于韩焰……学姐是怎么看待的？"齐小茉攥紧衣角，一鼓作气地提出了心中的疑惑。

对方的单刀直入，让正抿咖啡的冬雪手中一顿。她放下杯子，直视前方："男朋友。"

齐小茉滞了滞："学姐，是认真的吗？"

冬雪面上淡然："齐小茉，且不说答案，我并并没有义务回答你的问题。"

"可这对我……很重要！"女孩忽然加大声音，随即环顾了下四周，又微微低下头去，"我，喜欢韩焰，三年多了……"

"要表白，你找错人了吧。"冬雪眉头微微一挑，"开门见山吧，别整得和狗血连续剧似的。"

可能没想到对方性情爽直至此，倒叫齐小茉有些接不上话。思忖半晌，她抬望眼："学姐，上次江淼淼的事情，你为我挺身而出，我，很感激。对韩焰，我想过放弃，可是，实在没有办法……但对学姐，我又万万没有怨念……"

冬雪被她绕得云里雾里，难道代沟已经深到这般地步了？

"所以，我不想骗学姐，更不想骗自己……我，放不下韩焰！如果，学姐只是和他玩玩……毕竟你比他年纪大这么多，变数很大，我、我觉得……"

"你觉得还有希望？"冬雪算是弄明白了，帮她补完这句，"不过很可惜，你的'觉得'只是错觉。"

齐小茉咬着嘴唇不吭声。从玻璃墙面看进来，面对面坐着的两个年轻女孩，一个若有所思地喝着咖啡，另一个低着头扭着衣角，活像个受了气的小媳妇儿。

但冬雪心里很清楚，齐小茉绝不是那个眼泪往肚里吞的小媳妇儿。

能够跳到台面上来的敌人，总比躲在暗处等待随时阴你一脚的人要好。冬雪想了想，补了一句："也许，你不应该用你的眼光，来揣度别人的感情和生活。"

齐小茉看向她，这个短发柔软、神情安然的女孩，在此刻微阳的沐浴下，眼里流露出细碎的暖意。

"让偏见先入为主的感情，首先已经失去了理智。"

齐小茉沉默半晌，正想开口的时候，离她们稍远的一桌忽然爆发出大动静。

"真爱？那我们又是什么？我不会同意分手，太便宜了你们！三者恒被人三之，我等着看！"一女子将咖啡泼在对面男子的脸上，甩出一句劲爆的话，扭头就走。

反观那男子，咖啡正沿着头发不断滴落在他的脸上、身上，一身狼狈。

周围稀疏的几个看客心下了然：男子出了轨要分手，女友震怒。

冬雪下意识地看了自己对面的女孩一眼，那一刻，女孩也小心翼翼地看向了她。

齐小茉心中一震，不知为什么竟急迫地收回了目光："学姐，我稍后还有课，要先走了。"

留下冬雪一人独享这午后，安逸间，亦有几分沉思。每一份感情都是独立而完整的，他们可能有各种不同的故事和结局，却都是不足为旁人道的。就像刚才发生的一幕，看的人觉得是那样，但究竟是不是事实的全部呢?

她并不知道的是，当时齐小茉没有说出的话，却是那一句："我对韩焰比任何人都真，为了遵从内心，我会争取而非退让。"

感情里的先来后到，是否可以用一句真心来巧取豪夺? 齐小茉今天找到自己的一番交谈，究竟是示威，还是诚实，除了她自己又有谁知道呢?

不久，韩焰下了课，冬雪笑眯眯地在教学楼下等他出来，着实给了他一个大大的惊喜。

"我不知道，你来了。"他微微一笑，朗月清风，冰雪消融。

冬雪对今天下午的事只字不提："天气好，顺便来抽查有几只蜜蜂想叮校草。"

她这头是打趣，对男孩却是相当受用。只见他面容微郝，一把牵起了女孩的手："欢迎领导随时检查、抽查、24小时监察。"

"谁要24小时监察你。"冬雪娇嗔一句，耳根却有些红。

韩焰心中微微一室，俯下身在她额头轻轻一触。

柔软而微凉的唇瓣，在皮肤上轻柔掠过，像羽毛一样轻，却又像火一般烧。冬雪轻轻捶了他一下："这么多人，你也好意思。"

下课时分的大学校园，周围人来人往。有人在一旁掩嘴偷笑，也有人见怪不怪。

"我的女朋友。"韩焰淡淡说了一句，隐隐有些霸气的味道。

冬雪正想笑他一句，不远处却有个人对他们招手。

"雪姐——"

那个努力挥着手臂，大声嚷嚷的不是骏哥还有谁? 站在他身后的，正是308寝室另外两只。冬雪微微一笑，与韩焰一起加快了脚步。沿着夕阳映落在校园小道上的斑驳疏影，大手牵着小手，连那一大一小两双白球鞋迈出的步伐，都轻快而又整齐得默契无比。

Chapter13
别人眼中的我和你

当夏天的雪遇见寒冬的焰，我遇见你，所有的一切都
刚刚好。

Winter's Heart

"甜蜜五月，金拇指广场主题活动——最登对情侣评选中！"

"看看这对有情人，男朋友高大威猛，女朋友小鸟依人，大家和我一样，都觉得他们相当登对吧？不知道他们今天可会遇见对手？"

周末，都市中心的购物广场可谓人潮翻滚，几乎让冬雪后悔将看电影的地方定到了这里。说起来也是她心血来潮，忽然想看那部重新上映的《星河传说》3D版，却没想到广场上的人流拥挤到摩肩接踵的地步，主办方还在空地上支起了一个舞台，围观群众里三层外三层的，更为这里的交通情况雪上加霜。

"小心。"拥挤中，冬雪被一个壮汉挤了个跟跄，韩焰连忙放开牵着她的手，改为揽住她的肩膀，往自己身前一带。

冬雪的脸几乎贴在了他的胸膛上，感受着那清瘦却有力的身躯，她面上热了热，又觉得安全极了。

"哎，左前方那对相拥的情侣！对，就是你们，蓝色衬衫的大帅哥……"不知什么时候，主舞台上的主持人竟然看到了人群中的两人，可能是韩焰的俊美高挑着实醒目，但尽管如此，带着一头问号被请上台的冬雪对主持人那过人的眼力还是佩服不已。

"两位帅哥美女，欢迎你们参加本广场最登对情侣现场评选活动！"可能是他们的上台让主持人情绪相当激动，"这一对情侣，男朋友——不用说了，这位韩国长腿欧巴，阿尼哈赛哟！"

场下围观的群众一顿哄笑，主持人继续道："开个玩笑，再看看咱们这位女朋友——"

看着场下黑压压的观众，那一双双眼睛聚焦在自己和韩焰身上时，冬雪忽然有些紧张。自从和韩焰在一起后，她慢慢开始接受世俗对他们的眼光，却还是第一次暴露在这么多人面前。

她和韩焰站在台上，大家会怎么看？自己看起来会明显比韩焰老吗？

"这位女朋友——俏皮可爱，活泼灵动，是位素颜美人哦！两位真是太登对了，让主持我都觉得羡慕呢！"

别说，这主持人还挺会说话的，让冬雪一颗悬着的心放了下来。

韩焰悄悄牵起了她的手，两人在台上望着对方，相视一笑。

"像前几对俊男美女一样，你们也给大家说说你们的爱情故事吧？一会现场观众投票，得票数最高的情侣会获得我们的大奖哟！"

韩焰接过话筒，却沉默了片刻。在满场人群疑惑的目光中，他向着身边的女孩转身，将握着她的手贴在自己的胸前：

"也许每个人的内心，都有一个冰之世界。我在那个世界里，孤独地望着别人。那些人都有形形色色的故事，却与我毫不相关，直到我遇见你……我们一起躲过追踪，共度过漆黑但温馨的新年……我护你平安喜乐，你也为我披荆斩棘，挡住满怀恶意的谣言。我的寒冬，只有你的温暖可以消融；你的今生，我想让你一世安稳。"

他淡淡地说着，一字一句，间或有些停顿，慢慢地描绘着他们经历过的点滴。那些句子，在不知情的观众们面前，却似一部精彩的偶像片，让他们好奇极了。

冬雪的手始终被握在一只大手里，紧贴在他温暖的胸膛上。他说话的时候，胸腔嗡嗡震动，每一个字眼落入她的耳中，都雀跃万分。他沉默的时候，黑眸微垂，掌心里传来的怦然有力的心跳，带领着她的心跳一起飞奔起来。

这是一场某婚纱品牌赞助的活动，借由春的温暖和情侣的甜蜜，烘托出婚庆爱恋的浪漫主题。像他们这样被现场邀请参赛的情侣有八对，基本都是时尚美好的年轻人，大家在主持人的引导中陆续讲出了自己恋爱故事，或朴实无华或轰轰烈烈，却都那样和谐动人。

冬雪成为这些人中的一员，也正是韩焰身边的那一位。此刻，她身边的男孩不再是J大的校草，更不是母亲朋友家的"弟弟"，而是她，夏冬雪的男朋友。

"当黑遇见白,我遇见你,所有的美妙浑然天成。"

舒缓的音乐声中,主持人宣读着浪漫的台词。交握在一起的双手,似是那样坚不可摧,这样的仪式,完美仿若一场婚礼,让冬雪心潮澎湃,两颊也悄悄染上一缕霞光。

"经过现场观众的投票,本次比赛的最登对情侣已经诞生,他们就是——韩焰先生、夏冬雪小姐!让我们恭喜他们获得奖品925银情侣戒指一对,并祝他们甜蜜幸福!"

如潮的掌声,是现场观众给予的支持和祝福。恍惚间,冬雪似乎看清了前排每一位观众的脸,他们笑着,拍着手,带着毫不掩饰的赞美。

当夏天的雪遇见寒冬的焰,我遇见你,所有的一切都刚刚好。

冬雪终于明白,原来在别人的眼中,他们也可以如此登对。既然如此,又何必太在意周遭的目光?在如潮的思绪里,她的心境又有了新的提升,看向韩焰的眸光中,亦多出了一缕柔和。

奖品戒指的款式很简洁,做工倒也精致。

冬雪好玩地试戴了一下,大小竟是刚巧合适。一抬眸,却见韩焰深深地望着她,确切地说,是望着她的手指。转念一想,她连忙把戒指摘了下来:"没想到奖品的质量这么好。"

韩焰没有试戴戒指,却是小心翼翼地将它们收好。他的嘴角微微上扬,宛若秋夜竹韵,宁静,却又悠然。

耐不住家中二老越来越"火辣"的目光,冬雪终于又踏上了面试打工的坎途。这次邀请她面试的游戏公司,虽成立只有三年多的时间,却已经有了两款口碑不错的游戏面世。当她来到所在地址,就被公司门口一个巨大的"小兵守卫"雕像吸引了。这座比她还高的雕像,是某款MOBA类游戏里面的小兵原型,被放大无数倍后竟显得相当霸气。

正想着,两个女声从她身边飘了过去:

"今天Ivy的裙子好像比昨天更短了哎……"

"嘘——小声点儿,我刚看到她扭着屁股到老总办公室里去了。"

"啊,难道公司的传言是真的,老总和他的秘书……"

"漂亮秘书和老板哪能一干二净,你真不开窍……"

直到两人声音越来越小，消失不见后，雕像后的冬雪才走了出来。幸好自己刚才被这个"小兵"挡住了，这么尴尬的话题，她还真是不想听。

原来他是这种老板。冬雪撇了撇嘴，她来面试之前，查过这家公司的资料，所谓的钻石王老五，游戏界的新生代精英，暗地里却生活糜乱。然而，她只是一个求职者，老板的事，与她何干？带着这个小插曲，冬雪推开了X世代游戏公司的大门。

在面试中，冬雪介绍了自己的求学和从业经历，在职两年多对游戏圈的理解和感想，也不忘介绍了自己那个没来得及上线的作品《星际岛屿》。

"虽然，它没有机会面对广大游戏玩家，但在我们造梦社的眼中，它就像是最完美的孩子。游戏，带给人欢乐和幸福，得以解压、得以解忧，哪怕只是暂时的，也有它存在的意义，这就是我选择当一个游戏人的初衷，至今未曾改变。"

一番话说得内心澎湃，面试官却好像反应平平。冬雪走出大楼的时候，暗道这次面试希望渺茫，一边想着韩焰这会儿没课，找他倾吐几句。

不曾想电话拨通，却无人接听。多久前的事了，韩焰的电话与他人机分离，似乎当他们在一起后，就没发生过。过了不久，男孩匆匆忙忙地回电过来："抱歉，我刚在玩游戏。"

冬雪一愣："你玩什么游戏呢，这么专注，连电话都接不到。"

电话那头倒是回答得四平八稳："就是那个推塔游戏，寝室里的人都在玩。"

毕竟是大学生，寝室的哥们儿一喊，上机组队常见得很。冬雪撇了撇嘴："倒真不觉得你是会和别人开黑游戏的性格。"

电话那头沉默了一下，又似乎是和往常一般的习惯性沉默。

"还好吧。"

韩焰这冷情的性格，将冬雪本来想说的一肚子话都浇灭了。只听得电话中男孩问道："冬雪，你找我有事儿？"

"现在没了。"有些泄气，又似乎找不出什么正当的理由。

可能，这就是年龄差造成的代沟吧。挂掉电话以后，冬雪模糊地想着：自己在四处谋生，定位将来的时候，某个男孩还在无忧无虑的大学时代。大部分人，其实都做着和自己年龄相匹配的事，只是有些人在不同的时间里，与另一个人在不经意间悄然相遇罢了。

俗话说得好：千金难买早知道，万般无奈没想到，就当冬雪早就把X世代游戏公司忘到爪哇国去的时候，却意外接到了他家的offer。

虽然老总禽兽，但他们的员工倒是很有眼光。冬雪几乎是迫不及待地答应了录用，把眼下毫无作用的骨气丢到了一边，好让家中二老稍为宽心。如此一来，她去J大的次数自然减少大半，和造梦社成员们的联系也慢慢减少了。

《星际岛屿》的最高同时在线人数，最终定格在了12人。这令人惋惜的事实几乎成了社里每一个人的心病，大家都心照不宣地选择了沉默。

踏入新公司报到的时候，冬雪忽然想起自己毕业后第一次加入工作的情景。对实现成为一个游戏人的理想，她曾如此兴奋，却不了解梦想国度也同样是人的江湖。经过两年多的奋斗和创业的失败，现在的她再次启航，少了憧憬，多了坚定。

想成为一个游戏人，这个心愿变了吗？若是没有，那么，殊途同归。

不得不说，这是一个美女云集的公司。到处都是各种各样的漂亮妹子，甚至还有戴着猫耳朵卖萌的，活脱脱的二次元风情。

"夏冬雪，这是你的工位。"HR将她带到位子上，交代几句就走了。感觉到周围有几双好奇的眼睛正打量着自己，她便索性环顾四周，对大家笑了笑。

兔耳背包，粉格子套装裙，与这里的环境倒是相配。登时，几个男同事就凑过来打了招呼，一个气质端雅的女子也走了过来。

这个人冬雪面试时见过，运营组的老大，程瑞。她带着冬雪巡了一遍部门，统共有十二位组内同事。公司规定每个人都要有个花名，冬雪便毫不犹豫地使用了"下雪"这个绰号。

这里，就是她新的起点，新的战场了吧。她暗暗握拳，内心中的一种微妙情绪也越发坚定。到下班的时候，她步入电梯，忽然听到外头一个低沉的男声说道："请等一等。"

她连忙按住开门键，不一会儿一个男人走了进来，向她轻轻点了点头："谢谢。"

男人穿着一身挺括的西装，身形非常高大。一种淡淡的压迫感传来，站在他侧后方的冬雪方才打量起这个人，抬头看他的侧影，鼻梁格外地高挺，发型一丝不苟，很有型款。

仿佛是感觉到了来自身后的视线，男人也略略回过头来。他三十多岁，整张脸棱角分明，一双黑眸隐隐带着锐利。像这样英挺的男人无疑是充满魅力的，冬雪也确实盯着人家看了，却越看越觉得眼熟——

禽、禽兽老板？

她在心里哀呼一声。虽对自己有自知之明，却仍想找个洞钻下去，脱离这位大BOSS的视线范围。一瞬间，她的表情由平淡到疑惑，又从疑惑到惊恐，简直就像见了鬼似的，可谓精彩纷呈。大BOSS显然很疑惑，正想开口，忽然电梯剧烈摇晃了一下，屏幕上的数字定格在了"5"上面。

"这，这是……"冬雪心里暗骂倒霉，早不坏晚不坏，电梯偏偏在这个时候出了故障！

感觉到自家BOSS的视线还未离开，她不自觉地退后了一步，讷讷道："电，电梯坏了……"

BOSS看着她的脸上没有表情，仿佛在嫌弃这样一个弱智的结论。他伸手按了1楼和2楼，又按了警铃，皆不奏效。再打开手机，也没有信号。

在电梯故障与同BOSS一起被困的双重紧张中，冬雪迫切地按了按开门键，试图寻找方法，却不想电梯的灯光也开始频繁闪烁，眼瞧着就要灭了！

"倒是很像，我前些天看过一个电影里的场景。"

幽幽地，BOSS居然发了话，醇厚的声音在这狭小的空间里显得特别低沉。

既然他开口了，小职员岂有不回应之理，冬雪讪笑道："不会，是恐怖片吧……"

"也许吧。"BOSS背对着她，她却好像在话里听出了一丝笑意，"接下来，大约头顶上的板会被掀开，然后……"

"别，别说了！"在这样瘆人的环境下，听这个吓人的BOSS讲恐怖片情节，感觉不能更糟。"现在是下班时间，应该很快，就有人会发现我们的吧？"

那个声音仍然幽幽的，又显得那样不紧不慢："谁知道呢，也许……"

"不会的不会的。"冬雪一边赔着笑脸，"这大楼看着这么新，电梯应该也不老吧。"

这个时候，电梯居然又抖了一下，冬雪惊得尖叫起来！

一只手从背后轻轻拍了拍她的肩膀，万分绅士。

"听我把故事说完。"

"后来，在那个电梯顶上的盖板被掀开了。一个穿着蓝色衣服和红色内裤的男人跳了进来，他的胸前，还画着个S。"

在忽明忽灭的微弱灯光下，冬雪嗡嗡作响的两耳里，就这样被灌进了故事的结局。

看着她扬起的唇角，男人的手臂放了下来。就在此时，电梯外面传来了人声，是维修队赶到了。

"警铃都没有接通，这些维修的人怎么来得这么快？"冬雪不禁疑惑道。

BOSS向前走了一步，背对着她："我让司机等在楼下，七点准时出发。"

就这样答非所问的一句话，成了夏冬雪和自家大BOSS楼漠第一次相遇的最后一句对话。待过了一阵子，她才知道，原来楼大BOSS是个完全雷厉风行的人物，不管是开会还是会客，从不迟到一分。当他在约定时间还未出现的时候，他的司机理所当然便会知道，他必定是遇到了什么紧急情况。

就在冬雪再一次马力全开的时候，大学生韩焰也不得不忙碌起来，只因他在温文的一次同学聚会中弹奏了一曲钢琴，被阿姨们惊为天人。

年轻的男孩身形颀长，面容清傲俊美。身着浅蓝色长款风衣，白色休闲鞋的他，坐上琴凳的瞬间衣摆向后一掀，优雅的气场令在场阿姨们都目不转睛。

黑白琴键上的浪漫，婉转悠扬。没想到面上如此冷清的男孩，竟拥有如此感情丰沛的琴声。在场若是有知音人，定会问上一句："你琴中的思念，究竟是说与谁听？"

蒋涵清的妈妈王美仪便是其中一个。在韩焰的琴声里，她的眼前仿佛浮现出了自己年轻时的情景，透过男孩的背影，她不知是看见了谁，竟是双颊染上了淡淡绯色。一曲音落，她激动地握着温文的手："让涵清跟着你儿子学琴吧！"

"啊？"温文有些接不上话，儿子这趟肯听她的话来表演，已经让她很有面子，没想到竟收获了一个狂热粉丝！

只听王美仪喃喃道："我家涵清小时候也学过琴，但当年我们家境不好，买不起钢琴。甚至有段日子，把她的电子琴卖了，这孩子哭了很久……是时候，当妈的还她一个心愿了。"

这番诚恳的说辞，让温文没有了推却的理由。就这样，韩焰被迫收下了第一个钢琴学生。

"客人走后，我就出来。"

不一会儿，手机那头回了一个胖胖的熊表情："OK！"

"老师，我这段弹得对吗？"韩焰放下手机，恰好听见他的学生正在询问。视线与抬起头的女孩碰个正着，女孩眉眼乌黑，面容沉静。

"有没有哪里弹错？"她又谨慎地问了一遍，很是认真。

韩焰摇了摇头："没错。"据王阿姨说，蒋涵清已经十年没有碰过琴了，可上手没多久，她就弹奏得很是像样，让人不禁怀疑，她在这些年间，并没有放弃过练琴。

"平时，练习过？"韩焰淡淡问道。

蒋涵清微微红了脸："我平时课余，在琴行打工，有时，可以弹一下他们的琴。"

像蒋涵清这样的高中生，正是如花似玉的好时候，女生们哪个不是打扮逛街玩手机，没多少会认真勤工俭学。韩焰微微颔首："基础还可以，要多加练习。"

女生不知想到了什么，垂下眼帘，片刻，就站起身来："那我就先回去了，谢谢老师。"

韩焰纠正过她两次，她还是坚持要叫他老师。以他的性子，就不会再重复。

见他默许，蒋涵清便告了辞。韩焰也随手抓起一旁的外套，前后脚跟了出去。

　　正值六月，空气中带着湿热的季节。蒋涵清没想到短短两个小时外面就变了天，抬头见到一片乌黑，暗自后悔出门没有带伞。

　　随后下楼的韩焰，见到步伐踌躇的女孩时微微一怔："没带伞？"

　　蒋涵清回头，意外道："老师，你也要出门？"

　　韩焰抬头看了看天，便把手里的伞递给她："拿我的。"

　　女孩推辞道："老师只有一把伞……"

　　韩焰依然冷着一张俊颜："我没事。快走吧，随时下雨。"虽然他做的是好事，却让人感到自己好像给他添了麻烦。女孩果然不再多说，只接过伞轻声道了谢，便加快脚步离开。路过小区门口时，有个身着粉色运动装的女孩低头玩着手机，在等人的样子。

　　大风卷着尘土，瞬间迷乱了她的视线。蒋涵清拢了拢身侧的小包，匆匆一瞥就此略过。

　　远远的，韩焰望见了那抹粉色的身影，急忙小跑过去："不是说好地铁站等吗？"

　　明明很是焦急，声音却轻缓柔和，与平时的冷硬判若两人。话音刚落，豆大的雨点子便砸了下来，冬雪忙脱下背包："我带了伞，在包里……咦？我的伞呢？"

　　男孩二话不说，用半个身子护住她，两人快速冲向路边。潮湿的气息，几乎在一瞬间席卷了整个世界，半分钟后冬雪在屋檐下抖落身上的水珠时，发现韩焰的头发湿了大半，略显凌乱地贴在额边，凭添几分神秘的美感。

　　倏地，在他的眼角和耳朵之间，一道淡粉色的痕迹映入她的眼帘。

　　"这是……"她上前一步，轻轻拨开他的头发。那疤痕不算太显眼，却就这样留在了他的脸上。危机到来的那一瞬间，他紧张而坚决的拥抱，她仓皇又迷惘的颤抖，仿佛还清晰可忆，但现在想起来，除了感动，还有……心痛。

　　指尖，极其轻柔地掠过这道伤疤，仿佛在抚平她心中的褶皱。一只大手轻轻握住了她的，并缓缓握紧。

　　"别看。"

男孩的声音凉薄，但冬雪却觉得温暖极了。

"那个时候……你，是怎么想的？"

"哪个时候？"某冰山的呆萌症似乎发作。

冬雪抬起头，韩焰看着她的黑眸湿漉漉的，带着一种纯真。不经意间，她的心中仿佛有一角柔软开来。

"你怎么这么笨！"女孩面上的粉泽，是最甜美的告白，十指交错间，男孩倾身靠近。

街边的屋檐外，大雨如线般淌落，打乱了一地的平静。雨水滑入草木的清新气息，萦绕在男孩贴近的俊颜之外，又掺杂在他的吻之中，一时间，似乎无法分清是大雨在他们的世界外，还是他们远离了下着雨的尘嚣，独留这一份柔软的悸动，辗转不休。

羞涩于凝视彼此通红的脸，韩焰将下巴搁在她的头上。良久，头顶传来男孩的声音，恍惚间像是一句梦呓："我什么都没想。只是，不能让你有事……"

午后的X世代游戏公司办公室里，员工们正叽叽喳喳地聊着天：

"网游恋爱未婚先孕，男方不愿负责，帮会间频频爆发帮战，游戏方却趁机赚了一大笔……"

"嘘——老大来了！"

伴随着程瑞的靠近，众人作鸟兽散，结束了聚集在夏冬雪桌前短暂的"八卦会议"。

看得出，下雪这妮子虽然才来了一个月，在部门里人气却是不错。程瑞的脚步在她桌边停下，面上带着微妙的笑容："下雪，楼总让你到17楼办公室去一下。"

闻言，小伙伴们纷纷从电脑前抬起脑袋看她。

"下雪，你认识楼总？"

"并不认识。"

"下雪，你平时也不爱穿超短裙啊？！"

"……"

禽兽BOSS居然召唤自己，难道是因为那次电梯故障……按下17楼的按钮，冬雪在电梯里心怀忐忑。说实话，那一次楼漠淡定幽默的表现令她有所改观，但万万没想到自己竟被他点了名！

转瞬间17楼便到了，安静雅致的办公室，点点葱绿的盆栽，彰显出老总简洁大方的品位。

"楼总。"超短裙秘书Ivy将她带到办公桌前。

BOSS正埋首文件之中。

"来了。"他平淡道，头也不抬，"坐吧。"

冬雪在他面前坐了下来，时不时打量一眼。BOSS的发型还是这么整齐挺括，一身得体的黑白搭配，透露着一股成熟男性的魅力。

"啪！"楼漠签完最后一份文件放到旁边，抬起头，恰好与这妮子打量自己的目光碰个正着，后者连忙低下头去，错过了BOSS眼中一闪而过的笑意。

"知道我为什么找你吗？"

冬雪弱弱地摇头。

"再回忆一下？你之前说过做过的事。"大灰狼循循善诱。

小白兔在对面苦思冥想了一阵："楼总，我真的没有怪你在电梯里吓我……"

男人咧嘴笑了起来，露出一口整齐的白牙："看来，能创作故事的人脑洞都比较大。"

看夏冬雪仍没有get到重点，楼漠从抽屉里抽出一份简历。

"《星际岛屿》，这个故事是你创作的？今年协会的新秀奖获奖作品。"

冬雪如梦初醒，连连点头："是的楼总，这个故事是我创作的，而且我和J大造梦社的成员一起，我们已经把它改编成了游戏，正在寻找上线机会……"花了整整三分钟，之前精心准备用来寻找投资商的那一套发言，总算是找到了用武之地，被悉数抖出。对面的男人黑眸深沉，单手支着下巴，表情饶有兴味。

"这套话，对多少人说过？"BOSS啊，您的关注点貌似歪了。

"三个，哦不，加上您，四个。"

男人又微微一笑，冬雪发现这BOSS其实还挺爱笑的，没她想的那么严肃。她正了正身子，只听得他道："这款游戏，X世代游戏要了，三个月后推出。"

啥？！

一直到走出老总办公室，冬雪的嘴角还挂着笑容，想必刚才应承下来的时候也是笑得龇牙咧嘴。峰回路转，没想到《星际岛屿》又见生机，没想到禽兽BOSS这么有眼光，没想到……

慢着！这样说来，BOSS是什么时候认出她的？早在，她刚入职那时？那电梯里的一幕，便是有预谋的……戏耍？

脸通红，不知道是激动的还是什么，冬雪掏出手机就给韩焰打电话，没想到响了十多下竟然无人接听。

最近给他电话，经常石沉大海。这小子，什么时候变得这么爱玩游戏了？冬雪疑惑地收了线，不多会儿，韩焰回电过来，电话里却满是嘈杂的声音：

"你要是男人就不会每天喝得一摊泥似的回来……"

"刘梓骏！你再说个试试……"

冬雪蹙眉："韩焰，你那儿怎么了，好像在吵架？"

"是，"韩焰边回答边匆匆朝外走，"骏哥和大麦吵起来了。"

"你们寝室感情不是一向挺好？你刚才怎么又不接电话？"

"失恋。"韩焰言简意赅，"之前在玩游戏。"

话筒里传来"哐当"一声，像是东西砸碎的声音，男孩匆忙道："一会儿再给你说。"便挂了电话。

冬雪撇了撇嘴："神气。"

此刻的308寝室里，正实实在在爆发着一场史无前例的冲突。骏哥和丽丽吵架分手，大麦示爱惨遭齐小茉拒绝，两个失意人撞在一起，无疑是找到了最好的发泄口。

"每天老实得跟个狗似的，口袋里剩一块钱都得打报告，你那丽丽还不是说翻脸就翻脸？刘梓骏，你真给男人丢脸！"

"我呸！"高大的男人满脸通红，"叶麦算你是个男人了，不就是没追着人嘛，天天喝酒喝得一摊泥似的回寝，还要哥们儿一起把你从门口抬进来。"

得，全名都喊上了。这话显然是刺中了大麦的伤心处，他气得拿起桌上的杯子往地上摔："刘梓骏！你再说个试试！"

"试试就试试！摔东西你就狠了？你说你也是哪儿没路往哪儿走，

这么多女孩你偏选了个心有所属的！人家齐小茉喜欢谁你不知道？你抢，你抢得过韩焰？"

两人四眼，如熊熊燃烧的火焰，忽然都聚集到了刚合上门的韩焰身上。这无辜中枪的家伙还不知道前因后果，愣道："吵完了？记得扫地，上午我刚扫过。"

气不打一处来，大麦指着韩焰大骂："韩焰你拽什么拽，很帅吗？小茉对我说，她喜欢你三年多了，还要等你！可你呢，你从来也没有在意过她！我真不知道你到底有什么好？"

韩焰俊颜冷冽，双唇微微一抿。如冰山清雪，苍茫的白，一阵冷风拂过，带出一句无声的"怪我咯"。

"看吧，你小子就不是个男人。"骏哥冷哼一声，"自己没本事，还要对别人倒打一耙。"

从头到尾一直插不上话的眯缝眼出来打圆场："好了好了了，都是同寝哥们儿，一人少说一句吧。"

他拍了拍大麦的肩膀，不料却被对方一把推开，他一个踉跄，被后方的椅子绊倒，额头撞在床沿上。

韩焰一惊，连忙将他扶起："你流血了。"

眯缝眼摸了摸自己的伤口，果真是见了血，不由得怒道："都说拉架的遭灾，我看不假！你们一个个有什么好吵的？好歹，好歹你们还有过点什么，有喜欢的妹子，我呢？从小到大，有谁关注过我？还为了女人，伤了兄弟们的和气！一声声兄弟，那是白叫的吗？"他说着说着，声音竟是有些哽咽。

大麦见他受伤，早就慌了神："眯缝眼，我……"

骏哥也敛了情绪："你先把伤口包扎一下。"

韩焰什么也没说，走到门边的柜子里取出一个小型药箱。谁都不知道308寝室里居然还有这种东西，三个人都惊讶地看着他，熟练地取出纱布胶带，清洗包扎，一气呵成。

不同于一般人的"男人味"，在韩焰低头包扎的时候，一股幽幽的气息钻入眯缝眼的鼻子，不是香味，却又很是清新。他偷偷往上瞟，正为他处理伤口的男孩皮肤瓷白，神情专注，密密的眼睫微微颤动着。

"我想……我终于知道女生们为什么都喜欢韩焰了……"眯缝眼怔

怔地说了一句。

骏哥轻捶了他一记："撞傻了你！"

事后，四个男生一起收拾了满屋狼藉，然后并排坐在书桌前，各有各的沉默。

"我说，哥们都有出息点，为了女人，何必……"

有人开始故作沧桑。

"就是，何必，哥有哥的潇洒！"

话音刚落后一回头，骏哥就拿起手机开始捣鼓，至于干什么谁都猜得到。

韩焰也赶紧在微信上给冬雪播报最新战果。

"男子汉大丈夫，说道歉就道歉！"骏哥大喊一声，顿时遭到大家的毒手，怪笑声响彻了男生寝室楼……

过了没几天，骏哥就和女友复合了，走起路来又开始大摇大摆神气活现。大麦这一波倒是有些缓不过来，时而忧郁时而怔忪，时而盯着韩焰发呆，那眼神让眯缝眼看着发毛。

"这少年的伤，恐怕需要时间才能愈合。在此之前，心仪大麦的妹子，就暂且由我来接手吧。"眯缝眼学着大麦的样子说道，文绉绉、贱嗖嗖的。

"去你的。"

一团废纸凭空袭来，眯缝眼一个敏捷的躲闪，手肘却撞在书桌上，疼得"哎哟"一声。

"我招谁惹谁了我！"

男生寝室在嬉笑追打的同时，食堂小餐厅的一角气氛沸腾。

"下雪，你说真的？"

听到《星际岛屿》可以面世的消息时，造梦社成员的反应与冬雪当时的分毫不差，嘴角都快咧到耳朵后，面孔涨得通红，兴奋极了。

"没想到，没想到哇！不，应该是在意料内的，我们的游戏很优秀！"

所有人都笑着点头，这游戏是大家的心血结晶。

正说着，一个恬静的身影跃入了冬雪的眼帘，她下意识地抬眼望去，正与那女孩的视线碰了个正着。

齐小茉脸上的惊讶还来不及收回，只能转作略带尴尬地一笑："学姐。"她身边的女生盯着冬雪看了会儿，然后凑到她耳边嘀咕了几句，见前者略略颔首，又不明兴味地打量了几眼。

她们在说什么，冬雪并不太在意，只落落大方地点了点头。

"小茉，那就是你的情敌？"好友在耳边询问时，齐小茉下意识地承认了，可不知为何，当自己看到夏冬雪时，却有一种莫名的心虚感，令她忽然想起了上次她们对话时，咖啡厅里发生的一幕。

"哎，你的男神。"耳边又传来好友的惊叹，"不得不说这学姐有手段，大五六岁呢，居然能俘获校草的心。"

齐小茉顿时顺着好友说的方向看去，韩焰正匆匆走入食堂，简洁的白色圆领T配一条浅蓝色牛仔裤，脚穿白色休闲鞋，简简单单的一身衣服穿在他的身上比例协调，清爽极了。在他的身后，有一个穿着卡其色衬衫的男生，身材也称得上匀称，只是神情有些萎靡，让外形大打折扣，此人正是大麦。

齐小茉一惊，赶紧低下头去，可为时已晚，她刻意逃避的样子落在大麦眼中，无疑是伤口撒盐。

"韩焰，我……我不吃了，你回头随便给我带点什么吧。"既然对方不想看到自己，大麦也无意逗留，转身匆匆离开。

韩焰一时没反应过来，待见到在不远处佯装低头的齐小茉时，目光一凝。

"……就是嘛，小可这个角色我太喜欢了，就算游戏上线前公司要做调整，我也要坚持不能改动小可。"人头攒动的食堂里，一个开朗的声音拨开重重喧嚣，来到韩焰的耳边。他视线略略一扫，便发现了冬雪。

她正起劲说着话，人群围绕着她，就像是围着一个小太阳，温暖得让人移不开目光。

韩焰加快脚步走去，远远地，冬雪也看见了他，用力地挥着手："韩焰——"

眉眼弯弯，笑容灿烂，仿若没有一丝阴霾的晴。蓬蓬的短发包裹着小脸，显得愈加娇俏可人。男孩加快脚步，来到她身边短短的一段距离，就像从乌云下走进了阳光里。

"在说游戏的事？"他比这些人更早知道好消息，眼下倒显得最为平静。

"嗯，还是下雪本事，竟真的拉来了投资。"造梦社的人夸赞道。之前得罪了江淼淼飞了投资商，社里多少有人心怀不满，全靠韩焰压了下来，这事儿，冬雪毫不知情。

"也是缘分，"冬雪没有膨胀，"我进了X世代游戏公司，老总瞧得上这游戏，所有事情就一拍即合了。"

此时在场的几个女生八卦起来："哎，听说X世代的老总楼漠是个钻石王老五？我在杂志上看过他的报道，年轻有为长得帅！"

"我记得他很高！得有快一米九吧？"有人附和，"下雪，你见过楼漠，真人比照片如何？"

见几双泛着狼光的眼睛殷切地望着她，冬雪握拳在嘴边咳了咳："这个嘛……人倒是不比照片难看，也很高，但是……"

没待她后面的话说完，几个女生已经叽叽喳喳讨论开了。这年头，有钱，有颜，有事业，其他的还重要吗？冬雪看了韩焰一眼，后者对她露出柔和的笑容，朗如清风霁月。

妖孽。她在心中暗道一句，饭桌下的一只手被悄悄地握了住。她挠了挠他的手心，却被牢牢地捉住，试了几下挣不脱，只好乖乖投降。

这一切落入坐在不远处的齐小茉眼里，手里的汤勺静在了半空中。直到一只手伸到眼前晃动，她方才回过神来，向着桌对面的好友抱歉一笑。

"快吃吧。"齐小茉垂下眼眸，吃着餐盘里的饭菜，味同嚼蜡。

Chapter14
真爱总是在路上

觊觎是一件很可怕的事情。不管是觊觎别人的，还是
吃着碗里看着锅里，都是在惦记不属于自己的东西。

Winter's Heart

　　X世代游戏公司决定买断《星际岛屿》的事，经过造梦社和X世代项目经理的几次交涉之后，大致框架已定，公司将一次性支付费用买断游戏，并加以修改后推出市场，游戏脱手之后，就与造梦社再无干系了。

　　这最后一轮的议价重任，没有悬念地落在了冬雪头上。社里的同志们今后吃粥还是吃饭，全看这一轮。她被大家推举出来的时候，颇有种壮士断腕的悲壮之感。

　　原因无他。这一次，她要和楼漠面对面，不是以一个员工和BOSS的身份。

　　楼漠临时将会谈地点定在了公司附近的外国餐厅。

　　鉴于BOSS的"威名远扬"，冬雪赴约的时候心里小鼓擂擂。

　　梅雨季节一过，这城市便像着了火似地炎热起来，在这个工作日的午后，大街上的美女们都戴着墨镜打着伞，全副武装。

　　可凡事都有例外，先到一步的楼漠坐在玻璃落地窗前，见到的就是这样一个女孩。她穿着米白色运动套装，短袖加短裤，白色筒袜配一双粉色球鞋，乍一看有点像大学生。烈日炎炎，她没有打伞，只举着一个文件夹挡在头顶，东张西望了一下，便动作灵活地穿过马路，一路小跑而来。

　　他向侍者点头致意："两杯柠檬水。"

　　在餐厅门口，冬雪理了理仪容，才端步走入。即便如此，她依然感觉今天的穿着与餐厅环境极不搭调，谁能料想BOSS忽然想在下午茶时谈公事呢？

　　"楼总。"她落座的时候，侍者正好将柠檬水送了来。

楼漠自己拈起杯子喝了口，淡道："不知道你的口味，随便叫的，你要什么另外再点。"

冬雪连连摆手："这么热的天，这样清爽的饮料最好了。"说着，她拿起杯子喝了一大口，样子毫不淑女。这一路小跑过来，口早就渴了。

男人静静地看着她，眼中流露出一抹似有若无的笑意。

接着，两人就游戏剧本、开发时间和成本都多方面进行了交涉，此刻的冬雪已经俨然忘记了自己的身份，或者说，她眼下只是游戏的创作者和造梦社的代言人，对于己方的利益丝毫不让。

好在楼漠意外地爽快，最终双方以一百万的价格谈妥了本次买断的所有事宜。

这个数字在行内并非最高，但对这群名不见经传的大学生来说，无疑是一个满意的数字。

冬雪完成任务，不由得松了口气。

楼漠买完单站起身来："我开车，带你回公司吧。"

他身材高大，站起来更有压迫感。锐利的黑眸下，片唇线条优美，透出一种坚毅。此刻他的衬衫解开了两个扣，外套则搭在手腕之上，紧实有力的身材隐约可见。

冬雪忙站起来身来："不不……不用了楼总，这里离公司不算很远，我可以自己回去。"

见他没有反对，冬雪便拿起东西向他告辞。

楼漠看着那迅速离开，甚至可以用仓皇逃走的背影，微微挑了挑眉。倏地，他转身看向自己映在玻璃上的身影，眸子里露出一丝疑惑。

冬雪揣着怦怦直跳的心回到公司，正想把好消息告诉韩焰他们，却发现在刚才那段时间里有好几条未读微信。

她边走边读，却忽然生生地顿住了脚步："下雪，我怀疑张浩有小三了。"

消息来自张晓晔，虽然只有一句话，但冬雪立刻给她拨了电话。好友的性格她很清楚，若不是顾及这是工作时间，她不会如此言简意赅；可偏偏因为是工作时间，她发出这条消息，无疑是内心极度不安的写照。

"晓晔，怎么回事？"

"下雪……"张晓晔的声音很压抑，"我无意中看到他的手机……

现在心里很烦很乱，我该怎么办？"

冬雪想了想："这事还不一定吧，先别表现出来，今晚出来细聊。别担心晓晔，有我呢。"

她的一番话让好友安心不少。

又简单安抚了张晓晔几句，冬雪才挂了电话。而后，她打给韩焰，电话响了五声，她心里浮现出"果然又没人接"的想法。

"喂，喂喂……"

冬雪正想挂掉的时候，电话忽然通了，对面传出一个贱嗖嗖的声音："哪位找韩焰？韩焰出去了，没带手机，回头让他给您回电哈，拜拜！"

冬雪听得出这是眯缝眼的声音，恐怕是他正在午觉，没戴眼镜。要是有一天手机从世界上消失了，大概韩焰会是最自在的一个，他似乎根本不需要手机这个东西。

过了三个小时下班后，冬雪和张晓晔见了面，后者眼圈有些红，神态疲惫。两个女孩很快开始窃窃私语起来。

"今天我在他部门办事，可巧，他被领导喊去问话，手机在桌上。一条微信进来，屏幕亮了，就这样被我看到了。"张晓晔摊了摊手，有些无力，"要不是这样，我还被蒙在鼓里，才一起半年时间啊，太快了吧。"

"微信是什么内容，确定没误解？"冬雪提醒道。

"就写昨晚的画展很棒，风信子她也很喜欢，他懂她的品位之类的。"张晓晔顿了顿，声音哽咽，"错不了，当时他也是这样追我的。"

"投其所好？"

张晓晔点头："就是投其所好，浪漫，特别浪漫。花、艺术、氛围，每一次约会都是精心策划过的，让我，让人觉得他特别用心。"

冬雪蹙眉："上次见面，我还觉得他挺周到的，没想到看走眼了，对不住啊晓晔。"

张晓晔扯了扯嘴角："下雪你别逗了，我自己都没看出来，哪能怪你。想了一下午，我算是明白了，遇到一个浪漫非常的男人，就要做好心理准备，你喜欢的，还有另外一百个女孩也喜欢。"

冬雪扑哧一下笑了，又赶紧捂住自己的嘴巴："行啊张晓晔，都到这份上了还能说笑。"

"不然还能咋样。有些人，看清了，也就看轻了。"

冬雪对她竖起大拇指："我给你手工点赞。可我还是有点不明白，他追你不是费了老大的劲嘛，怎么可以这么快就见异思迁？"

"喜欢征服，喜欢被崇拜，大概是男人的天性吧。"张晓晔想了想，思路越发清晰起来，"他能用在我身上的手段，也能用在别人身上，所以没什么特别的。"

"他的真爱，大概永远在路上吧。"

张晓晔抬眸看了冬雪一眼："小妮子通透啊，是不是谈恋爱了？"后者被她看得心里一虚，还未接话，她又叹了口气道，"不过将来你恋爱了，可得悠着点，别太相信男人追你时说的话，等到手了，恐怕都变了味了。"

冬雪知道好友这回是真伤着了，轻轻拍了拍她的手背："别说丧气话，这个不行，咱换一个！忘掉渣男，一个月后，咱又是一条好汉。"

张晓晔被她逗乐，一把拍掉她的手："去，你继续当你的女汉子，姐可是要当淑女的。"说罢吸了吸鼻子。

两个女孩看着对方，皆露出了又酸涩又温暖的笑容。感情的伤外人可以安慰，但终需要自己治愈，可能从此之后，受伤的人会设上心防，不再轻易相信别人。

既然开始得真挚，后来又为什么会变得这般无奈、疼痛，甚至仇恨？回家的路上，好友的话不断重复在冬雪的耳边，毫无顾忌地将一颗心交付出去，最终会被伤得体无完肤吗？

过了两天，张晓晔在微信上告诉冬雪，自己和张浩已经正式分手。她没有质问太多，只四两拨千斤地提了几个关键的问题，已叫他自知暴露，不敢再花言巧语。就这方面来说，冬雪真真是佩服好友，要换了她可能会直接道出手机的事，回过头来叫渣男倒打一耙，指责她不懂尊重隐私之类，还不得气得吐血。

想着，她下意识地给韩焰发了个微信：在干吗？

过了几分钟，对方回过来：看书。

诸如此类的对话，这几天明显多了起来。她曾对韩焰笑说会增加查勤，他也坦坦然然地欢迎她随时抽查，但话里深一层的意思，恐怕他并不明白。

"下雪，小可的原型，这几处可能需要改动一下。"

作为游戏运营，这策划的事本来与冬雪无关，但她是故事原作的身份早已在公司传开，眼下策划组的同事也总找她商量，用她的意见做参考。

"小可的原型改动？不行不行，"冬雪一急便站了起来，"现在的小可很有感觉，不论是外形、性格还是技能设定，我觉得都比较合适。"

两人就这个问题展开了热烈讨论，三四个同事围了上来，也时不时插上一句。

"小可除了名字之外，其他地方我都不赞成修改。"冬雪态度坚决地说完后，忽然发觉身边的人都作鸟兽散了，只有那个最早来的同事还在，只是怔怔地望着她的背后，目光呆滞。

"楼总。"程瑞的声音在她背后响起，冬雪背脊一凉，机械化地转过身躯，同时听到自己的声音说道："楼楼……楼总。"

英气慑人的男子站在她的不远处，剑眉几不可察地轻挑了一下，淡道："我不姓楼楼楼。"

周围一大波意味不明的目光瞬间向自己万箭齐发，冬雪在心里哀号一声：BOSS啊，这样的场合实在不适合说冷笑话好吗？

她扯着嘴角笑道："楼总，您真有幽默感。"

鸡皮疙瘩掉一地的节奏。

高大的男人好像没听到她的话，反而看向另一边的程瑞："《星际岛屿》这游戏进度一切正常？"

程瑞双手放在身前，面带微笑，姿态从容："应该是的。楼总，具体您可以问老史。"

老史，策划组老大，此刻不在办公室。楼漠点了点头，此时秘书Ivy走了过来："楼总，客人马上到楼下了。"

Ivy的短裙下是蕾丝花纹的黑丝，性感不可方物，冬雪在心里暗暗吹了声口哨。

程瑞和其他人一样瞧了Ivy一眼，虽然极尽隐忍，却仍然难以掩饰她目光中流露出的一丝异样。然后很快，她又将目光定格回楼漠的身上。

这一幕，恰好被夏冬雪看在眼中。原来，程老大对BOSS存了一份特别的心思，她心中想着。程瑞今年三十岁，长相算得上温婉大方，但与美艳的秘书比起来绝对是天上地下，又怎么入得了钻石单身汉BOSS的眼？

虽然郎心似铁，但妾愿为郎遮风挡雨，做一个默默付出的女强人，为郎君的事业添砖加瓦。

冬雪脑洞大开，神游九天之际，BOSS已经从她身前走了过去。

"好好干。"醇厚的男声飘了过来，不知是对她，或对程瑞，还是对小组所有人说的。

大家目送BOSS的背影离开，程瑞淡淡看了冬雪一眼，也转身回座，只有前桌的美术小薇凑过来打趣："下雪，我怎么觉得BOSS是特意过来找你的呀？"

冬雪笑着摆了摆手："咋可能，小薇你脑洞快比我大了。"

小薇撇了撇嘴，不一会儿，又回过头道："下雪，你快过试用期了吧？"

"还有几天，"冬雪随口答道，"咋了？"

小薇摇头："在你之前，已经连续两个人没过试用期了。"

冬雪佯怒道："小妞，你啥意思？小心我转正请客吃饭不带你。"

小薇吐了吐舌头，又悄悄看了后面一眼。程瑞此刻也正好抬头看向她们，吓得她连忙低下头去。

不得不说，BOSS突然的造访，像是一枚小石子投入平静的湖泊，激起了阵阵涟漪。想深一层，不管BOSS此举意欲何为，万一程瑞误解了，自己岂不是要倒霉？

冬雪将此事说与韩焰听后，男孩却很是自然地回道："怎么可能？你想多了。"那双明亮的眼睛里装满无邪，但在那时的她看来，却有点"单蠢"。

"算了算了，这些事说了你也不懂。"心里泄气，一个还在大学的男孩，在职场上没有经验想法，能怪他吗？

对于女孩忽然的不悦，韩焰似乎不太明白，只知道自己帮不上忙，也有些沮丧，但还是寻思找些法子哄她开心，一直到她又笑了起来才算放心。

七月火辣辣的太阳，烤得人不愿在户外多待一分钟。正是在这样炎热的天气里，一个性格清冷的男孩诞生在这个世界上。

今天，不是韩焰的生日。

但今天，大家却欢聚一堂，为韩焰举办简单隆重的生日派对。

点子是骏哥提的，虽然提前了大半个月，但他们即将迎来大学生涯的第一个暑假，五湖四海各回各家，这一场生日派对，既可以为韩焰提前庆祝生日，又可以当学期散伙饭吃，最重要的是——韩焰买单。

到场的人有十来个，大多是还没回老家的J大学生。除了冬雪和308寝室那四只，还有骏哥的女友丽丽，齐小茉和她的好友，J大造梦社的三个社员。

冬雪下了班匆匆赶到的时候，其他人基本到齐了。一眼望去，韩焰和造梦社的人围坐在桌前聊天，骏哥和丽丽躲在一边黏黏糊糊的，大麦、眯缝眼与齐小茉她们坐在一起，看样子关系修复了，今天也是他叫她们来的。

"嫂子来了！"大嗓门骏哥吼了一声，在场众人表情不一，最起劲的当然是韩焰的狐朋狗友，跟在后头起哄，嚷着要嫂子给寿星一个吻当生日礼物。

韩焰却什么都不说，只静默地望着她。那从夏夜的余热中走来的女孩，飞着红粉的脸颊，和她额上细密的汗珠。

他转身端来一杯西瓜汁，顺便接过她的背包，再为她拉开椅子，动作一气呵成。

在场的男生们瞪大眼睛望着这一幕，谁也没敢出声：都知道韩焰在意学姐，可谁能想到一个素日里冷冰冰的人儿能这样体贴？

不是生来如此，却是有心为之。不知是谁说过，有的男人合用，是因为调教得好。可前提是，他也得肯让你调教再行。

无非是"心意"二字，才能如此别致。

丽丽拧了一把骏哥的胳膊，提醒他学着点。后者怪叫连连。

在或羡或妒的眼光里，只有齐小茉目光晦涩，不知在想些什么。

一餐饭吃得有说有笑。在一年的时间里，这群年轻人完成了成长的蜕变，由高中生成为大学生，一起竞逐梦想、一起追女孩、一起失恋，酸甜苦辣共同度过。转眼间，他们就要成为大二的学长学姐了。

"正因为韩焰，我们寝室，才，光宗耀祖！"骏哥发言。

大伙都哈哈大笑起来：

"骏哥，你喝多了吧？"

"你的成语是体育老师教的吗？"

"不过说真的，跟着韩焰长了好多'知识'。"在这场合里眯缝眼感性了一把，"让我见识到了许多惊心动魄、荡气回肠的事。"

"眯缝眼，我确定你的语文是美术老师教的。"骏哥抓住机会反击道。

"你们别争了，计算机专业的中文水平，我算是见识到了。"冬雪的结案陈词引来反击，"雪姐，差点忘了你是中文系的了！班门弄斧啊兄弟们！还不快把韩焰的生日礼物拿出来！"

众人纷纷响应，308寝室其他三人则抱出一个大蛋糕。

齐小茉将一个包装精美的小盒子递给韩焰，双手微微颤抖："韩焰，生日快乐。"

"谢谢。"韩焰看了她一眼，对方却很快垂下了眸子。他并不知道，此刻齐小茉的心里是如何的暗流涌动。也许早在很久以前，她才刚刚开始对他心动的时候，就幻想过能送他这样一份生日礼物。那个时候，她对他的了解还很少，只知道他是个清傲而又安静的人，很沉默，理应没有什么存在感，却又像黑夜里的星辰，让人无法忽略。

若不是高三时发生了那些事，她应该没有勇气站出来，出现在他的视线里，她想。

喜欢他的绝不止她一人，但她却顶住了压力，冒着被报复的危险站了出来。这样的勇气和执着，他应该看在了眼中，她想。

她心里的那点念想，就像是涓涓细流，一点一滴，浇灌着她与他的每一件小事。经过三年多的汇集，终于成为汪洋大海，喧嚣着、澎湃着，让她像一只飘摇的小船，期待有一天能云消雾散，到达心中的目的地。

可是，有一个人，却在这时候捷足先登，比她先靠了岸。

在大家期待的目光中，冬雪拿出了她的礼物，却是薄薄的一个信封。

"莫非是五星级酒店房间套票一张？"骏哥的喃喃声换来了丽丽的一记栗暴。

韩焰嘴角微微扬起，白皙的脸上洋溢着年轻的朝气与温暖。信封里是一张清新的生日贺卡，就像小学时代大家彼此赠送的那一种，平平无奇。

他打开贺卡来看，须臾，脸上的笑慢慢消失了。

如果说他的眸子幽深，如一汪深潭，那么此时此刻，这潭水就像洒上了一层月光。微风拂过，水面光影氤氲，波光粼粼，一巡，又一巡。

大家曾经见过他负伤，见过他为自己包扎面不改色，也见过他英雄救美生死一线，却始终镇定自若。在大家心里，韩焰就是这么个人，冷冷清清，波澜不惊。

是的，就是这个人。

却在此刻，让泪水盈满了他的眼眶。

他放下贺卡，深深地望着眼前的女孩，静静的、澎湃的。

她充满期待的神情中，也不禁略略染上了一层惊讶。

"看来，效果比我想象的还要好。"她浅浅一笑，身上好似洋溢着一种光芒。就像第一次，她瘸着一条腿为他煮面的时候一样，灿烂得让他眼睛酸涩。

他放下贺卡向前走了几步，伸手揽住她的肩膀，在她的额上落下轻柔的一吻。

额头上柔软而微凉的触感，让冬雪微微一颤。这么多双眼睛看着呢！她想捶他一下，却惊觉有湿热的液体滑过面颊，刚举起的手，又落了下去。

男孩闭着眼，亲吻女孩的额头。他眼中的晶莹，瞬间滑过，两个人的脸庞。

这一幕，让喧闹欢腾的派对瞬间安静下来。虽无任何言语，但大家眼中的画面像是静止了：唯美，震撼，动人心扉。

片刻，韩焰在她耳边轻轻说了一声："谢谢。"

眯缝眼凑了过来："能叫韩焰变成这样的贺卡……究竟写了些什么？"

见韩焰没有反对，众人都向桌上看去。只见翻开的卡片上，是一幅手绘的图画：

银装素裹的世界，漫天飞雪。晶莹的雪花有蓝色，有白色，唯美清新。而在路的尽头，站着一个小男孩。他头顶着灰色的天空，仿佛与画面里的美好并未连结。在他的不远处，一个小女孩正在向他走去。

女孩的手中，握着一朵向日葵，光芒四射。

画面下方，是清秀笔迹书写的寥寥数语：

这是我们与时间的赛跑。

谁给谁救赎，不如说谁让谁活得更真实。

韩焰，你曾说我是冰天雪地中的一团火。

韩焰，你却是我最爱的冬季里，那一幕漫天飞扬的雪。

PS.这是小可，但从此以后，他将更名为小炎。

这是我送你的礼物。

生日快乐！

"小可！"造梦社的成员率先低呼出声，这个游戏的主角他们再熟悉不过，冬雪将他塑造成为一个坚强果敢、聪慧机灵的形象，从未允许别人对他改动半分。而现在，她不仅将角色改名，甚至小可的样子也有了微妙的变化：

他背着一个钢琴图案的双肩包，脚踩着一双篮球鞋。有心人看了就会明白，这几乎是为了韩焰的量身改造。

喜欢一个人，就是为他付出，为他改变，毫不遮掩。

这，就是冬雪。

"小炎？小焰？写错了？"有人纳闷道。

冬雪与韩焰相视一笑。韩炎，是一个只有她与他才知道的暗号。

"雪姐，这个男孩是韩焰，这个女孩是你？"骏哥插话进来，"这画面很美……可是我看不懂哇。"

"从画面来看，男孩很失意，女孩为他带来了希望。"毕竟是女孩子，丽丽的观察则细致许多。

"高三那年，家里发生了点事。"今晚的男主角开了口，声音清澈而微凉，"在我最失意的时候，遇见了冬雪。"

韩焰的语气很淡，仿佛在说一件别人的事，但望向冬雪的眸子里，却透着一层柔软、难以化开的温情。

"校草公告栏事件"虽然已过去很久，但在场几人都知道。从没有听过本人提这件事，眼下每个人都竖起了耳朵。

"最不堪的时候，我蹲在地铁站里，一身污浊被人当作乞丐。"相对于韩焰的淡然，他的朋友们显得很惊讶。他们认识的韩焰如此优秀，谁又能想到他有过如此不堪的过去？

一只手拉住了他的，轻轻捏了捏，仿佛带着担忧。不用看，韩焰也能了解这份暖意，只轻柔地回握着她。

"是冬雪的出现，改变了这一切。她为我而受伤，那时的我，却连说一句谢谢都要鼓足勇气。我几乎，失去了与人交流的能力。"

所有人都在静静地听他们的故事，只有一个人，她坐在灯光下，却好像沦陷在阴影中。

我也是啊！齐小茉在心里无声地叫嚣着。在他的那个故事里，同一个时间，她也曾为了他鼓足勇气，为了帮他遭到欺负，为了他的事牵肠挂肚。只不过，这个部分放到整个故事里，显得有些多余。

齐小茉看着他，看着他们，看着他们交握在一起的手，忽然觉得自己像墙角的一只虫子那般不堪。她的三年，明知道他不属意自己的时光里，是抱着怎样的心思在坚持？她以为自己了解他、为他付出，但与另一个人比起来，却显得那么微不足道。

原来，在爱情里并没有先来后到，也没有理所应当的事，只有那一切来得恰如其分，不多不少。

此一刻，她终于明白自己已经没有余地。在那些不甘心、放不下的心情背后，她曾经深深地迷惘过。从咖啡厅中关于小三的分手闹剧，到后来回避冬雪时的心虚，让她几乎分不清自己为了感情准备当个第三者，是否值得。

齐小茉感觉自己的眼睛有些酸，却流不出泪来。在了解他们的过去以后，她审视着自己的内心，第一次萌生了退意。

Chapter15
她和他和她之间

与悸动的人留一段回忆，告别青春时才不会太过遗憾。

Winter's Heart

在X时代游戏公司，《星际岛屿》的主角小可已经正式更名为小炎，为韩焰而变身的小炎。

冬雪正埋头打着字，程瑞走过来将一张表格轻轻放下。

这张盖完章的转正申请表，意味着冬雪的试用期顺利通过了。

小薇回过头来挤眉弄眼："不错哦下雪，前面阵亡两个，你存活了。"

冬雪佯装怒瞪了她一眼，然后将表格收好。看起来，程瑞对用人的要求还挺严格。冬雪心里暗自庆幸了一把，还好没因为BOSS被误伤。

回头看了一眼程瑞的背影，虽不是二十出头那种年轻水灵，却也绝对称得上秾纤合度。更何况事业女性身上那种气质美，又岂是小女孩能拥有的？

不过没用，男人貌似更喜欢Ivy那种肉弹。思及此，冬雪不由得打了一个寒噤。

江湖规矩，转正了要请客吃饭，在同事们七嘴八舌的讨论中，一组人终于选定了地方。席间爆发欢笑阵阵，各种段子各种污热闹无比，一顿午饭足足吃了近两个小时。冬雪叫买单的时候，服务员却告诉她，这桌的费用已经结清。

冬雪纳闷道："你确定？我们可不打算吃霸王餐啊。"

服务员斩钉截铁："是的，您是夏冬雪小姐没错吧？您这桌的费用已经预先结清了。"

冬雪更加疑惑："你们怎么会知道我的名字？"

组里其他同事也来劲了："哇！下雪，难道你认识这餐厅的老板？"

服务员见他们不信，连忙翻开手里的记录册："是今天上午，老板来的电话，说预留靠窗大桌给夏冬雪小姐，并无需收取任何费用，已经结清。"

冬雪忽然想起，进门的时候服务员曾问过："夏小姐十二位是吗？"当时正在和小薇聊天，忽略了这个细节，忘了自己不曾订位。

作为老大，程瑞此时站了起来："要不把你们老板叫来吧，我们需要了解下情况。"

服务员应了，过了一小会儿，一个面带笑容的中年人走了过来："夏小姐是吗？我就是这餐厅的老板，人称老金。"

众人将视线投向冬雪，后者也是满头问号："金老板，是谁帮我订了座，还买了单？"

"这个……"金老板似是有意多看了冬雪几眼，笑得暧昧，"当然是有心人，夏小姐安心用餐就好，大家对我们餐厅的菜品可还满意啊？"

"满意，满意，早知道不要钱就多点几个菜了！"后面有人回应。

冬雪对他的这个回答可就不满意了。不明来意的好处，谁敢笑纳？依着她直来直往的性子，当然是开门见山："金老板，你打开门做生意，实实在在才好。今天这件事我必须要搞清楚，你就别兜圈子了。"

金老板闻言笑意不减："夏小姐，有些事情还是不用这么较真……"眼瞧着女孩一脸严肃和警惕地瞪着他，终是让他摇了摇头，"是你们老总，楼漠，知道吧？他帮你们买的单，我们是多年的老关系了。"

此言一出，在场一片静默。冬雪忽然感到一阵头痛。抬眼见那金老板依旧笑眯眯地望着她，表情里有些幸灾乐祸。

回公司的路上，冬雪下意识地多看了程瑞两眼，可惜并没有从她脸上看出什么。心情正风中凌乱之际，小薇却十分兴奋："下雪，上次我说什么来着？楼总就是冲着你来的。"

她说话声音不小，附近的几个同事都不怀好意地笑了起来。

冬雪扶额："大小姐，你少说两句好不好，我也正纳闷呢。"

我和那只大BOSS，可没你们想象中那么好的交情。她暗自想着，办公室里毕竟有人，他们讨论饭局的事情必然被什么人听了去，再落入了楼漠耳中。只是自己一个区区小职员，怎的就让BOSS上了心？

难道他是对她的姿色……呸呸，她别的没有，自知之明还是有的。

想起在电梯里的时候，楼漠也是看她害怕，还说了一个冷笑话……莫非这就是他的怪癖，逗人玩？对！一定是喜欢逗弄别人！

可怜的楼大BOSS，在做了好事的同时，却浑然不知自己已经被定位成"有捉弄别人癖好"的"怪蜀黍"了。

所谓无功不受禄，BOSS无故为自己买了单，冬雪浑身不自在。忍了一天不见动静之后，她决定再次登上17楼，与捉弄癖的BOSS说个明白。

她在电梯里打了几次腹稿，刚走到办公区门口，就见超短裙秘书Ivy气冲冲地走了出来，美艳的脸上是大写的不高兴，高跟鞋蹬得铛铛响，像要把地板凿穿个洞似的，至于门边的冬雪则是直接被忽略了。

不知是谁惹得这位大秘书如此不快？冬雪暗自想着，纵身溜进了办公区，入眼便是一个浑圆挺翘的臀部，包裹在黑色的短裙中，显得既庄重又要命的性感。视线往上，黑色西装在腰部狠狠地一收，然后是惊人的高峰，如玉的颈项。继续往上……

"尤物！"由于过分吃惊，冬雪甚至忘了修正。

女人正以一个撩人的姿势半靠在楼漠身上，对于忽然闯入的不速之客也是一惊："夏、冬、雪？"

几乎是一字一顿地叫出这三个字，但很快地，她将长长的卷发一甩："想说好巧，但这种巧合真是不怎么让人惊喜啊。"

"彼此彼此。"冬雪这下算是明白Ivy为何满面怒容了。Ivy的确是美艳动人，但与大美女尤佳一比，不免显得稍逊几分。身边的女人一比一个火辣，BOSS真是艳福不浅。

楼漠神色平静地看向冬雪："你是不是该解释下忽然出现的理由？"毕竟BOSS，威严中似有不悦。

冬雪自知行为不当，乖乖认错："门口没人通传，我想到办公室再敲门，谁知门开着。"

既然门户大开，就别怕被人看了去。这句她可没说出口，低着头的样子倒是十二分诚恳。

果然楼漠的眼神敛了敛，没有出声。冬雪立刻补了一句："楼总我先下去了，不打扰您……你们。"说罢她逃也似的跑了，好像办公室里坐的是洪水猛兽一般。

楼漠静静地看着她跑开，肩膀略略一动，就将伏在他肩头的女人抖开："你认识她？是朋友？"

尤佳一惊，没想到楼漠一开口问的竟是夏冬雪的事，心里顿时有了几分猜测："楼大哥还真是关心自己的员工啊。"

楼漠没有回答，只看了她一眼，眸中隐隐泛着锐利。

尤佳不满地撇了撇嘴："高中同学，她曾是我的情敌，我们可谈不上是朋友。"

坐在桌前的男子微微挑眉，似乎在消化尤佳话里的某些词汇。

尤佳已经走到一边的沙发上坐了下来，双腿交叠着，修长的腿部线条优美，皮肤白皙。

"如果告诉伯母，恐怕宁可楼大哥早恋，也好过当大龄青年吧。"

被称作"大龄青年"的楼漠似乎习以为常："说吧，我母亲又让你带什么来？"

"一盒雨前龙井，一盒进口巧克力，还有，喏，你自己看。"她将自己带来的一堆东西，哗啦一下丢在他的办公桌上。那最上方的，赫然是两本"情感读物"。

"《撩妹秘籍——如何追到心仪的女孩？》。"楼漠随手拈起一本，有些哭笑不得。在旁人眼中的他是黄金单身汉，但在父母的眼中，恐怕只是剩男一个。

"回头和我母亲说一声，别老托人带东西给我。"楼漠不露声色，但听得出已经在逐客了。

尤佳也不矫情，拎起小包就走，快到门口的时候忽然转过身来："你还没给我辛苦费，这周六请我吃饭。"

楼漠来不及说个不字，美艳女子已经莞尔一笑："就这么说定了。"说罢转身离开。

人已走远，楼漠望着桌上这一堆吃的喝的，尤其是那两本烫手的"秘籍"，淡笑着摇了摇头。片刻之后，他按下电话机上一个键："让夏冬雪来一趟。"

见到应召而来的女孩战战兢兢地坐在那里时，楼漠感到一阵好笑。那样活力四射的一个女孩，竟然如此怕他？殊不知，冬雪怕的并不是他的外表，而是他的"声名在外"。

"尤佳走了？"冬雪找了个话题起头，"打扰到你们对不起……楼总，我真不是故意的。"

她说得特别真诚，一双大眼睁得溜溜得圆，有点像猫，闪着慧黠的灵动。但不知为什么，楼漠就是觉得她越真诚，就越不是那么回事。

"尤佳……她是我母亲好友的女儿。"楼漠轻咳一声，也不知道自己为什么会对她说这些，"尤佳也好，Ivy也好，都是我母亲安排过来的。"

"伯母的眼光真好。"冬雪的回应格外"真诚"。

楼漠端起杯子，刚泡开的茶叶一片片从蜷缩中伸展开来，泛着醉人的清香。他轻抿一口："要理解一个母亲盼儿成家的心情。"

这话冬雪越听越不对，BOSS今儿是要和她玩角色扮演，她演知心姐姐？她果断掐断了这个话题："楼总，刚才我找您，是为了您给我们部门聚餐买单的事……我刚进公司不久，也没做什么贡献。所谓无功不受禄，这笔钱我想还给您。"

说罢，她将一个信封放在楼漠的办公桌上，竟是早已准备好了。

楼漠看着那只白皙的小手放下信封，一头蓬松的短发随着女孩的动作，将她清秀的脸颊半掩半现，一时无话。

片刻，他才悠悠道："谁能为公司赚钱，我就器重谁。《星际岛屿》这个游戏我很看好，那次是请你们全组人吃的饭，又不是单独请你。"

他这么一说，冬雪瞬间松了口气，灿烂一笑："楼总的美意我会转告大家的，但这钱我还是决定先放您那儿，如果哪天游戏给公司赚大钱了，楼总给我们组发奖金就好！"

说罢她起身微微颔首告辞，留下了楼漠拈着那个信封，若有所思。

这城市的夏天像午后的雷雨，来得轰轰烈烈，去得干脆果决。经过三个月的奋战，《星际岛屿》终于即将上线，项目相关成员个个像打了鸡血似的，期待它能一炮走红。

而J大在这秋高气爽的日子里，也迎来了今年的校园运动会。这是学子们松快身躯、自在呼吸的大好时候，其中，大二、大三的学子，正是运动会的核心构成。

去年的这个时候，韩焰他们作为大一新人，参加运动会的人不多，可今年就不同了，系里光参与开幕式的仪仗队就多达五六十人，他们还要在代表计算机系走完队形之后，参加集体广播操表演。

韩焰没有报名仪仗队，但却报了五六个比赛项目：1500米、跳高、男子接力……看着那一小沓报名表，骏哥笑道："哥们儿，改走健康运动路线了？"

正在填表的男孩唇角一扬，道："试试。"

骏哥和正在床上看书的眯缝眼对了个眼神，谁不知道这小子素来低调，往往出手却叫人跌破眼镜。

这时大麦推门走了进来，哼着小曲儿，显然心情不错："运动会项目报名？韩焰，你要参加这么多？"

后者抬眸看了他一眼，低头接着写。

大麦似是习以为常，摸了摸鼻子："体育运动这种出汗的东西，不适合哥这样玉树临风，香飘万里的才子……"

一个枕头照他的脸飞了过去。

"得了吧你！"

在另外三人的笑闹声中，韩焰终于填完了所有的表格，然后又仔细地对了一边。旁人看不懂这认真劲，只有他自己明白：冬雪曾是J大的一名运动健将，尤其是短跑，还代表里得过好名次。想起她那活力四射的身影，他也变得跃跃欲试起来。

看她看过的风景，走她走过的路，就好像能够多了解她一点。

运动会在欢腾而热烈的气氛中拉开帷幕，与高中不同，大学的运动会并没有强制要求学生参加和观看，完全是自主意愿的活动，连空气中都多了一丝自由的气息。学子们的每一个奔跑和跳跃，都像是一种冲刺，带着对未来的向往和对自我的挑战，看看自己究竟做到什么程度。

韩焰陆续在各个项目中，获得了几个好成绩。尤其是1500米，他起初默默无闻地跟在人群之后，到最后时刻却忽然发力，凭着厚积而薄发的实力竟一举获得了项目亚军！

"我就说吧，不能小瞧了这小子。"在台下观赛的骏哥得意扬扬地说道。眯缝眼和大麦都凝重地点了点头，幸好他们寝室的关系处得还不错。

"喂，你们几个。"一个系里大四的学长走了过来，"你们是韩焰的室友对吧？一会儿的绑腿赛跑，有几个选手吃坏肚子上不了场，你们来顶吧，有没有问题？"

不远处，已经跑完全程的韩焰缓缓地走着，骏哥瞧了他一眼，随即拍了拍胸脯："学长，包在哥们儿身上！"

"那好，我去通知赛事组委会临时更替名单。"那名学长也不多话，只多交代了一句，"障碍赛跑在一个小时之后，规则你们问韩焰，提前做做准备，不过你们应该可以的。"

起初，骏哥他们并不理解为何学长会露出一个"你懂的"的表情，当他几个把腿绑在一起的时候，才知这种赛跑比的不只是速度，还有默契程度。

在学长眼里，他们几个住一个寝室，彼此再熟悉不过，肯定是默契十足，当然也是替补队员的最佳人选。

可如果学长见到他们现在一个个趴在地上狗啃泥的样子，恐怕会对自己的决定后悔不迭吧。连续摔倒几次以后，韩焰拍了拍裤腿上的灰："我来叫口令试试。"

先前是骏哥喊的口令，可是他节奏感不太好，大麦和眯缝眼又动作不协调，有人出左脚有人出右脚，乱七八糟，跑不了几步就全队扑倒，狼狈得一塌糊涂。

韩焰的提议得到了全队支持，他观察了一下，果断道："骏哥要和眯缝眼换个位置，身高相近的人排在一起，步伐大小比较接近。一会儿我喊一二一二，所有人先出左脚，明白了吗？"

"OK！"

"GET了！"

"走起！"

在韩焰的带队下，308寝室这个队伍从最开始的歪歪扭扭勉强不摔，到齐心协力大步前进，最后正式比赛的时候，竟然还获得了团队第三的成绩！那名学长来祝贺的时候语重心长地拍了拍骏哥的肩膀："我就知道你们有默契，瞧这步伐，整齐得跟一个人似的！"

骏哥摸着脑袋嘿嘿一笑，有点心虚。

青春，充满了张扬与自由，也少不了默契和团结。经过一场运动会的竞逐，许多人都得到了意想不到的收获。而在颁奖仪式上，当韩焰走上领奖台时，台下无数的手机举了起来。

这一届的校草简直是太劲爆了。这一刻，恐怕有不少人会这样想，不仅颜值高，还是个运动健将，不知那一身短袖运动装下，是不是有一个精瘦但紧实的身材？

女生们越是YY，恐怕越高兴的便是校媒社的人了，举起单反相机快门按个不停。站在台上的韩焰望着远方，微风拂过他的脸，发丝微微有些僵硬，可能是流过汗的缘故。

黑压压的人群之上，是一片无垠的天空。此时太阳已渐渐落下，璀璨的霞光绵延开来，带着一种旖旎的绮丽。

在冬雪获奖上台的时候，也有这样多双眼睛看着吗？她是不是，笑得一脸灿烂？

怔忪中，一名女生带着奖牌走到他的面前。他垂眸，与女生恰好四目相对。

这次作为运动会的礼仪小姐，齐小茉并没有想过会遇见韩焰，还是以这样的方式。她拿起奖牌，韩焰低下身去，他乌黑柔软的头发，在她眼前微微晃动着。

她将银牌挂上他的脖子，那一瞬间，两人的距离天涯咫尺。鼻尖传来韩焰的气息，一种冷冷的感觉夹杂着轻微汗味，不算好闻，却很真实。

这是他们相识的第五年。她喜欢上他，已经三年多。这样久的日子里，他一直是她世界里的主角，他的喜好，他的言行，他对她的每个眼神每句话……然而他们之间，却从未比今天更接近过。齐小茉的心里生出一种巨大的伤感，和一些别的东西，只在为他戴上奖牌的一刹那，在他的耳边，轻声说道："也许，这将会是我们之间的第一次，也是最后一次了。"

说罢，在韩焰微微的错愕中，她倾身拥抱住他。

双手环住他的腰际，女生有些颤抖，紧闭着双眼。

只一瞬间，对她来说却已漫长得足够。她用了整整三年时间，终于来到他的身边，却决定微笑着与他道别。

再见，韩焰。

就当是我，做了一场最美的梦。

在快门声疯狂迭起后的片刻，她转身下台，面容上带着微笑，眼眶中蓄着泪水。

这一幕小小的插曲，为齐小茉的这一段暗恋划上了句号。

这个普通大学女生普通的感情故事，却因为对方是校草，而被校媒社大肆炒作起来，当晚便已传遍校园，自然也传到了冬雪这里，她甚至收到了于江的微信："看来韩焰那小子很受欢迎，学妹你可要看紧点儿啊！"

没有心情回复他，她打开了与韩焰的微信对话窗口。今晚下班后到现在，韩焰还没与她联系过，不知是在忙什么，加上看到齐小茉抱着他的照片，心里就更不是滋味了。

但自尊却在劝服她忍耐，心知韩焰与齐小茉不会有什么猫腻，自己又何必兴师问罪，显得太小气。可怎么瞅那张照片都不顺眼，最后干脆关了电脑躺床上发呆去了。

在爱情中，眼里揉进沙子的女孩，有哪个可以真的做到毫无芥蒂呢？多半只是假装不在意罢了。

一直到晚上十一点左右，韩焰的消息才姗姗来迟："睡了没？刚才被骏哥他们拉着玩了几盘游戏，一不留神这么晚了。"

冬雪是第一时间打开手机看到消息的，没想到等了半天，等来的却是这么一个答案。很想问一句运动了一天还这么精神玩游戏？却生生地忍住了，带着一肚子憋屈丢开手机。过了半小时，他的消息又来："睡了吗？晚安。"

看到这条，冬雪心里一阵恼火，干脆关了机。

黑暗的房间里，只有窗外透来的月光，让周遭有了朦胧的轮廓。

躺在床上，冬雪睁着眼睛看着天花板，她想要什么答案呢？是韩焰的解释，还是他的关心？又或者，他能超脱所在的年纪，拥有与她并肩的生活节奏？

第二天韩焰无意中提起那件事的时候，冬雪已经提不起丝毫的兴趣了。对他来说，这是一个意外，并没有什么意义。对她来说，这只是一个过了期的话题，就好像变质的食物一样令人反胃。她并不怀疑韩焰与齐小茉，也便没再多问。反而从此之后，齐小茉开始慢慢淡出了他们的视线，等到冬雪察觉到的时候，再细细一回忆，也就不难猜出齐小茉当时的心情和用意了。

《星际岛屿》于黄金十月推出市场，其新颖的设定和玩法，加上可爱的画风，顿时吸引了一大批玩家的关注。因为人物很萌，上手又比较简单，游戏比想象中更受女玩家的欢迎，这让项目组的成员倍受鼓舞。

一个妹子多的游戏，是不愁没有汉子来玩的。

拿到首轮公测数据的时候，组里炸开了锅，大家兴奋着要找个地方搞庆功宴。冬雪接到张晓晔电话，周围却嘈杂得听不清楚，她一闪身走入侧门，那里面是个货梯间，平时少有人出入。

张晓晔约她周末逛街，她欣然应允。好友失恋以后心情一直不佳，虽然道理大家都懂，也能故作潇洒，但付出了心的感情岂能说收就收？作为好友，也只能陪伴在旁，帮助她一起慢慢忘记伤痕了。

挂了电话以后，冬雪正往回走，却忽然听到墙那边传来一阵啜泣声，明显没有刻意压低。

事不关己，她正想快速通过，一个声音让她顿住了脚步。

"别光顾着哭啊，怎么了？"

这个天天在耳边的声音，隐隐漾着柔和，让冬雪觉得既熟悉又陌生。她从墙后向前望去，只见程瑞和另外一个人站在门边，她的背影挡住了那个正在哭泣的女人，此时正拍着对方的背安慰着。

乖乖，程瑞居然会用这么温柔的语气说话！冬雪咂舌，倒不是她想偷听，只是这个情景自己实在不合适走出去，毕竟那外头站着的可是自家老大啊。

只是面对程瑞的耐心询问，那个女人并不回答，只顾着低头哭，像是伤心极了。程瑞轻轻叹了口气："早就让你不要孤注一掷，那个人不是那么简单能得到的，你却偏……让我怎么说你才好，要是爸妈见到你每天打扮成这样作践自己，非得气出病来不可。"

"别说了，别说了……"女人摇了摇头，吐出几个字来。冬雪忽然觉得这个声音也有几分耳熟。

她又探出脑袋去看,只见程瑞掏出一张纸巾递给对方,哭泣的女人接过,抬起头来的瞬间让冬雪大骇!

这、这不是超短裙秘书Ivy吗?而紧接着她说的话就更玄幻了!

"姐,我也知道你们不喜欢我这样……可是即便如此,楼总他还是……还是不肯接受我!"

此时冬雪脑中只浮现出一句话:"你知道得太多了。"她不由得打了个寒噤,如此之大的信息量,竟偏偏让她听了个正着!

程瑞和Ivy是姐妹?而且两人喜欢着同一个男人!天,这是八点档的狗血剧拍摄现场吗?而且从两人的对话来看,Ivy对自家姐姐的心思,应当是没有察觉的。

程瑞看着伤心的妹妹,眼中流露出心痛和一些其他的情绪。过了几分钟,Ivy的情绪稍微稳定了一些,手里的纸巾上已经擦出了一片黑色,是化掉的眼妆。

"当初伯母说,楼总缺个助理,我、我就义无反顾地去了……以为天天在他身边,总有一天他会看到我……"

程瑞摇了摇头:"伯母虽然是一片好心,但你又不是不知道,她的目的是抱孙,只要是年轻漂亮的她都想往那个人身边塞。倒是你,好端端一个名牌大学毕业生,现在却……公司里有多少风言风语,我看在眼里,急在心里啊。"

"我知道,知道……"眼瞧着Ivy又有洪水泛滥的倾向,程瑞用了拍了拍她的肩膀。

"别哭了,哭解决不了问题。"

从她们简单的对话里,冬雪忽然想起了之前楼漠对自己说过的话:

"尤佳也好,Ivy也好,都是我母亲安排过来的。"

"要理解一个母亲盼儿成家的心情。"

有一种忽然被真相了的感觉,既然娘亲如此渴望抱孙,身边又总是美女成群,为何BOSS却巍然不动呢,莫非他的取向……

就在冬雪内心邪恶之际,听到程瑞问了一句:"他是怎么说的?"

程瑞始终没有提过楼漠的名字,不是"他",就是"那个人",不知是出于员工的身份,还是想隐藏些什么呢?

"他说，我不是他喜欢的类型。他说，我是个好女孩，应该可以找到更合适的人……姐，你说这俗不俗套？"

"俗，但也是事实。"程瑞点头，"你是个好女孩，况且感情，也没有什么理所应当的事情。"她垂下眼睑，不知在想些什么，"或许，他喜欢的类型，并不如一般人猜测的那样。"

"像他这样年轻有为，家世又好的男人，不都是……"

"凡事总有例外。"程瑞说完，手机响了起来。她瞅了一眼屏幕，随即说道，"平静下来了吧，咱们回家再说。"

两人先后走了出去，冬雪才从墙后慢慢踱出。对于BOSS的八卦她纵然好奇，但她更庆幸的是自己没被发现，得罪了顶头上司的话，日子可就不好过了。

特意绕了一圈溜回座位，程瑞并未特别留意她，倒是前排的小薇多事地问道："下雪，你去厕所去了好久啊？"

她这么一问，程瑞似乎把视线投了过来。冬雪心里暗暗发毛，面上却只能尴尬地笑道："最近那个不是太顺，嘿嘿，你懂的。"

小薇了然一笑，露出一个"你懂我懂大家都懂"的表情，满意地回过头去了。

只有冬雪暗自想着：你懂才怪！

J大校媒社的消息灵通，当他们获悉最近大火的游戏新作《星际岛屿》出自夏冬雪之手，而且她还参与了游戏的开发和运营后，就铆足力气邀请她接受采访。

J大的计算机系之所以有名，就是因为在几年间陆续出过几个创业成功的优秀学生，这夏冬雪虽然是中文系毕业的，但她的故事对学弟学妹来说，也绝对励志。

况且，她还是现任校草韩焰的女朋友。这个理由给校媒社的同学又打了一针鸡血：这简直是个传奇人物啊！这期采访能不火吗？

这个采访相当于一次小范围游戏宣传，冬雪被公司特批外出半天。

她与记者同学坐在J大校园里时，微风和煦，正是秋高气爽的好天气。她没有刻意妆扮自己，一身休闲运动套装，看起来与背后的操场毫无违和感。

校媒社的记者同学就游戏的诞生和面世过程，问了几个问题，这其中，有初次获奖的欣喜，也有找不到投资商时的急迫，更有创业面临失败的窘迫绝望。镜头里，女孩面带笑容，将自己这一番心路历程简单概括。

"《星际岛屿》的面世，可以说是运气，也可以说是必然。我知道还有很多优秀的作品，仍然默默无闻，这并不是说，创造它们是没有意义的。我套用一句俗话：'梦想总是要有的，万一实现了呢？'"她笑了笑，有些酸涩，也有些经历过的淡然，"在辞职创业的那段时间，我心里曾绝望过，但没有放弃过努力。所以，如果你们有梦想，不妨趁现在去试一试，反正你们还年轻！"

校媒社的同学笑道："学姐别这么说，好像你比我们大很多似的。"

冬雪认真地点头："出了社会，心态马上就不一样了。回到校园，好像还很亲切，但那其中的悠闲和自在，却是很难找到了。"

记者同学趁机问道："大家都知道学姐和本校韩焰是一对，这是不是让学姐像是还在校园呢？"

冬雪看了她一眼，原本没提过采访会提到韩焰，但见到对方眼中的期待，又不忍回绝："可能会加深我对母校的感情和记忆吧。"

对方乘胜追击："学姐，其实大家对你们的经历都很感兴趣，请你不要介意我多问一句，你们是怎样克服年龄、物质，方方面面的差距走到一起的？我们的问题没有恶意，也算是给同样经历的同学一个参考吧。"

她说得这样诚恳，冬雪只好想了想，回道："如果说缘分，你们肯定会说俗套。所以，我只能说是各人性格，以及对爱情的衡量标准。我要的爱情很纯粹。它就是爱，不要其他人，不要其他东西，只要他和我想着同一件事。

"感情的本身也很纯粹。它无关任何条件。所谓身高、年龄、房子、经济，那都是刻意为之附加的东西。你可以无视这些东西，如果你从不活在别人的眼光里。"

记者同学似乎被她的一番言辞镇住了，没有再接着提问。须臾，她才讷讷道："真的有人，可以不活在别人的眼光里吗？"

冬雪眸光暗了暗，似乎也在思考这个问题。

令她没想到的是这次采访产生了蝴蝶效应，到了周末见张晓晔的时候，她居然开口就问："下雪，你谈恋爱了居然不告诉我？"

冬雪一惊，只见张晓晔瞥了自己一眼："想问我是咋知道的？我也有朋友是J大毕业的！姐们儿，你这保密工作做得好哇！"

冬雪心中有愧，连说带哄了好久，终于取得了好友的理解。两人一边吃着下午茶，一边说着私房话，这是闺蜜之间最悠闲的事情。

"真是没想到，你居然会和小鲜肉……"

面对好友的啧啧，冬雪脸上有些红："当时我也没料到。"

张晓晔点了点头："那小子，韩焰是吧？上次见还是前年的事了，那会儿我们都觉得他不错，长得眉清目秀话又少，没有现在的小男生那种浮躁。可是好归好，他毕竟还小啊，小了整整五岁多，你也真是敢！不会是陆以珩和莫枚枚结婚，你受刺激了吧？"

冬雪微微扯了扯嘴角："和陆以珩……没有关系。韩焰很真挚，让我很安心，我也是经过考虑的。"

"我听朋友说，他为了救你不要命？"张晓晔笑得有些玩味，"我现在算是看明白了，天下男人一般黑，追你的时候都能好得感天动地，新鲜感一过就打回原形。"

冬雪知道张晓晔心里那口气还没完全下去，也不与她辩，只顺着她道："追的时候不铆足全力，怎么能得手？"

"那他得手了吗？"张晓晔对着冬雪眨了眨眼睛，意有所指。

"你……"冬雪脸腾地烧了起来，"张晓晔，你讨厌！"

好友哈哈笑了起来，但这笑容里却不乏苦涩。"下雪，说真的，咱们认识都快十年了。还记得在高中时，你和陆以珩那些小打小闹，很简单也很纯真，但现在的我们，是要为自己认真打算的年纪了。"

冬雪听着她的话，默默喝了一口果汁，没有作声。

"谈恋爱是开心事，你有没有想过，你为什么说不出口？"

她听到好友的声音在问，仿佛推开了她心里的一扇窗。和韩焰在一起的半年时光，她几乎没有想过这个问题。甚至她都不敢想象，如果亲戚朋友知道了这件事，会怎样评价？

所以，哪怕张晓晔好几次提过这个话题，她都没有想过将真相告诉她。

五年多的差距。她是个小学生的时候，他尚在襁褓，这样的感情就注定不能为世俗所接受和理解吗?

　　"我觉得……年龄不是最重要的。就拿陆以珩来说，我似乎从来不曾真正了解过他……而韩焰，却是真实的。"想起韩焰，冬雪的心里微微有一丝荡漾，那是一种夹杂着温暖和柔软的情绪。

　　张晓晔盯看了她半晌，叹了口气："你知道，无论何时我都会支持你。但是作为好友，我还是想提醒几句，你这人性格耿直，自尊心又强，哪天吃了亏多半只能怪自己做错决定。凡事多留一个心眼，毕竟你做的是一个巨大的冒险。"

　　"谢谢你，晓晔。"冬雪对好友真诚道谢。

Chapter16
限量版的心意

男人送女人豪礼是大方，女人送男人豪礼是包养？

Winter's Heart

冬雪组里的庆功宴，最终定在一个周五的晚上。策划组加运营组二十多号人，在海鲜自助餐厅大吃大喝后，许多人意犹未尽，于是有人提议继续下一摊。

"这次聚餐费用是楼总包的，可没说过有第二摊呢！"有人提出疑问。

"接下来，算我和老史的。"程瑞今晚喝了不少，绯红的面容看起来容光焕发。她回头看了一眼策划组老大，后者也是笑着点了头。组员们一声欢呼，明天不用上班，又有老大买单，通宵嗨都没关系！

冬雪有些疲乏，不想参与后续活动，却被小薇一把拉住："你是这游戏的亲妈，庆功宴缺了你怎么行！"不容冬雪再说什么，几个人将她连拖带拽地拉走了。

这些人带着她来到一家夜店，黑暗的大厅里灯光闪烁，伴随着强烈的节奏，和在舞池中扭动着腰肢的男男女女，场面一下子就被点燃了！毕竟都是年轻人，大家很快融入其中，就连新进公司的实习生，刚开始有些不好意思，被同事们带着带着，也像模像样地扭了起来。

炫目的镭射灯光，就像有人不断在用闪光灯拍着照，将年轻人们的面容照得时隐时现。冬雪坐在角落里，喝了几口柠檬汽水，开始感觉有些头晕。抬手看了看表，现在已是夜里十一点半。她是第一次来这种夜店，对嘈杂的环境和刺耳的音乐很不适应。

"下雪，来啊，一起摇摆！"强烈的节奏中，小薇跑了过来，拉起她的手臂。

冬雪连忙拒绝："我有点累，先休息会儿，你们嗨着。"

见拉不动她，小薇自己回到了舞池中。坐在她不远处的程瑞撑着脑袋，眼睛半眯地望着她："我年纪大了玩不动，你这么年轻难不成也跟我一样啊。"

　　冬雪尴尬地笑了笑，连连摆手。不知怎的，这环境莫名带给她一阵压抑，已经超出了疲累的范畴，更像是一种……恐惧？她闭了闭眼，想隔绝这刺目的灯光，可耳边的音乐夹杂着人们的笑谈声，却更加清晰而扭曲，好像在曾经的什么时候，也曾有过这样的情景……

　　头似乎越来越痛了。就在她细细回忆的时候，音乐一刻不停地轰炸着她，熟悉的场景，让一些画面从她脑海深处浮现出来……

　　"你走！我不想再看见你！"

　　"你让我走？凭什么？我会把冬雪一起带走，你永远也不可能再见到女儿！"

　　"冬雪是我的女儿！要说也是我让你见不着女儿！"

　　男人与女人之间的嘶吼，似乎句句都提到了她的名字。而瞧瞧脚下，那打碎的碗碟，混杂着各种饭菜，满地狼藉。

　　"啪！"男人摔门离开，女人蹲在原地，声嘶力竭地大哭起来。

　　那一年，冬雪七岁。

　　妈妈，我帮你去把爸爸找回来，你们别再吵架了好吗？我不想见不到你们之中的任何一个人，我们一家人一直在一起，好吗？

　　小小的内心存了似懂非懂的想法，一个人偷偷跑出了家。可外面的世界那么大，去哪里找爸爸呢？

　　已值深夜，街上来往的人并不多。没穿外套的小女孩冻得瑟瑟发抖，却还在东张西望。

　　倏地，她看到马路对面有一个背影，很像她的爸爸！

　　"爸爸！"她大声喊着，那个背影并没有转过身来，反而走进路边一个门里。她急忙追了过去，却发现那个门里是另外一个世界！刺目的灯光闪烁着，强烈的节奏让她心跳加速，舞池中的人脸在灯光中忽白、忽红、忽绿，显得狰狞可怖。

　　"爸爸，你在哪里？"小冬雪喃喃着，忽然发现这里的人都很可怕，而她的身边，一个认识的人都没有！孤单、无助、害怕的心情，瞬间席卷了她，那满眼满耳的场景，就像是魔鬼的笑声一般刺耳。她抱着头蹲在角落，号啕大哭起来。

爸爸，妈妈，你们为什么要吵架？爸爸，你究竟在哪里？

后来，据说是舞场的工作人员发现了她，将她送了回去。这次一失踪，把她的父母急了个半死，也没顾得上之前的争吵，一起合力寻找孩子。而冬雪回来后，呆了半晌不会说话，问了半天才"哇"一声哭出来，像是吓坏了。

也正是因为这件事，让冬雪的父母意识到即便他们有再大的情绪，也不能在孩子的内心留下阴影，从此后说话做事都多了些顾忌。可能是因为彼此对家庭的那份责任心还在，在度过情感的艰难期后，两人的隔阂竟慢慢愈合起来，到如今老夫老妻日子和睦，谁还看得出他们曾一度吵到摔烂碗碟？

这段往事，也被作为孩子成长过程中的小插曲，被渐渐淡忘了。而今时今日，冬雪在相似的情境里，竟忽然想起了当年的一幕幕，而当时那惊恐无助的情绪，也跟着清晰地再现出来！

她的脸色有些苍白，呼吸也急促起来，但在这灯红酒绿的地方并没有人发现。程瑞和老史几个年纪大的陆续回家了，留下一帮小年轻继续嗨。冬雪也想离开，无奈她全身像像虚脱一般，双腿竟使不出力气。

慌乱之中，一张桀骜孤寒的面孔浮现在她的脑海。可现在已经是凌晨时分，他必然已经睡了吧……想着，她还是拨了韩焰的号码。几记嘟声之后，一个略带迷惘的声音接了起来。

"韩焰，韩焰，我……"她勉力克制着，可声音依然有一丝战抖。

电话那个的韩焰一个激灵，瞬间清醒过来："冬雪？你怎么了？"

"我感觉，不太好。你能不能，来找我？"

"你在哪儿？你那边很吵，再说一次。好，我记下来了。"

三句话后，韩焰挂了电话。过了二十分钟，一个修长的身影匆匆进入夜店，一路上收获辣妹的眼光无数。

"冬雪！"韩焰没花多少时间就找到了角落里的女孩，她双手抱胸，微微颤抖着，面色有些苍白，看起来很不妥。

"韩焰。"冬雪眯了眯眼，远远地，她看到男孩在门口左顾右盼、神色焦急，当发现她之后，便一路小跑过来。他的头发有些凌乱，显然是睡梦中被吵醒，着急出门的模样。

他匆匆向自己跑来的时候，冬雪微微一怔。仿佛在噩梦的另一头，忽然降临了一个正义的使者。他披荆斩棘，拨开黑暗的云雾，带来前所未有的安心。

将冬雪轻轻拢入怀中，只手握住她的左手，却是一片冰凉。韩焰的脸上有些焦急："手怎么这么冷？哪里不舒服？"

"你来了，就好了。"在这个温暖的怀抱里，冬雪喃喃着，放下心来。渐渐地，周遭的喧嚣变得模糊，眼前的世界也不再那样清晰。

当年蜷在墙角哭泣的小女孩，并没有找到爸爸，从此在记忆中留下一个阴影。

如今冰凉而发抖的女孩，却在温暖的怀抱里找到了安心。

几个同事注意到了他们那边，惊道："快看，有个帅哥抱着下雪呢！"

"看起来像个大学生，好帅啊。"有人发起了花痴。

心系冬雪病情的韩焰可没心情管别人的眼光，一阵发冷过后，怀里的女孩开始滚烫起来，显然是发烧了！

"别怕，我现在就带你去医院。"他在她耳边说着。

迷迷糊糊中，冬雪"嗯"了一声。

这一折腾就是一晚上，待冬雪在医院里睁开眼的时候，窗外的天空正是微明。侧过头，韩焰就坐在他的旁边，脑袋轻轻靠在她的肩膀上，可能是太累，睡了。

淡淡的温暖，像小溪般在她心里流淌着。那一瞬间，她很感激，感激上天将一位这样淳朴却又稍显幼稚的男孩送到她的身边。人无完人，当她接受他的纯真，也就意味着放弃了索要他的成熟和阅历，这个时候再来不满，对他来说算不算公平呢。

冬雪在病中的第二天，意外接到一个电话，惊得她差点从床榻上翻落下去！

听着电话里那个低沉醇厚的男声，她满头问号：BOSS居然会给自己打电话？

"听说你病了，严重吗？"

"还行，谢谢楼总关心。"

听得出女孩的警惕，楼漠并不以为意："我H市有个朋友，想把游戏推向海外市场，明天我要带几个人过去。本想也带上你，毕竟创作者的角度不同。不过眼下看来，可能没有机会了。"

"有机会，有机会！"冬雪喜上眉梢，"游戏能推出海外的机会，就算我走不动也要去！"

站在窗前的男人嘴角扬起，却没有发出声音："明天中午十二点，从公司出发。"

冬雪连夜收拾行李的时候，韩焰是有些不赞成的："你刚退烧，再舟车劳顿。"

"可是这个机会对我来说很珍贵。"冬雪笑着说，"你也知道，我最大的梦想就是这款游戏能得到大家的青睐！"

韩焰知道她的执着，只默默在她包里多放了几盒应急药物。

此行H市来回五天，同行的一共四人，其中包括程瑞。自从知道程瑞和Ivy是姐妹之后，冬雪看着她经常会想些有的没的，颇不自在。所谓窥探到他人隐私的感觉，大抵如此吧！

下飞机之后，程瑞和市场部老大Peter去洗手间，楼漠也走开接个电话，就这一小会儿的工夫，冬雪被人搭讪了！

她今天穿得比较正式，一套浅米色套装短裙，配三厘米高跟鞋。长及下颚的头发微卷，隐隐可见耳朵上的珍珠耳钉，气质温婉可爱。

"小姐，一个人？第一次来H市吧？"见她一个女孩拖着行李有些茫然的样子，两个陌生男人带着殷勤的笑容迎了过来。

冬雪警觉地侧过身去，一句话也不搭理。那两人却不放弃："小姐不必害怕，我们是H市当地人，你人生地不熟的话，我们可以当你的导游，交个朋友嘛。"

眼瞧着其中一人就要伸手来拉扯，她正在张望保安在哪儿，忽然看见那两个人堆着笑的脸上露出了紧张的神色。

楼漠不知什么时候来到了她的身后。高大的身形身着剪裁精良的西服，发型一丝不苟，一双锐利的鹰眸冷冷地盯着那两个人，一种属于成熟男性的魄力呼之欲出。那两人一句都不敢多说，脚底抹油立马开溜。

冬雪悄悄松了口气，颔首道："谢谢楼总。"

楼漠垂眸看了她一眼："下次，穿平时那样就行了。"

正在冬雪细想这句话的时候，程瑞和Peter回来了，听说冬雪的遭遇后连连摇头："遇到楼总溜得快，算他们聪明！"

那个时候，冬雪还不知道他们的话是什么意思。他们抵达酒店后稍作休息，当天就开始了会客谈判。一行人中，冬雪的身份最为特殊：作为新人，她本没有参与这种重大合作洽谈的机会，但作为创作者，她又是当仁不让的主角之一，这样的身份落差，让她既兴奋又谨慎，全程以倾听为主，倒给H市的谈判对象一个颇为不错的第一印象。

晚上，她打开笔记本电脑和韩焰视频聊天。刚开始他身后冒出骏哥他们几个的脑袋来，被他冷冷的一眼给扫开了，看得她忍俊不禁。后来，她无意中提起，之前因为工作太忙，错过了一部卡通大片的上映，一直心心念念。

过了一会儿，韩焰发来一个链接："这个电影现在网上已经可以在线观看了。"

冬雪嘟嘴："电脑上看怎么是一个味道，何况，你也不能陪我一起看啊？"

屏幕里的韩焰微微一笑："怎么不能。"

可能因为摄像头是韩焰临时跟室友借的，此时以一个奇怪的角度拍摄他，显得有点蠢萌，而他本人似乎毫不在意。

"在播放一分钟的时候暂停对一下时间，然后同时开始。"

冬雪听明白了，两人在电脑的两头掐了时间，一起看起了电影。而在接通的语音中，时不时可以听到女孩欢快的笑声、吃零食的声音，和男孩偶尔的附和，节奏同步。

"我有一种我们是异地恋的感觉。"冬雪打趣道，"我们见面吧？"

"你回来那天，我去机场接你。"男孩的回答言简意赅。两人望着屏幕中的对方，皆生出了一种淡淡的思念。

在不同的城市，不同的环境里，无线网络连接起电脑两头的人儿，虽不能并肩坐在影院，却同样可以天涯咫尺，以一种特殊的方式。

这也许称得上，恋爱的困境中，滋生出来的小小浪漫吧。

两人一起看的这部电影即将结束的时候，冬雪的房间传来敲门声。

她放下耳麦按了暂停，开门一看居然是楼漠。

"楼总，找我有事儿？"

楼漠看了她一眼，淡道："不舒服就早点休息。"他拿着公文包，像是刚从外边回来。

在冬雪的意外中，他转身离开。回到桌前，只听韩焰问道："刚才那是你们老总？"

原来他们的对话通过耳麦，传到了他的耳朵里。

冬雪嘿嘿一笑："是啊，老总对病中的员工表示体恤！"不知是说给他听，还是说给自己听。

韩焰的眸光动了动，没有再问，一直到电影看完，他催促冬雪该睡了："还有四天，希望见到一个健康的你。"

"一定活蹦乱跳。"冬雪对着屏幕做了个飞吻的动作，隔着屏幕，她似乎能感觉到他的脸热了热，这应该是不可能的，可为什么她就是这样觉得呢。

晚安，我的少年。

回程的飞机上冬雪百无聊赖地翻着报纸，竟然让她看到一个熟悉的面孔：《一颗不甘平凡的心：新生代企业家楼漠》。整篇报道占据了报纸四分之一个版面的篇幅，动静不小。

她饶有兴味地看了起来。原来楼漠出身一个名门世家，家里多是律师医生，从商的也不在少数，是个标准的富二代。然他从名校毕业后没有选择继承家业，而是一手创办了X世代游戏公司，并打破世俗的质疑取得成功，令人折服。当然，这篇报道还用了不小的篇幅介绍这位钻石王老五的感情状况，看来读者就好这一口。

"游戏，是永不过期的青春。我之所以创办游戏公司，就是因为游戏让人充满激情和梦想，让人生不那么乏味，是件有意思的事。"报纸上楼漠的话，倒是让冬雪在心里点了32个赞，抬头偷偷望了一眼斜前方的男人，他正望着窗外出神，今天的头发也是向后梳得整整齐齐，不禁让人怀疑他是戴了个假发，不然发型怎会从不凌乱？

说真的，还真挺难把这个穿西装打领带的男人，和游戏公司老板联想到一块儿去！

仿佛有所感应，楼漠将视线从远方收回，稍稍回了回头。

　　冬雪连忙低下头去，用报纸将脸挡住。身边的程瑞打量了她一眼，神色微妙。

　　这次的谈判非常顺利，几个月后，《星际岛屿》便可以走向海外了！这段日子，冬雪感觉自己的经历像是在做梦，本以为没有希望的事情，竟然得到了一而再、再而三的肯定，就像中了彩票大奖一样！

　　回去以后将这个好消息告诉项目同事，大家自然也是一番欢腾。在这样的热烈气氛中，X世代的企业文化节拉开了序幕。

　　所谓企业文化节，就是为了给员工减压的同时，增进大家的团结协作精神，秉着这个目的而开展的一系列活动，其中，以运动项目最为丰富。

　　说到运动，又怎能少了冬雪的身影呢？一连拿了好几个名次之后，小薇用一种闪闪发亮的眼神望着她："哇，下雪，我已经深深迷上你矫健的身姿！"

　　冬雪叉腰大笑起来，此时场边传来一阵嘘声！只见四个男同事一组，分别让四个女孩坐在他们的背上，就地做起了俯卧撑比赛！

　　当然，横坐在男同事背上的女孩都不胖，但这也足够叫这些缺乏锻炼的小白领叫苦不迭了，好多人没几下就趴在地上动不了了。

　　"同事们，拼搏业务要努力，锻炼身体更不可忽略啊！现在有请楼总为我们做个示范！"在主持人的介绍中，大家热烈欢呼起来！

　　楼漠从人群中走出，今天他没有穿西装，而穿了一件印有公司LOGO的T恤衫，手臂上结实的肌肉，爆出一种贲张的力量感。

　　"那么，谁来给楼总'坐镇'呢？"

　　眼见楼漠的目光飘向自己的方向，有那么一瞬间，冬雪紧张了一下。随即男人的唇动了动，吐出三个字来："程瑞吧。"

　　运营组的人起着哄，把程瑞推了出去，她笑得腼腆，像个少女。

　　楼漠背上的程瑞，似乎像一根羽毛般轻盈。或者说，楼漠根本就没有把这些分量当回事，做了数十下俯卧撑面不改色，让底下一干男同事脸上都浮现出一个大写的"虚"字来。

　　"大家平时工作节奏很快，但不能忽视锻炼。员工有健康的体魄，才有更好的X世代！"老总的发言自然获得了满堂彩，而以身示范的强壮身躯，也不知暗暗迷倒了多少芳心。

"秉着我司最高原则'男女搭配干活不累'，本次文化节的压轴比赛：混搭小组赛即将开始！男女同事们先抽签决定组别，我再宣布今年的比赛规则！"

说到这里，主持人先卖了个关子。待看见站在身边的人时，冬雪第一反应就是有人作弊了，但抽签过程有目共睹，没有这种可能，难道是"猿粪"不成？

她对身旁的男人笑了笑，略显勉强："楼总，一会儿多多包涵。"

楼漠挑挑眉，却是问了一句不相干的话："想不想拿冠军？"

冬雪向来好胜心强，自然没有否认。楼漠望着她斗志十足的样子，紧抿的唇角透出一丝柔和。这时主持人当众宣布：今年的混搭小组赛中，男选手要把女选手举过肩膀，跑到终点！就像小时候爸爸对女儿做的那样，不是抱，更不是背！

"这是哪个变态想出来的！"有人当场吼了一句，场下充满了善意的哄笑声。

"大家是不是觉得这最后一个项目的比试特别难啊？"仿佛早有预料，主持人笑眯眯地压了压场，"我在这儿先宣布一下，获得我们最终优胜的组合，将获得雷电风暴传说外设———整套！"

"哗！"人群一下子沸腾了，那套外设可不只是限量版那么稀有，是属于传说级别，不能用金钱来衡量的啊！每个玩游戏的人听到这个名字，都绝不可能保持平静，连冬雪的眼中也迸发出渴望来。

比赛的哨音响起，楼漠弯下腰，对冬雪伸出一只手："准备好了吗？"

他以为会在她的脸上看到尴尬或羞涩，却没料到女孩扬起一抹浅笑来。在众人的惊叹声中，冬雪脱掉鞋子，踩着老总的背爬到了他的肩膀上！

楼漠只微微惊了一秒，随即嘴角笑意更浓：有意思！

迎着傍晚的风，女孩用膝盖立在男人的肩头，像一个赛跑运动员即将起跑的姿势，眼神充满自信。男人健壮的身躯将她稳稳托住，夕阳之下，他们加叠的身影，就像是一个屹立的巨人！

起初，他们的身前和身后，都有组合奋力地奔跑着。晚风拂过冬雪的脸颊，她在全场的制高点，有一瞬间，觉得眼前的夕阳仿佛触手可及。

"想赢吗？"男人稳稳地跑着，呼吸稍为加快，却并不急促。

冬雪望了望前方，还有三个对手。她低头看去，楼大BOSS气定神闲，定然留有余地："楼总有绝招？"

他的鼻息轻轻一舒，似是笑了一下："绝招没有，但输不了。不过赢了之后，你要答应我一件事，就当帮我一个忙。在下周的商业协会宴会上，当我的女伴。"

在说话的当口上，又一对组合超过他们跑了过去。而原先位列第二的那一对，却因为男选手用力过度没顾及肩膀上的人，在一声惊呼后女选手从他背上滑了下去！那两人手忙脚乱地稳住身形后，一下子就落后了好几名。

望着不远处的终点线，冬雪咬了咬牙："成交！"却没看到她身后的男人，深沉的黑色眸子里，藏着淡淡的笑意。其实不管她答不答应，楼大BOSS又怎么会输给自己的员工呢？

"抓紧了。"他简单吩咐一句，忽然发力飞奔起来。此一刻，他像个帝王，用孔武有力的身体，向臣民昭示着力量的绝对伟大。而在楼漠强大的实力帮衬下，冬雪赢到了那一套传说中的游戏外设，激动不已！

"记得，我们的约定。"下台时，他在她的耳边，轻轻带过一句。

冬雪是个直来直往的，隔了几天，就把这套装备送给了韩焰。这小子不是最近老玩游戏嘛，就提前送给他当生日礼物吧！她不知道的是，这样一份传说级别的礼物在男生寝室引起了多大的轰动，308寝室甚至遭到了围观——

"竟然是雷电风暴！这可是传说中的东西啊！"

艳羡的眼神，简直恨不得把韩焰桌上的键盘盯出个洞来。

"哥们儿，这好东西你是哪里搞来的？能不能帮我也搞一套？"

"想转让的话，哥们儿你出个价！"

这股子参观的热度维持了三天还不减退，眯缝眼有些受不了了，赶鸭子似的轰走那些人："去去去，你们以为这是大白菜啊，说搞一套就搞一套。整个S市一共就发行了三套而已！这可是嫂子——韩焰的女朋友赢回来的！"瞧那自豪的态度，多么具有主人翁精神！

男生们悻悻地散了，过了没多久，一个奇怪的传言不知从哪生了出来：校草韩焰靠脸吃软饭，连游戏外设都是女人送的！

"我靠！要让我知道是谁非揍他不可！"骏哥第一个站出来打抱不平，"一帮男人嘴这么碎！"

韩焰默默地看了他一眼，跟着站起身来，拍了拍他的肩膀。

眯缝眼动作飞快地关上窗户，面上却挤着笑："这风吹着咋这么冷呢！"

窗外的大风卷着落叶，在空中旋舞着，不知不觉，已是秋深。

室友四人一起去吃晚饭，正是饭点时间，食堂里人头攒动。同学们三五成群地凑在一起，小情侣们也随处可见，往往是两个人占着一张四个人的方桌子，可落单的同学又不愿与他们拼桌，这样一来，想找一张四人位的空桌就难了。

"走走走，哥们儿请你们到后门小馆子撮一顿去。"骏哥搭了大麦的肩。后者抖了抖肩膀把他的手臂甩下来："谁不知道你的那几个钱都给丽丽买东西了，还有钱请我们吃饭？"

眯缝眼闻言也苦着脸："快月底了，我生活费只剩一百多了，还是在食堂解决吧。"

没人反对，几人默默地排了队，领了饭，耐心等待占着座的同学先吃完。

这是一般大学生的现状。

虽不是人人省吃俭用，但奢侈消费基本也是挨不着的，像雷电风暴这样有钱也买不到的土豪货，自然会引出嫉妒的眼光。

Chapter17
愿为你习得温柔

抉择之后再见到他，一定要让自己过得更好，而不是假装很好。

Winter's Heart

　　S市的商业协会宴会，比冬雪预想的盛大得多。在这一年即将接近尾声的时候，在各个公司都在冲刺四季度业绩的时候，它却以一种华丽的姿态，翩然促成新的一年，新的商机。

　　当会场大门打开的一刹那，华光丽影扑面而来，炫目的灯光映得冬雪身上每一件装饰都闪闪发光。心中暗暗庆幸BOSS提前为她租了晚礼服，墨兰色斜肩的长裙，轻盈的布料走起来很是飘逸，腰间和裙摆点缀着一些水钻，宛若夜空中的点点繁星，低调奢华。试服装的时候她着实被自己惊了一番，人靠衣装，古人诚不欺我也。

　　楼漠摆出姿势，让冬雪轻轻挽住手臂，双双走入会场。他原就生得高大挺拔，周身融合着一种非常自然的高贵，这是由长期优越衍生而来的气质，绝非换件衣服就能改变。这样的优雅，冬雪曾在另一个人的身上，似曾相识。

　　"楼总，您好您好，X世代今年推出的几款游戏口碑都非常好，公司年报想必也会非常好看啊。"

　　"托大氛围的福，也承您贵言。"

　　诸如此类的对话，充斥着周围。这个商业协会宴会，每年都会邀请各界企业精英，为大家提供一个交流洽谈的平台，受邀者大多是青年才俊，或是富家子女，酒杯相碰的清脆间，往往就达成了一次合作，或收获了一次美妙的邂逅。

　　"怎么样，跟我来见识见识，不亏吧？"BOSS低下头问她，后者则悠闲地吃着一颗水果："恭维来恭维去，都是差不多的话。能不能少一些套路，多一点真心？"

随着对BOSS的了解，冬雪知道之前自己对他有很多偏见，自打那次运动会后，两人的关系倒是熟稔了许多，毕竟是冠军搭档，相处起来也没之前那般拘谨了。

"无利不往嘛。"楼漠似是自嘲，倒也不反对她的话。

"我看是无商不奸才对。"冬雪喃喃了一句，也不知他听没听到。

倏地，她在人群中发现了一个熟悉的身影，不，是一对，不由得眯了眯眼。楼漠很快注意到了异样，顺着她的视线望去："认识？"

"嗯。"

"去打个招呼？"

"不了。"

楼漠盯看了她一会儿，挑了挑眉，似乎有些好奇。正在此时，对方也看到了他们，他没有漏掉那个男人脸上一闪而过的错愕。

那对男女站在那边，实在是有些引人注目的。原因无他，只因那个年轻男人不仅外表俊美，气质更是出众。参加这宴会的人都是在商场浸淫的精明人，哪能不懂看人？

相对而言，那个女人就不太够看了。虽然身上的衣服首饰价值不凡，但言行举止谨小慎微，还整场不离地黏着那男人，好像怕一松手他就会被人抢了去似的。

"下雪。"看清之后，女人招了招手，并向他们走来。

冬雪微微颔首，她的表情落在楼漠眼中，心中自然有了计较。

"你再不说，一会儿我不知道用什么态度面对他们。"楼漠在她耳边轻声说道。后者微微一叹："老同学，没什么特别的。"

在她的心里，今时今日，他们就是老同学，再普通不过。

楼漠也不再问。只是要他信她，才怪。

转眼间陆以珩和莫枚枚已走到眼前。今天的莫枚枚很美，穿着一件桃红色的礼服，紧裹的设计非常衬她苗条的身段。她长发盘起，耳朵和颈项上的钻石首饰，在会场里熠熠生辉，看起来价值不菲。

这样的莫枚枚，两年前也曾和她们一起窝在咖啡店里谈天说地的莫枚枚，眼下却熟悉而陌生。

"下雪，没想到在这里遇见你。"莫枚枚热情地笑着，倒像是真的很惊喜，"第一次见你这样打扮，真好看，是吧阿珩？"

说罢她侧头望了一眼身边的男人，早在她把话说完前，他就已经把视线移到楼漠脸上。

"是啊，真巧。这位是……冬雪，不介绍一下吗？"

熟悉的名字，熟悉的称呼，让陆以珩瞬间恍惚。冬雪却是落落大方："这是X时代游戏公司的CEO楼漠，楼总。"然后，她又向楼漠介绍了她的两位老同学。

还不待楼漠接话，莫枚枚忽然惊讶地掩了掩嘴巴，激动道："原来是楼漠先生！久仰大名，我们公司和楼叔叔的公司长期保持着合作呢。"

陆以珩也连忙伸出双手来与楼漠握了握。冬雪这才知道原来楼漠的家族企业根系庞大，陆、莫两家和楼氏集团有众多业务往来，楼氏无疑是他们的金主，所以姿态立刻有了变化。

"哦，原来两位不仅是伉俪，还都是公司负责人，真是难得。"楼漠的语气很淡，既不亲近也不傲慢，"之前两位订婚的新闻我听说过，没想到你们是冬雪的老同学，世界真小。"

一声"冬雪"非常微妙，让人无法从表面来判断两人的关系。陆以珩目光轻飘飘地又一次从冬雪面上掠过，她的面颊红粉菲菲，洋溢着春风得意的气息。她与楼漠站在一起，一个高大一个娇小，一个英俊深沉一个可爱精致，有一种说不出的和谐。在果断的抉择之后，她，似乎过得更好了。

他的眸光中略略带着复杂，终于按捺不住问道："冬雪，今天是跟着楼总来学习的？"

陆以珩英俊的面容依然沉静，可言下之意凿凿，所有人都懂。

楼漠在冬雪回答前先开了口："我帮了冬雪一个忙，她才答应做我今天的女伴。"

陆以珩和莫枚枚对视了一眼，似乎明白了什么。冬雪跟着笑道："楼总，您的幽默感又爆表了。"她的话将节奏感又带了回来，几个人又寒暄了一会儿，托楼漠问候他叔叔之类，这才道了别。

看着陆以珩的背影，冬雪忽然想起他回国之后的那一次同学聚会。穿着白色毛衣的英俊男人，在她频频回顾的视线里，渐行渐远。眼下的场景似曾相识，却不再有伤感，多的只是唏嘘。

人生，充满了各种各样的选择，总有无奈，总有遗憾。在他的事业他的世界里，他心愿达成，便应知足。

回过神来，见楼漠一脸探究地盯着自己，冬雪扯了扯嘴角："谢谢楼总，不过真是老同学罢了。"

楼漠的眼中透着柔和："谁也没说不是啊。"

冬雪看着这只老狐狸，知道有些话不必说开，自己也说不过他，还不如保持沉默。但他有意帮助自己，她心里是承了情的。

不久后，楼漠接了个电话，面上露出些许凝重："家里有点事要处理，恐怕不能送你回去了，抱歉。"

冬雪自然表示不介意，待BOSS匆匆离开后，她望着满屋子的衣香鬓影，生出些许的倦意来。

天下熙熙，皆为名来，天下攘攘，皆为利往。在这花花世界，谁捧起了谁，又有谁在咬牙关，力争上游？

她给韩焰打了个电话，趁着宴会还没完全结束的时候，走出了那扇奢华但厚重的门。

一个晚上，高跟鞋磨得她脚跟生疼，正当她小步小步挪着走出去的时候，一辆豪车停在她的面前。车窗摇下，竟是莫枚枚的脸。

"下雪，你也走了？楼总呢？"

"他有事先离开了。"

见冬雪落单，陆以珩邀请道："要不然我们送你回去吧？"

穿着晚礼服的女孩，虽然披上了一件披肩，在这初冬季节仍显得单薄无比。还未等她开口，清晰的呼唤传入耳际，一个修长的身影乘着夜色匆匆而来。

他穿着毛呢休闲西装，身材高挑瘦削，眉目如画，气息清冷。他走来后的第一件事，就是将一件厚厚的羽绒外套往冬雪身上一披，再将一双雪地靴放在她的脚下。

原来，他都准备好了。冬雪心中一暖，韩焰的体贴已经远远超过一个大学男生所能及的，是为了她而习得的温柔。车里的两人神色古怪地看着这一切。片刻，陆以珩将他认了出来："这不是你的邻居弟弟吗？我们曾经在一次聚会上见过。"

莫枚枚跟着点头："我也想起来了。"

对于过去，他们始终不想提及太多，冬雪也不点破："是的，就是韩焰，现在是我的男朋友。"

莫枚枚显然有些过于吃惊，一时说不出话来。韩焰怕冬雪觉得有压力，忙握住她冰凉的手："回去了。"

匆匆道别，有了韩焰送来的衣服和鞋子，那股子不爽劲儿很快便消散了。冬雪给他讲着宴会时发生的种种，韩焰认着地听着，偶尔回应一句。

两人手牵着手慢慢走着，突然，冬雪觉得睫上一颤，世界有些许的模糊。

伸出手掌，一点冰凉落在掌心，顷刻间化成了水。

"下雪了。"她的声音，带着淡淡的欣喜。

"嗯。"他为她拂去鼻尖上的雪花，拉着她加快了脚步。

这是今年的初雪。

这是他们相识的第三个冬天。

在冬雪回家的路上，楼漠正脱下外套丢到一边，带着淡淡的烦躁。

"妈，这样好玩吗？"高大的男人站在床边，目光灼灼，"我心急如焚地赶回来，还以为您真的病了！"

床上的老太太瞄了他几眼，显得有点心虚，但听了他的话又忍不住开口反驳："要不是我推说不舒服，你能这么听话回家？学人家搞什么创业，现在守着个小公司，三十好几了，却不成家，我的孙子何时才有着落？"

说来说去，总是那么几句话。但楼漠不想忤逆母亲，也便由着老太太发牢骚："我的儿子这么优秀，各个世家的姑娘抢着嫁。像尤佳和Ivy那几个女娃儿，我看都挺好，你都不喜欢？"

"我知道您的意思，但请您别再往我公司塞人了。"楼漠有些头疼，在商场，他是个精明冷酷的生意人，但在家里，他只是母亲的儿子。老太太年纪大了，腿脚不太好，平时有东西要带给他，总是托了各家姑娘送来公司，这其中的心思，不用说他都明白。

老太太撇了撇嘴："要我不管也行，除非今年你带个媳妇儿回家过年。"

说到这里，有一个人在他的脑海中淡淡地浮现出来。没有人知道，他是游戏协会创作奖的评委之一，早在作品评选阶段，他就为一个精彩绝伦的创意惊艳过，而当他想进一步洽谈版权之时，却被告之故事的改编权已被J大的学生认领，与它失之交臂。

不用怀疑，这个故事便是夏冬雪当时的获奖作品《星际岛屿》。令楼漠不曾想到的是，故事的作者、那个他一直没有机会遇见的人，有朝一日会来到他的公司应聘，带着已经成型的游戏。

命运之奇妙，往往在于当人们不再抱着希望的时候，给予他们出其不意的惊喜。

他欣赏冬雪的才情，便对她多了一份关注。当他发现活泼的她居然对自己避之不及，着实疑惑过好一阵子：他看起来很可怕？

在商业协会的晚宴上，她明知楼家比陆家更有权势，却不为所动的态度，也让他越发赞赏。在这个快节奏的时代，像这样朴实无华、淡泊名利的女孩，已经越来越少了。更何况，他们都有一颗为游戏而生的赤子之心。

从来没试过，在一个人身上花费如此多的心思，去研究她的喜好。但这种感觉，似乎还不坏。

老太太看着儿子那凝神沉思的样子，很识趣地闭了嘴。过了一会儿，满是皱纹的脸上露出一丝笑意来，没准啊，她很快能得偿所愿呢。

一段流畅的琴音过后，坐在一边的男孩站起身，穿着白色休闲裤的修长双腿迈动着，一直到钢琴边停了下来。

"不错，这首曲子没有错误，感情表达也自然起来了。"

听到男孩的赞扬，女生的脸红了红："老师教得好，一听就能明白。"

蒋涵清说的是实话。一直没有机会好好练琴，她知道自己弹得有多乱七八糟，但韩焰从来没有批评过，只是言简意赅地纠正她的技术错误，并告诉她每首曲子背后的故事，以方便她理解演奏时情感的表达。

说起来韩焰的琴才让她惊叹，无可挑剔的技巧不说，像他这样一个话少的人，竟然可以用琴声表达如此丰富的内心情感，这不是天天苦练就能做到的。

"那么今天就到这里。"韩焰说着，翻下了钢琴的盖子。

蒋涵清低头从包里取出一袋东西："这是我自己烘烤的小饼干，不知道合不合老师的口味……谢谢老师的指导。"

韩焰也不矫情，接过来并道了谢。这时温文敲门进来："我听没琴声了，练习完了？涵清，今天留我家吃晚饭吧，我已经和你妈说过了。"

女孩站起身来，及腰的黑色长发随着她的动作微微晃动："好的，谢谢温阿姨。"

她苗条修长，有近一米七的个头，面容清秀美好。站在韩焰身边，一对男孩女孩显得分外水灵，倒叫温文多看了几眼。

吃过晚饭，韩庆祥叮嘱儿子把蒋涵清送到地铁站："已经是晚上了，又是大冬天，女孩子家外出要格外小心。"

韩焰应了。两人离开后，温文边收拾碗筷边笑道："亏得你生的不是女儿，要不然还不知得怎么操心呢。"

"我倒是挺想有个女儿。"韩庆祥想了想，"可惜涵清年纪还小，不然给我们做儿媳妇，我看不错。"

"你想得倒好。"他的话招来妻子一个揶揄的眼神，"儿子才上大学，就想儿媳妇的事了？"说着，一个念头闪进她的脑海，手下的动作顿了顿，"没准儿子不喜欢这类型的呢。"

韩庆祥横眉竖眼："无非就是年轻单纯的小姑娘，还分几个类型？"

温文笑了笑，将碗筷收入厨房，不搭理他的话。

韩焰送完蒋涵清回到家，收到了骏哥他们的消息："哥们儿，四缺一，等你上线呢！"

他们玩的游戏，五个人方可组建一支队伍，班级里玩这游戏的男生占了一半以上。等他玩好一局再看手机，发觉冬雪在半小时前给他发过微信，连忙回了过去。

那头冬雪发了微信见石沉大海，心知韩焰多半是在玩游戏，便默默把心里的不满消化掉，陪父母看电视去了。最近她改变了一些观点，觉得大学男生玩游戏，也在情理之中，不应改变他原来的生活轨迹。

只是心里的累，却在隐隐约约中浮现。就像月光下的海，虽看不清波浪，却仍是暗潮汹涌。

不管什么年纪的女人，不管她的另一半是怎样的人，渴望被宠爱、被陪伴的心情，都是一样的。

春之生机，夏之活力，秋之静美，冬之沉静。人间四季，各有各的美，无法比较好坏。但每当冬季，人们总是瑟缩着身子，行色匆匆。而有些特别怕冷的人，甚至尽量大门不出二门不迈，默念着那句著名的诗：冬天来了，春天还会远吗？

但至少也有两件美事，是为冬天而生的。其一是暖被窝，被窝的意义，恐怕只有裹紧羽绒服早起出门的人最懂；其二是涮火锅，被热腾腾的白雾包围，是从心底由衷升腾起的幸福，哪怕外面冰天雪地。

而今天，正是冬雪与308寝室那几只约好涮火锅的日子。韩焰到她公司楼下来接，却被告知她临时加班要晚些走，怕他冻着，冬雪便让他先上楼来。

这是韩焰第一次来到冬雪公司的楼层，顿时被门口的小兵雕塑吸引了。正当他专注看小兵的时候，有个女孩也将专注的目光放在他的身上，那如同X光一般犀利的眼神，上上下下打量着他，然后叫出声来："咦，你不是庆功宴那天，把下雪带走的帅哥吗？"

男孩闻言转过头来，寒凉的星眸里泛着一丝困惑。小薇虽然很想花痴一番，但想起他可能是下雪的男朋友，还是收敛了一些："我是下雪的同事小薇，你是她男朋友？"

韩焰点了点头，后者脸上一副"果然如此"的表情："下雪恐怕还要忙一阵，你进来公司坐会儿吧。"

韩焰不肯："我进你们公司去，不太合适。"

"没关系，现在都过了下班时间了，公司没多少人，我带你去会客区就行了。"小薇说着，刷了门卡便带韩焰走了进去。

会客区平时是访客休息和洽谈的地方，此时一个人都没有。

墙壁上贴着一个员工风采栏，张贴着许多表情夸张的面孔，没有一张是正儿八经的。

"这个风采栏很逗吧？"见他注意到那些照片，小薇说道，"这都是在各个活动里面抓拍的，若有陌生客人到来，还以为我们公司全是逗比呢。"

韩焰看着看着，眼光停留在其中的一张照片上，不动了。

小薇在他的身后，看见他关注的地方，不由得吐了吐舌头。那张照片被贴在醒目的位置，女孩在男人的肩头半立着，男人的双手扶着她的小腿。迎着夕阳，两人的影子在路面上长长地伸展着，他们一起昂首看向前方，笑容灿烂。

照片下写着两个大大的字：巨人。

见韩焰看向自己，小薇只得继续充当起了解说："这是……这是前不久公司文化节的压轴比赛，下雪和楼总，他们这对组合赢得了冠军。"

她说着，见男孩的神色似乎不太好，又特意补充了一句："那个大奖很犀利，是传说中的雷电风暴外设组合，好多人都想要呢！所以下雪和楼总才这么拼的吧……"

可令她不解的是，说完之后男孩的脸色似乎更不好了。公司里明明开着暖气，小薇却莫名觉得有些冷，下意识拢了拢外套："那个……你接着看，我进去看看下雪忙完没有哈。"

说罢她快步离开，还不忘回头看了一眼。男孩修长的背影仍在风采栏前伫立着，静静的，不知在想些什么。

办公室里，冬雪正键字如飞。本来半个小时前她就该下班了，谁知临时来了任务，还非要今晚提交！望了望周围，人基本都走完了，也就老大程瑞还在座位上，她似乎总是很晚下班，大家也都习惯了，好像领导就应该多加班似的。

小薇匆匆回到座位，对冬雪附耳道："门口有个帅哥找你，我正好遇见，把他带到会客区了。"

冬雪睨了她一眼，这妮子平时嗓门大着呢，今天怎么咬起耳朵来了？手上忙着也没细想，只点头道了声谢。

以最快速度完成任务后，冬雪火烧屁股一般拎包走人，甚至忘了和程瑞说一声。而当埋头在文件堆里的程瑞忙完的时候，时钟已经指向了近九点。

正在此时，一记突兀的电话铃声响了起来，在这静悄悄的办公室里显得尤为刺耳。程瑞一个激灵，走出工位听了听，原来是冬雪座位上的分机在响。

这么晚了，还有业务电话进来？

她心中疑惑，但还是将电话接了起来。

而电话里传出的声音，却让她面色一凝……

此时，同一个城市里的另一个角落，四男两女正在涮火锅，热腾腾的蒸汽熏得每个人脸上都红扑扑的，一群年轻人边吃边聊，十分热闹。

"哎哟雪姐，等你吃个饭真是太不容易了，哥们儿几个差点没饿扁！你怎么这么忙，听说你经常加班？"这是一个大学男生的观感，竞争激烈的社会对他们来说还很陌生。

冬雪笑道："别的行业我不清楚，游戏行业加班是正常的，没让我们带行军床在公司睡就算不错了！"

"说到这个，我倒是听我表哥说起过。"丽丽加入讨论，"他是去年毕业的，找工作的时候有一家公司写着：福利优厚，公司备有淋浴房和客房，完全可以把公司当成家！这么写不是明摆着让员工不用回家了嘛，还福利呢！"

闻言，大家都笑起来。

骏哥非常大男人地说道："不过赚钱养家是男人的事，女人不需要太拼，等韩焰工作以后养家糊口，雪姐就可以轻松了！"

冬雪望着他，善意地笑了笑，但那笑容却未达眼底。别说韩焰现在才大学二年级，等到他毕业工作，收入能够维系一个家庭，那得是多少年后的事情？

虽然骏哥的一番话让丽丽多看了他几眼，对面的韩焰却似乎没什么反应。确切地说，今天整晚韩焰的气场都很低，虽然他平时话也不多，但和今天相比，也算是融入气氛的。

一顿饭吃完，大家就着桌子开始计算平摊饭钱，各付各的一份。骏哥和丽丽算两份，是骏哥拿的钱。冬雪刚下意识要拿钱包，韩焰却抢先一步把钱放在了桌上："我们俩的。"

她看了他一眼，心道韩焰和骏哥在一起混久了，貌似多了一点大男子主义，倒也不太坏，顿时有些笑眯眯。忙了一整天又聚餐到十点多，冬雪开始频繁的打起哈欠，韩焰见状提议大家就此散过，然后送了她回家，并在家门楼下轻轻吻了她的额头，道过晚安。

一切如常，似乎如常。

累极的冬雪倒头就睡，没细想今晚韩焰的冰凉与沉默。

在她的心里，韩焰是她看着成长起来的。他可信、可靠，也有着符合年纪的天真。却忽略了，这样的男孩，在长成男人的过程中，会慢慢变得不再那么简单，不再像个孩子。

而第二天，308寝室的人发现，韩焰桌上那套闪瞎眼的珍贵外设不见了。眯缝眼的第一反应就是外设被偷了："都说财不可外露，咱们寝室遭贼了！"

正当三人一团慌乱之际，韩焰却淡淡说道："没遭贼，是我收起来了。"

说罢，他转身离开寝室，没给他们多问一句的机会。

三人你看看我，我看看你，不知他怎么就看这套宝贝不顺眼了，还是因为太珍贵不舍得用？

第二天，狂风卷着雪花，从一大清早就开始肆虐这座城市，让上班一族叫苦不迭。冬雪匆匆跑进办公室的时候，抖了抖身上融化的雪，不小心和一个快步走出的人撞了个满怀。

她忙不迭地道歉，发现她撞到的人竟是程瑞！正在汗颜之际，程瑞看她的眼神里居然露出了一丝尴尬和一缕难以形容的……羞怯？电光石火之间，冬雪感觉那一眼里充满了故事，却也知道自己不该深究，便放下了那颗八卦的心。

她不知道的是，前一天晚上她下班后，自己座位上的电话曾经响过。当时程瑞接起电话，里面传来的声音令她面色一凝。

"还，没，下班？"

赫然，是楼漠的声音。起初她是吃惊，没想到楼漠对下雪是真的特别，而后又觉得奇怪：如果是这样，他为什么要用公司内线电话？

那一瞬间，她想挂下电话的手犹疑了。那边听着没回应，又断断续续道："七点多，你的邮件……吃，了吗？呵呵！"

讲得乱七八糟的一些话，但程瑞却听明白了。楼漠是七点多时收到过冬雪的工作邮件，知道她今天加班，但他的表达……

"楼总，我是程瑞。楼总，您喝酒了？"

她尽量让自己保持冷静。

事实上，她在他的眼前一直是庄重而娴雅的。

她与妹妹Ivy不同，她已经过了可以肆无忌惮的年纪，必须将自己掩饰得很好，才能更好地保护自己。

　　二十岁的女人有张扬的青春，三十岁的女人有知性的优雅。像花朵，并不含苞待放，也不沉甸枝头，而是正当怒放，恣意温柔。

　　电话那头没了声音，也没挂断，倒像是打电话的人忽然睡着了。她又"喂"了两声，将冬雪的电话挂好，上了17楼。

　　Ivy在两天前辞职了，带着淡淡的不甘和遗憾。她从大学时就喜欢这个男人，为了接近他，不惜将自己打造成性感尤物，终还是入不了他的眼。

　　也是从得知妹妹的心意那时起，程瑞就将那一份心思，深深地藏到了心底。纵使她是他公司的第一批员工，纵使她已经为他创造了不知道多少业绩，她在他的面前，永远是个端庄的女子，那个重要的，员工。

　　来到17楼，男人果然是靠在桌上，支着头，电话垂落在一边。还未走近，已经闻到一阵酒气，看来自己猜得不错。

　　默默地帮他挂上电话，转身泡上一杯茶。茶香袅袅之际，男人略略醒了过来，却是眼神迷离，抓着身边人的手。

　　"夏，冬雪……"

　　他的手心炙热，并不像平时那般不容亲近。女人压下心中的苦涩，默默凝视着他，片刻，将手从他的手中抽了出来。

　　她很清楚，此刻，她应该扮演的角色。

Chapter18
多情即是无情

"我不后悔"这句话说来简单，因为说的时候，谁也不能预见未来。它的效应是滞后的，待到一切发生的时候，大多数的不后悔，变成了一种倔强。

Winter's Heart

有的时候，人们对思而不得的事物苦苦追寻，凭添烦扰；有的时候，却又对近在身边的事物产生怀疑，徒生迷惘。

冬雪一家来到韩家聚餐的时候，温文临时有事出了门，留下备好的一桌饭菜。韩庆祥热情地招呼他们，并指了指关着门的小房间。

"焰焰在教涵清练琴呢，过会儿就出来。我去泡茶，小雪要吃点什么零食？"

几个寒暄了一番，冬雪瞧了瞧紧闭的房门，隐约有琴声流泻出来，十分婉转细腻，想必是那位蒋涵清的演奏了。这个女孩她听韩焰说起过，是温阿姨老同学的女儿，现年高二，正值美好的二八年华。

片刻之后房门打开，对话声便清晰地传了出来：

"老师，我要参加学校的文艺表演，下周能不能加一堂课？"

"好，没问题。"韩焰答应得毫不犹豫。

女孩又问道："我还有个问题……老师觉得我的演奏，够不够格在全校师生面前演奏呢？"

显然，女孩问得有些怯怯的，像是害怕自己在演出时会丢人。

"不用想这么多，"韩焰有些语重心长，"演奏，是一种倾诉，表演只是它的形式罢了。不管是一个人弹，还是弹给许多人听，只要记住你想表达的，就是好的。更何况，你现在的演奏已经很不错。"

冬雪听着他们的对话，微微有些惊讶。原来韩焰在他所熟悉的领域，可以如此健谈而有说服力。这个韩焰，对她来说有几分陌生。

她总觉得他无法在工作上给她建议，却不想，只是问的人和事不对而已。这一点，从正走出来的蒋涵清眼里便看得出来。

小女孩望着韩焰的眼神里，有着绝对的崇拜。

一个莫名的想法浮现在她的心里：与她在一起的韩焰，是不是永远无法体会到这种崇拜？又或者，这是另一种意义的仰望，来自于他对她的仰望。

因为在他们的时间里，她始终是那个领跑的人。

她垂下眼帘，望着面前的清茶里，茶叶慢慢舒展开来，再慢慢沉入杯底。

待到韩焰唤了好几声，冬雪方才回过神来，发现那一对水灵的男孩女孩正齐齐望着她。

"又在想你的创作了？"

他的唇角柔和，流露出心情的轻松。显然，他以为她沉浸在幻想的世界里，一回首，就能又变出一个故事来。

在韩焰的眼中，冬雪的确是这样神奇的存在。

蒋涵清倒是第一次见冬雪，隐约觉得她有些眼熟，却想不起在哪儿见过："冬雪姐姐好，我是蒋涵清。"笑容很浅、乖巧，也有几分疏离。

韩庆祥拿了一瓶酒出来："大家过来坐呀，别客气，都是自己人！要说这温文也是的，关键时候有急事出去了！幸亏她把菜准备好了，不然我只能请大家去饭店了，我老韩可不会做菜！"

在大家的笑声中，他给冬雪父母介绍了蒋涵清，这热热闹闹的家庭聚餐便拉开了帷幕。

席间大人有大人的陈年旧事要聊，年轻人自然有年轻人的话题。

"听说去年高考，文定出了个文科状元！"这是蒋涵清的世界，巧的是她现在就读的高中，就是韩焰的母校文定中学。

"过年前，我们系还有三场球赛要打。"这是韩焰的世界，大学男生属于运动和游戏。

"《星际岛屿》海外版推出时间已经定下来了，就在这个春天！"这是夏冬雪的世界，职场生涯虽然辛苦，但成就感满满。

每个人，其实都在自己的小世界里。总有一些人，与自己同在一个层次的世界中，他们会彼此交流、协同，直到陆续走向下一个阶段。

虽然他们三个彼此的世界各有隔阂，但还是互相倾听，试图了解。尤其是对于蒋涵清来说，冬雪所说的东西她十句里有八句听不懂，但一双黑眸依然静静地望着她，面带微笑。

这一幕看在韩庆祥眼里，他一杯小酒下肚，似是舒服得眯了眯眼。

大人们的话题转着转着，不知怎么就转到了冬雪的终身大事上。她今年虚岁二十有六，却连个男朋友都没有，冬雪爸妈开始有点着急了。

"整天忙着工作，那个游戏面世了，去海外了，有什么用？在这些时候，好男人都被别人选光了！"冬雪妈忍不住发牢骚。

"女孩子家家的，不要这么拼。"韩庆祥附和着，说话慢条斯理，"小雪，听你妈的，对象可以开始物色起来了，看对眼也是需要时间的嘛！再说了，到时候嫁个好男人，家里有个两套房子，收入稳定有出息的，也就不用拼命打工了。"

他的看法，也是一般家里有女儿的父母普通的看法。谁不希望女儿长大后嫁得好归宿，有人遮风挡雨，不愁吃穿，生活稳定？女人在外打拼，多半都是靠不上家里的男人，这是父母们不愿见到的。

冬雪听到这些有点烦，不由得反驳道："谁说女人非要靠男人的？女人努力工作，也可以是为了证明自我价值！"

"证明证明，等你证明了，也就成必剩客了！"冬雪爸讲话倒是很潮，"那些电视相亲节目，二十出头的女孩已经出来找对象了！等三十一过，恐怕真得写在字条上，挂在路边了！"

冬雪爸的话，是源于有天他们在一个科技企业园区门口，看见的一幕：一张张字条上，写着不同女孩的出生年月和家庭条件。她们之中，不乏高学历、高素质的好女孩，也有的写着家中有房，诚征优秀的男青年。

她们的共同点，就是大多过了三十，成了社会所说的"剩女"。

这看起来像是一次炒作，却也折射出一部分父母心焦与辛酸的心理状态。这个时代对女性的态度依然是传统的，尤其是父母这辈儿，怎么能愿看着自己的女儿嫁不出去？

眼见老夏有些急躁，韩庆祥忙打圆场："那也没这么严重，小雪这不才过二十五嘛，现在留心留心就行了！对了小雪，韩叔叔单位里有不少好青年，你喜欢什么样的，叔叔给你介绍！"

在他问话的时候，冬雪轻轻地瞥了韩焰一眼。他也正盯看着她，眼里有些焦急，但凡她有一丝松动，他必定会鼓足勇气将事实公布于众。

但最终她收回了目光，像是做了某种决定。

"谢谢韩叔叔，不过我还是想自己认识。"

她的婉拒让父母又嘀咕了几句，倒是韩庆祥带着笑："自己认识好，呵呵，我和温文也是自由恋爱！咱们小雪既漂亮又有才华，还怕没有男孩喜欢？公司里成熟可靠的男人都结婚了？"

韩焰看了自己的父亲一眼。他这番话一说，似乎把自己划到了局外。

"有倒是有，"冬雪妈笑道，"就小雪那个老板，好像就对小雪挺有意思的。"

"妈，说什么呢？"冬雪瞪了她一眼，"我老板您也敢肖想？再说了，您又不认识我老板！"

"我女儿好好的大姑娘，可能性大得很，怎么就不能想了？前不久，你俩不是还合作赢了个比赛吗？嘿嘿，你不告诉我，我自然有地方知道。之前你爸读到过有份报纸采访你们老板，他叫……楼什么的，是不是？"

讲到这个，几个大人八卦起楼漠来。

韩焰听到这个名字，面上微微冷了一些，黑色的眸子越发似深不见底的潭，看不出情绪。

冬雪对这话题也很厌烦，高中上完上大学，大学上完忙工作，自己感觉才毕业不久，怎么一下就快成剩女了？她对一边的女孩扯了个话题转移焦点："涵清，你准备考什么大学？"

蒋涵清很认真地想了想："F大、S大都是我向往的，但未必能考上。老师读的J大，倒是挺有希望。"她报出来的两所大学，都是本市名校。

"听你的志愿，就知道你成绩不错。"冬雪笑道，"又会弹钢琴，多才多艺。"

蒋涵清被她夸得脸通红，低下了头。

韩庆祥看着孩子们，欣慰道："不知不觉，他们都长大了，我们这些老家伙也都快退休了。我老韩没什么别的，就指着臭小子争气点，有个正经工作，娶个好姑娘，圆满了！"他喝了点酒，满面红光，说话也带着三分酒意。

冬雪妈调笑老同学："老韩，你这是不是想得有点早啊？"

"早什么，大学毕业也就差不多了。"爸爸的这句话，让韩焰面上多了些柔和，但后面的对话，却将他打入了另一个深渊。

"大学毕业？那得女同学肯一毕业就结婚，要不然就是大他两岁的。"

"那不行，不行，"韩庆祥摇着手，"男人娶年纪大的女人像什么话，说都说不出去。"

一顿普通的饭吃得火药味十足，后面他们又聊了些什么，冬雪没注意听，只觉手心冰凉冰凉的，像眼下窗外的雪，直接下到了她的心里。

当天晚上，冬雪做了一个奇怪的梦。梦里的韩焰成了舞台上的明星，他自弹自唱，潇洒自如，台下满是疯狂叫喊的少女们。她混在其中，用力地挥着手，却无奈地被人群淹没。

她在人群中拼命地挤着，与他，却始终像隔着千山万水。倏地醒来，已是满头的汗。

今夜无雪。窗外月色恬淡朦胧，屋里家具轮廓依稀。

脑海中浮现出来的，竟是韩焰语重心长时蒋涵清崇拜的眼神；忽而，又变成韩庆祥的高谈阔论"男人娶年纪大的女人像什么话"；最后停留在张晓晔曾经的忠告："凡事多留一个心眼，毕竟你做的是一个巨大的冒险。"

一辆车开过，向窗外投进一抹移动的微光，转瞬间消失不见。

内心宛如无数枝桠摇曳的树，疏影斑驳。有一点什么东西通透了的感觉，却又想不真切，或者说是不愿细想。在这样断断续续的思绪中，冬雪渐渐又进入了梦乡。

到了周六的时候，冬雪想拉着韩焰去看动漫游戏展，后者却第一次推掉了约会。

"上午去姑姑家，下午要上钢琴课。"韩焰的歉意，无法从文字中表达出来，"周日再陪你去，好吗？"

想起上周他答应蒋涵清加课时毫不犹豫的样子，冬雪有些不快："周六是加课，周日本就要上课，你哪有时间和我出去，算了。"

韩焰有些纳闷："周日只占用一小时时间，不影响的。"

谁知冬雪不依不饶："不去了。"

冬雪这条微信刚发出去，韩焰的电话就打了进来，应该是急了。心中隐约竟有些痛快，想了想，逆向滑动了手机屏幕，拒接。

这套小孩子的把戏，冬雪重复了四五次，韩焰的电话还在不停地涌入，坚持不懈。

心中的不快这才散了些，接起的电话里传来一个焦急的声音："发生了什么事？"

这小子犹自懵懂。冬雪淡道："没什么，就是不想去了。"

"为什么？"

"没心情。"

那边沉默了一会儿。

"就因为我给蒋涵清加课？"

这话听起来有点轻描淡写，冬雪冷道："你是老师，你想给谁加课就给谁加课，关我什么事。"

半晌，那边传来一声闷闷的："那好吧。"

电话挂断得万分压抑，就像雷雨即将到来前的天空，阴云密布，无比沉闷。

冬雪将手机丢到床上，打开窗户，任寒风呼呼地往脸上割去，仿佛这样头脑才清醒些。她不知道自己是怎么了，更不知道韩焰是怎么回事，这小子向来百依百顺，这次居然死猪不怕开水烫了。

难道真的像晓晔所说，男孩只有在追求异性的阶段才会特别殷勤，时间久了之后都会露出疲态，甚至原形毕露？

但她好像忘了一个道理，那就是吵架千万别选择用电话，更别选聊天工具，否则他的意思你的理解，一句话愣是换了几种味道。既然要撕破脸，当然要面对面地撕，那才直接痛快。

当女孩心里的男孩发生变化的时候，男孩心里同样也是暗潮涌动。她的心情，他当然是在意的，可每当想起在她公司看见的那张照片，他就一阵莫名的烦躁。

照片上的男女一脸灿烂，看起来如此相配。

最重要的是，那位是青年才俊，才配得起她才华横溢。反观自己，就算他很努力、很努力，却依然只能在大学里食堂里排队等位罢了。

过了很久，韩焰也没再来过电话，久到冬雪以为这次的冷战要升级到以天数来计算的时候，他的微信才小心翼翼地冒了出来：

"睡了吗？"

"想了很久，我是不该。"

"当时只是有些委屈，没想好怎么说。"

"我喜欢年纪大些的，蒋涵清不符合。"

他一句句地说着，一直说到把冬雪逗乐了，她才慢吞吞地回了信。本不是矫情的人，都是各自心里藏了事，却又说不清，诸多的犹疑相叠，最终一根羽毛，也能叫它轰然倒塌。

最终，星期天他们还是手牵着手去看了动漫游戏展。

虽然争执过，但男孩肯花心思讨好女孩，有些事说过去也便过去了。就像所有人经历过的那样，即便最初的爱经过时间的磨砺，经过一件一件小事的堆积，仿佛海浪退下沙滩后留下的痕迹，但热恋期的男女，很快就将它抛了开去。

大家都知道，爱是纯粹的，但生活是平凡的。你、我、所有人，本都只是平凡的个体，因为相爱，在对方眼中才会开始与众不同。

在展会上，冬雪古灵精怪地做了许多搞笑的动作，韩焰拿着相机按个不停，倒也吸引了不少年轻人的目光。

在其他人眼中，这就是一对小情侣，再普通不过，却也那般灿烂夺目。

而在相爱的人看来，对方的笑，就是对美的告白，他们眼中根本看不到周围其他的人和事，只有彼此。

热恋期的爱，大多这样热烈而盲目。眼中的执着等于另一种空白，对周遭世界的感知，变得迟钝。

而意料不到的事，往往就是这时候发生的。

在冬雪家楼下，韩焰像往常一般送她回家。

冬天的夜，寂静而清冷。

"你快些回去吧。"玩了一天，时间已经不早，冬雪向他催促道。

韩焰点了点头，幽黑的眸子看了她一会儿，看她可爱的小鼻子东得有点红，便低下头来，轻轻地啄了一下。

柔软的唇轻轻触碰，换来心灵上的一颤，淡淡的暖意四散开来。

"你们在干什么？！"

伴随着骤然一惊，两人的身影急速分开，回头一看，是冬雪爸气急败坏的面孔。

冬雪心里重重一跳："爸……"

虽然路灯昏暗，但刚才的一幕清清楚楚地落入了冬雪爸的眼里，震惊和愤怒排山倒海般袭来，他匆匆走了过去，只说了两个字："回家！"

韩焰向前一步："叔叔，我……"

"你什么也别说，你什么也别说！"冬雪爸说得有些急，努力组织着自己的语言，"你不要参与。"

说罢他拉着女儿，头也不回地走进了大楼。冬雪被他拉着向前跑了几步，又回过头去看韩焰，微亮的眸光被黑暗的楼道无情吞噬。

韩焰怔怔地站在原地，眼瞧着冬雪离开，却插不上半句话。暗沉沉的天空，即将要下雪的模样，他却不急着走，只抬头看向她家窗户，泛着微暖的昏黄光晕，一如既往。

然而，他却可以想象，此刻的冬雪，正在面临一场怎样的风暴。

"太不像话，太不像话了！"冬雪爸的震惊还没平复，在家里来回踱着步。冬雪妈方才在厨房洗碗，听着他的声音探出头来："她爸，这是怎么了？"

"哼，我说起来恐怕你都不能相信！"冬雪爸瞥了一眼站在门口的女儿，她低着头攥着包，不知在想些什么。不过此刻他可没心情琢磨女儿的想法，"咱们家小雪，居然和老韩家那小子好上了！"

"你说真的？"冬雪妈眼睛睁得老大，"你不是下楼倒垃圾去了吗？"

"就是因为这个，才让我撞见咯！"冬雪爸冷哼，"要不是这样，我们还被蒙在鼓里！我家好好的女儿，居然找了个毛孩子！那韩焰今年才几岁？才刚上大学不久！小雪啊，你究竟在想些什么？"

冬雪知道一时半会儿父母肯定接受不了，便默默站着不吭声。

倒是冬雪妈想了想："焰焰那小伙子不错，我挺喜欢，可就是年纪小了点。小雪啊，你今年也二十六了，要和他一起，几岁才能结婚哪？要是他大学毕业就和你结婚，他够不够成熟啊？"

"结什么婚！上次你没听老韩讲嘛，娶个年纪大的女人说不出去！他家要是知道，也一样不会同意！"冬雪爸震怒之下，说话都有点气喘，忽然伸手顺了几下胸口。

"老头子，你别激动，小心血压高。"冬雪妈走出来帮他顺气，"别急，一会儿我和小雪聊聊，啊？"

"爸，小心身体。"冬雪也担心地看着爸爸，但又怕自己开口，反而惹得他更生气。

冬雪爸看了她一眼，终是从鼻子里出了一声气，闭上眼睛靠在椅子上不说话了。

安抚他休息之后，冬雪妈拉着女儿说起了悄悄话。在妈妈的询问下，冬雪将自己与韩焰相恋的经过告诉了她，听得她一阵唏嘘："没想到，倒是我们无意中为你们创造了机会！"

"妈，我是经过考虑，才接受韩焰的。虽然我早就想过爸不太能接受，但你们这样疼爱我，我想……总能得到你们的理解的。"

"孩子，你这是拿父母对你的爱，赌自己的终身幸福啊。当爸妈的，自然什么事都会为你，可你找了焰焰，却当真让我放不下心。别说他现在只是个大学生，即便将来工作了，要多少年才能养得起家——更重要的是，男人肩膀上沉甸甸的责任，他能懂这些吗？男人通常成熟得晚，三十岁前变数很大，但女人的青春宝贵啊！这些时间，我们女人浪费不起。你现在二十五六，正是好年纪，有很多选择，真的坚决要走独木桥吗？"

妈妈一番语重心长的话让冬雪怔了怔，而后下意识地点了头："我做的决定，自己负责，不会后悔。"

就像她辞职创业一样，很多人反对，她还是那样做了。遵从内心，有时候是一种最直接的选择。

可她不能忽略，轻松辞职是因为她够年轻，背后还有父母的支持。

婚姻呢？谁来做婚姻背后的支持者？谁来为婚姻蹉跎的青春和人生买单？

"我不后悔"这句话说来简单，因为说的时候，谁也不能预见未来。它的效应是滞后的，待到一切发生的时候，大多数的不后悔，变成了一种倔强。

面对父亲的怒火和母亲的劝导，冬雪的心情很矛盾。她选择韩焰的时候，也曾预见过会有这样一天，当时想得简单，以为只要他们认真表态，按两家的交情，父母很快便能接受。然当父亲气得血压升高，说不出话来的时候，她却真实地感到了害怕。

父母将自己抚育成人，难道还要反过来让他们气坏身子吗？

她约了韩焰下午三点，在J大小花园碰头，商量一下接下来的对策。出门时候天色灰蒙蒙，阴冷阴冷的，仿佛是她此刻心情的写照。

最近发生了太多事，肩膀上的压力渐渐重了起来，心情如天气一般不复阳光明媚。

在寒风里开始瑟缩，冬雪拿出手机唤醒屏幕，俨然已经过了约定时间。韩焰是个守时的人，相识至今从未迟到过，此刻他的手机打不通，莫非出了什么事？

她抬脚往男生寝室楼走去，两个身影映入眼帘，生生地让她顿住了脚步。

相隔很远，她并听不清他们在说什么。只能见到蒋涵清将什么东西塞到了韩焰手里，她的脸上笑着，有些属于小女生的娇羞。韩焰则抬手看了看表，眉头微蹙，神情急迫的模样。

蒋涵清出现在J大，是谁也没想到的事。当韩焰下楼赴约的时候，却有同学对他挤眉弄眼，说有小萝莉点名找他。他正一头雾水，不想看到的却是在风中微笑着的女生，身材高挑，长发翩然。

小美女出现在男生寝室楼下，自然是备受瞩目的，连308寝室的那几只都从窗口伸出头来一看究竟。

蒋涵清见到韩焰出来，深蓝色中长款大衣配浅灰色围巾，清爽端正又有些不容亲近的高冷，面上微微一红："老师。"

韩焰一怔："你怎么会在这里？"

"今天随学长学姐们到J大参观，我明年高三了，有时间会对各个大学做下了解。"

韩焰微一点头，没有心思与她说太多。

蒋涵清没有察觉，继续道："其实，来J大是顺便，但是来J大找老师，我是特意的。"

女生垂了垂眸子，又看向韩焰："多亏老师上周给我加课，我的表演很顺利，没有出错。妈妈叮嘱我，一定要谢谢老师。"

既然谈到了温文的老同学，韩焰也不好推却："才华是你本身的，上课增加的只是信心而已。"

他是实话实说，但在女生那边听起来，却变成了一种鼓励，甚至是一种欣赏，不由得有些羞涩，将早已准备好的谢礼塞了给他。这一耽误，就是近十分钟。

正当韩焰焦急看表的时候，他对面那低着头的女生，却支吾道："还有一句话，老师……明年夏天，我想考J大。因为来到J大，老师就会成为我的学长。我大一，学长大四，我们就会在一个世界里了……"

轻柔的声音，透过拂面的寒风传来，显得有些断断续续。韩焰显然有些愣神，她的这些话是……

眼里的余光，却在无意中察觉不远处的女孩。她双手插兜，面容宁静，冷冷地望着他们这边。

是的，冷冷的。按这距离，韩焰当是看不清她的眼神，却不知为何，那种冷意似是穿透距离，像他袭来。

他心下明白事情的严重性，只能对蒋涵清三言两语含糊推却。恰巧此时带蒋涵清来的学长学姐们来接人，一番热闹后大家道了别，她并有没看见站在远处的夏冬雪。

韩焰匆匆跑了过去，开口便是道歉："正准备去小花园的时候遇到了蒋涵清，急着出门手机丢寝室里了。"

冬雪没接话，只淡淡地看着他。男孩白皙俊美，目光真诚，洋溢着朝气也流露出青涩，像这校园里的其他男生一样，处理不好感情里复杂的事，又生怕女友生气。

心中有一声淡淡的叹息，无奈的，却又带着怜爱。见她冷着脸不说话，韩焰有些着急："是我的错，你骂我吧，别不说话。"

冬雪转过身往回走："我骂你做啥？你也是成年人，有你自己要处理的事。"

韩焰迈腿跟了上去："其实，刚才我已经知道错了。难怪你对蒋涵清如此抵触，是我，太迟钝了。"

冬雪忽然停下来，韩焰也急急地收了步子，看她回过头来，可爱的大眼睛里此刻没有了往常的笑意。

"不知道该说是迟钝还是有意，你夸奖她让她崇拜，她对你的感情产生变化也是理所当然。"

韩焰有些冤枉："我当然不是有意的。"

多情即是无情。很多时候男人对女人的仁慈博爱，是另一种残忍。他们在制造一种错觉，他们是可以被攻略的，但事实上她们面对的却会是一堵厚厚的高墙。

大部分男人不会意识到这个观点，又或者，他们中的一部分享受这种被崇拜的感觉。

这时冬雪的手机响了起来，接起后是父亲狐疑的盘问："你在哪里？不会和那个小子在一起吧？"

冬雪不敢说实话，只能敷衍道："没有，我和张晓晔逛街呢。"

待挂断电话，她发现韩焰的脸色不太好，两人并肩走了一段，谁都没有吭声。

"叔叔……还很生气？"许久，韩焰试图打破沉默。

"他有三高，我不敢让他情绪过于激动。"冬雪叹了口气，"发生得突然，事先也没让他有个心理准备。"

韩焰也有些沮丧："没想到，叔叔会这样强烈反对。"

"岂止是我爸？"冬雪的声音大了一些，"你爸其实也一样不是吗，只是他还不知情而已。"那天在饭局上，韩庆祥的话像一阵冷风，每每想起都让她心中发凉。自己的大好青春，与韩焰放在一起比较，就显得"说出去会丢人"那般羞耻了。

男孩对这种情绪并未察觉："我爸不会，从小到大，他很少强势。"

"那你的意思是我爸强势了？"最近连续施加的压力，让冬雪的神经相当敏感，"我爸妈这样，都是为了我好，我怎么会不明白！"

"那你想说什么？"韩焰站定脚步打量着冬雪，帽子下她的脸蛋因为激动显得红扑扑的，眼神中似有一团火在窜着，"你后悔了？"

你后悔了？短短四个字，却是一个很重的问题。

冬雪一惊，没想到韩焰会问出这个问题，随即心中烦躁更盛："你这么问，代表你已经这样想了？"

"我没有这样想。"他回答得很认真，却也有一丝不容察觉的倔强。

这场谈话已经变得令人心寒。两人不但没有一起商量出对策，反而因为无法消化各自身上承担的压力，而让情绪失去了控制。纵然心中不舍，但在这个时候，仿佛伤害了彼此，让对方体会一下和自己一样的痛，才会显得好受些。

"你的选择余地比我大得多。"在这种气氛下，冬雪的话已经跳过大脑脱口而出，"齐小茉、蒋涵清，还有大把的女同学。韩焰，和我在一起，你后悔也很正常。"

"我没这么说过。"此刻的韩焰比往常更为冷硬，连一句柔软的安慰都没有。

也许他应该给她一个拥抱，好好地解释一下他的想法，那么彼此之间的误解就能消融。但冬雪的话令他相当委屈，更何况，如果他有大把选择，那她也有那位钻石王老五不是么？

这些话他当然没有说出来，只在心里化成了一股子情绪。冬雪见他这般水泼不进油不沾身的样子，气急道："我们都冷静一下吧，最近别联系了。"她转身就走，一直到过了几分钟才回过头，他没有跟上来。

果然。她心里有些愤怒，又忍不住悲伤，但最终，都化作了一种深深的无奈。隐约中她是相信韩焰的，但又不知道为什么，事情会发展成现在的样子。

站在家门前，冬雪拍了拍自己的脸，这才推门而入。

"爸妈，我回来了——"

这是她的家，有她最爱的家人。无论发生什么事，她不想做一个不孝的女儿，不想让父母为已经养育了二十六年的孩子操碎了心。

然而在冬雪父母看不到的地方，女孩却默默地流了好几次眼泪。当压力和误解扑面而来的时候，应该与她并肩作战的男孩，却显得不够成熟。

应该怨他太年轻，还是怪自己做错了选择？她以为自己的内心很强大，却不想，只是真正的考验还没到来罢了。

Chapter19
相遇，是一场恩泽

当恋情或多或少遇到问题无法排解的时候，有多少是
因为事实，有多少是因为心的不坚定？

Winter's Heart

"下雪，你这个活动后续流程完全没有提到。几时抽奖，几时发
奖，怎么通知？"一份工作稿被退了回来，"今天之内改完再提交。"

冬雪深深吸了口气，心知自己状态不佳，只点了点头。下楼去买杯
咖啡，走出充满暖气的大楼，脑袋瞬间清明一些。

她与韩焰的冷战，此时已是第三天。

其实并不是没有联络。只是言语之间，始终像有什么梗在那里，吐
不出咽不下，于是谁都没刻意去提什么。每天早安，晚安，熟悉的人，却
不得不说着陌生的台词。

心中的压抑与日俱增，冬雪不禁开始有些动摇：让自己义无反顾，
不惜与世界为敌的理由是什么？自己真的有想象之中那样坚定吗？

与此同时，冬雪爸却忙着给她张罗相亲，从同事的儿子到邻居家亲
戚的朋友，关系多远的都有，生怕他的女儿想不开要嫁给一个小男人。

夹在家庭、事业与爱情之间的冬雪，虽然表面上努力维系着一切的
平衡，体重却在不断地悄悄下降。

"小雪啊，明晚早点下班，到我一个老同学家吃晚饭啊。"爸爸在
电话里的声音有点喑瘖，冬雪稍微一想，便明白了其中缘由，却又不忍心
开口拒绝刺激了他。无奈地放下手机，一辆黑色的车在她身边停了下来。

车窗滑下，露出成熟男人的脸庞。

"工作时间，在外闲游？"

不是质问，倒像是一种调侃。对于楼漠，冬雪早已没有最初时的敬
畏，现在更像是朋友。

"不是买杯咖啡都不准吧老总，您这是剥削啊！"

楼漠深深地看着她，似是在思考什么。须臾，他关上了车窗。

"在这里等我一会儿。"空气中还留着他的话音，车子一个发动已经跑出老远，转弯消失。

"老总说了算。"冬雪喃喃着，脸上露出一丝笑来，略带苦涩。

待到楼漠迈着大步走来时，已是十分钟后，他指着公司对面的咖啡馆："陪我坐一会儿。"

"我还有一份稿子等着交呢。"她抗议道。

BOSS却轻描淡写："凭你的速度，差不了十分钟。"

在他的心里，她才华横溢，写工作稿只是大材小用。胳膊拧不过大腿，冬雪只得跟着BOSS在工作时间正大光明地溜号了。

坐定之后，冬雪发现楼漠的眼神一直停留在自己身上，这才开始不自在起来。

"楼总，我脸上是不是沾了东西？"她装疯卖傻，拿起手机照了照自己。

男人握拳在唇边，轻咳一声："那天的事……我喝多了，希望你别介意。"

那天？哪天？

喝多了？别介意？

这是哪门子的偶像剧情？冬雪只觉自己满头问号。

"BOSS您确定这话是对我说的？"

楼漠只当她还在装傻："我知道，女孩子都讲究名声。你大晚上的在我办公室，传出去影响不好……"

"打住，打住！"冬雪伸出双手，做了一个交叉的姿势，"楼总，我完全听不懂你在说什么！"

楼漠狐疑地盯看着她，锐利的眼眸仿佛想将她看穿一般。

正当两人大眼瞪小眼的时候，坐在他背后的一个年轻女人腾地站了起来，三两步走到他们面前："够了啊夏冬雪！我说你这人怎么老是得了便宜又卖乖？"

"尤佳？"这次冬雪总算没把人名字说错，只是没注意到她是什么时候坐到那儿的，竟把他们的对话听了个清楚。"我怎么得了便宜又卖乖了？"

尤佳美眸微瞪，不爽地上下扫视着冬雪。就这个平凡普通的一个丫头，自己竟两次败在她的手里，真是岂有此理！最近她约了楼漠几回，每回都被他用不同的理由推拒了，于是今天她特地来装偶遇，正想在他公司附近先找地方坐一会儿，居然就听到了这样劲爆的对话。

"怎么不是？陆以珩在前，楼大哥在后，人家对你都这么明显了，却老装作毫不知情，一朵小白花是吧？你喜欢你就要，不喜欢你也别占着，还有人等着要呢！"

她这话说得跟在商场买大减价衣服似的，不仅周围几个客人听到笑了出来，就连楼漠的脸上也是一阵青一阵白的。尤佳就是个辣妹子，不仅身材火爆，说起话来更是劲爆。

可就是这样一个女人，冬雪却素来对她不无欣赏。她敢爱敢恨，哪怕是当着自己心仪的人，都可以这样光明正大地说出来。在尤佳的身上，有她一直很想要，却不曾拥有的勇气。

不过可惜的是，不是所有人男人都有胆量，要下这个口不择言的超级辣椒。

楼漠就是其中之一。他面不改色地站起身来，纵然尤佳身材高挑，站在楼漠面前也显得小巧。

"尤佳，请你不要随意介入别人的谈话好吗？还有，我什么时候可以被'等着要'了？"

男人身上淡淡的气场逸出，让面前的女人失去了刚才的气势，弱下半截："我，我这不是听你们说着说着，实在忍不住了嘛！楼大哥你们聊吧，回头再约你吃饭！"

说罢她逃也似的离开，临走还不忘回头瞪了夏冬雪一眼，倒是有几分搞怪的兴味。后者淡淡地笑了起来，对于尤佳，虽然她们算不上是朋友，却是挺有缘分。

楼漠松了松领带，又坐了下来。尤佳外向，很得他母亲的欢心，要不对她严厉点，哪天做出什么翻天的事情来都不一定。

一场闹剧散场后，冬雪不得不面对尤佳抛下来的烂摊子："她这玩笑也开得也太大了，我还是有自知之明的。"

"你怎么知道，她说的不是事实？"楼漠的话让她陡然心惊，"或许，确有其事呢？"

前有陆以珩，后有楼大哥……的事实？冬雪眼珠子转了转，笑道："先说说您之前提到的事吧，我可以举双手保证绝对没有哪天晚上去过您办公室！"

这丫头，倒知道转移话题。楼漠面上看不出什么。

"也许，那是我做的梦吧。那个梦里，出现的确实是你。"

姜还是老的辣！冬雪心里哀呼一声，有种搬石砸脚的感觉，她哪里知道不管自己怎么绕，楼漠是不会让她从这话题里逃脱的。

"夏冬雪，我很欣赏你。不管是你的作品，还是你这个人，都令我很感兴趣。"英俊成熟的男人往后靠了靠，眼神幽深，"我已经过了轰轰烈烈的年纪，很多话，不习惯说得太直接，但我相信你能明白。我们可以联手共建自己的游戏世界，去任何想去的地方，品世界各地的美食。我有预感，事业也好，生活也罢，你我的搭档将会很愉快。"

这番话乍听起来，像是在谈一场交易，但细细一品，便能捕捉到楼漠的言下之意。像他这样的人，终究不适合说太露骨的话，或者说，绝不会傻乎乎地选择正面去碰壁。

事业或是生活，对他来说，都是带着评估的眼光。而他，是那个决策者。

但这一次，他看着对面女孩的眼光里，少见地带着期待。她向来都不按牌理出牌，自己是否可以打动她？

沉默了许久，端坐在对面的女孩看向他，四目相对：

"楼总，谢谢您，我很意外。尤佳的观点不错，其实我也并没有刻意隐瞒的意思——我有男朋友了，所以……"

对于她的回答，楼漠看起来并没有多大的吃惊。虽然从未听她提起过，但若是事实，倒也合理。他看上的女孩，怎会无人问津？

"我从不强人所难，不用有什么负担。"他表现得很坦然，一个成功男人所该有的气度。

事无不可对人言，从这一点上看，倒是总算给楼漠和尤佳找到了一个共同点。

目送冬雪离开后，楼漠又端起杯子喝了一口。咖啡已经冷了，喝起来更加苦涩。

一个疑问浮现在他的脑海：那天晚上，他确实是握住了一个女人的手。如果那个人不是夏冬雪，那会是谁呢……

待到冬雪拼死拼活地赶交出工作稿，已是晚上八点多的事情了。拖着疲惫的身躯回到家，才发现来自韩焰的未读信息：

"回到家别再看电脑了，泡一杯红糖水吧。"

他还记得她的生理期。手机屏幕熄灭，冬雪心中泛着淡淡苦涩。明明还是那个韩焰，他的每一句话，却像是一根针，轻轻地扎在她的心上。

他们会在一起吗？他们能在一起吗？

想到可能会失去他，鼻尖有些发酸。但想到他不成熟的出事态度，内心又动摇起来。

姐弟恋中的姐姐，几乎都有过这样矛盾而脆弱的时刻。

敏感姗姗来迟，冬雪细细看了看信息的发送时间，心中狐疑起来：她刚到家，就收到他的关心信息，有这么巧合？

带着几分猜测，她掀开窗帘的一角，果然在街角的路灯下，发现了那个熟悉的身影。

夜已微酣。漫天飞舞的小雪，装点着冷清的街道。偶有行人路过，皆是行色匆匆，却不忘对静静伫立在灯下的男孩多看一眼。

昏黄的路灯下，小雪尤为细密。它们互相追逐，在空中旋舞、缤纷、瞬间美丽，然后落在地上，消失不见。而那路灯下站着的男孩，就像那灯一般沉默而坚韧，纵然风吹雨打，却始终这般屹立着。

一人，一灯，时间就这样仿佛静止了。

眼泪毫无修饰地流了下来。那一瞬间，男孩似有感应般抬起头，遥望过来，冬雪立刻放下了窗帘。

她明白，她怎么会不明白。

没有一个字，却表达得那般清楚，他那颗守护她而不变的心。

但心中还有无数无数的疑问悬而未决，她对他们的将来依然犹疑不定，她是否应该放下一切，选择眼前的和平，明天再烦将来的事？带着这样的恍惚，她在洗澡的时候摔了一跤。

在套上裤子的时候她脚下一滑，伴着一声惊叫，她向后倒了下去。

冬雪妈几乎是第一时间冲了进去，把她扶了起来。

"小雪，没事吧？别吓妈啊。"

一直扶着她躺到了床上，冬雪依然觉得头脑发晕全身都痛，父母关切地围在她的身边，一遍遍询问她撞到了哪里，需不需要去医院。

看着女儿傻傻地不说话，二老急得团团转。

"爸，妈，哇……"冬雪躺在床上，看着身边父母的脸，放声大哭起来。忽如其来的安心，掺着这段时间的压力和委屈，以洪水绝提的方式一股脑儿宣泄了出来。

此时此刻，冬雪才知道自己一直以来都缺乏安全感。童年时期父母的感情不好，小小的心灵经常处在可能会失去他们其中一个的担心中，这样的情绪虽然在成长后被封存了起来，却仍然留在她的记忆里，成为一个不可磨灭的阴影。

就像在夜店时忽如其来的惊恐，便是这其中具有代表性的一件事。

然而父母浑然不知，着急地摸着她的脑袋，想找找她到底伤了哪儿。

"头没事，就是，就是闪了腰。"她哭着，说话断断续续。

听到女儿脑袋没磕着，父母才算放下心来，但见她哭得这样反常，两人还是安慰了一会儿，直到她哭累了，渐渐睡去。

替她盖好被子，关上房门，冬雪妈见到冬雪爸坐在沙发上，有些凝重。

"她爸，你说，咱们对孩子的关心是不是少了？"

"不是咱们拉扯了二十多年，女儿能这么健康优秀？"冬雪爸还倔着。

"女儿从小懂事，"她妈叹了口气，在丈夫边上坐了下来，"她小的时候，咱俩经常吵架，她也不哭不闹的。你什么时候，看到她这样哭过？"

冬雪爸看了她一眼，没有说话。

"我在想，是不是她谈恋爱的事，咱们给她的压力太多了。"

母女连心，看着女儿那样哭，当妈的早就心软了。她说这些话，无非是想让冬雪爸明白，孩子长大了，有自己的想法了，有些事情，即便勉强也未必会好。

冬雪爸依然没有吭声，只默默地盯着电视机发呆，像是在思考她的话。

由于腰部受伤，冬雪请假在家躺了三天。在这段时间里，她看了一个叫《天梯》的故事，深受触动。

男人和女人相差十岁，在一起时女人已是寡妇，还带着四个孩子。为了躲避世俗的流言，他们携手私奔至深山老林。

为方便老伴下山，男人用一辈子的时间，在山上亲手凿出了六千多级石梯。他们一生生活在山上，恩爱非常，共同抚育了七个孩子，爱情传说感动全国。

看完这个故事的时候，冬雪的眼眶湿润了。在相爱的人眼中，从来没有世俗所界定的那些标准，有的只是心意相通，互相珍惜。

在故事中，丈夫唤妻子"老妈子"，妻子唤丈夫"小伙子"，简单的称呼里，蕴含着两人对彼此年龄的认同，从未介怀。

不禁联想到自己，即便她爱韩焰，也并没有真正从心里接受过他们之间的差距。她比韩焰年龄大一些，便总想着如何让自己看起来更年轻，对朋友尽可能隐瞒他的年纪，又或者父母知道了该如何解释？

因为缺乏安全感，所以在这些时候，她想着的是保护自己。如果她最终可能会受伤，那么还不如最初就不要开始——若是这样想，仿佛自己就会永远安全一样。

那一瞬间，她忽然想明白了。原来横在他们之间的并不是世俗，也不是父母的反对，而是他们对彼此的认可，对这份差距的接受。他们选择了一条难走的路，却总在质疑它是否能通。就算是一座大山，也会有人为爱情凿出天梯，但在那之前，有无数的人已经放弃了。

也许不是姐弟恋，也许是更多其他世俗的恋情。或多或少遇到问题无法排解的时候，有多少是因为事实，有多少是因为心的不坚定？

冬雪的心中豁然开朗起来，与此同时，韩焰却开始悄无声息。

就像她之前的状态那般，韩焰的消息开始变少，甚至没有。对于她先发过去的话，他很少回复，甚至，大多只是一个简单的"嗯"字。

难道，这是他的一种报复？这个猜测被冬雪很快否定，那个站在她家楼下的韩焰，依然是她心中那抹路灯的光，对他的了解，不值得用上这样恶意的揣测。

不知不觉，冬天的雪开始变成了初春的雨，不变的是一样冷得刺骨。冬雪坐在楼漠的车子里，淡看着窗外流动的风景，从郊区开到闹市，人流熙攘的路边，伞与伞相互碰撞，时不时招来一声抱怨。

很多人喜欢雨天。下雨带走尘嚣烦扰，还世界一个清净。

很多人讨厌雨天。下雨带来湿冷黏糊，出门在外诸多狼狈。

而她，今天参与商务会谈，才得以享受专车服务。作为一个看客，她深深地体会到，雨天的好与不好，是取决于身处什么环境。

车辆缓缓转过弯去，来到一条开阔的直路上。这是一条新修的路，还没建设完全的两侧有大片土地，眼下点缀着稀疏的绿色。许是雨天主干道拥堵，让这条路上的车也骤然增多起来。他们缓缓前行着，旁边车道上一辆单车慢慢超了过去，望着那熟悉的背影，夏冬雪轻轻一窒。

车上的男孩没有穿雨衣，只用运动服的帽子套在头上。他骑着单车，她坐在车里，不疾不徐地跟在他的身后。

他们之间相隔不远，却好像咫尺天涯。

冬雪紧紧地盯看着那个背影，他骑着骑着，却忽然慢了下来，停在路边。

"楼总，可以停车吗？"她急急地问道。

楼漠不明所以地将车停了下来。

视野前方，男孩停下车后，在路边蹲了下来。冬雪下了车，冰凉的雨水瞬间钻进了她的脖子里，然她只是看着前方，看着男孩将地上的一个纸盒捧了起来，小心翼翼地安置在单车的置物篮里。

"不用害怕，我带你回家。"

他对箱子里湿透的小猫轻轻说着。它黑亮的大眼睛望着他，颤抖的小身子好像放松了些。

男孩重新跨上车，一溜烟地离开了。在他没有看到的背后，冬雪一直目送着他的背影离开，很久，很久。

不知什么时候，待到冬雪回过神来，头顶的雨已不再下。

确切地说，是多了一把伞。楼漠站在她的身后，为她撑起一片无雨的天空，也凝视着韩焰离开的方向。

路面两侧的围栏外，春雨正尽情滋润着沃土。也许在不久的将来，这里将绿茵遍地，滋养出星星点点的野花来，多么令人期待。

回到家冬雪打开电脑，登录了自己的游戏《星际岛屿》。游戏界面上，小男孩的角色搬出小板凳，抛出钓鱼竿，悠闲地钓起鱼来。

在小男孩面前的海洋，亦粉亦紫，还泛着层层珍珠的光泽，一派唯美浪漫。冬雪对着电脑屏幕发着呆，每隔几分钟，就会有一条鱼或是道具进入篮子，她也并不介意钓到了什么，只是看着潮汐的起落，安安静静。

过了不久，一个小女孩走到小男孩的身边，也坐下钓起鱼来。看到这个叫summer的玩家出现，冬雪的眼中露出了一抹柔和。她每晚挂机钓鱼，几乎都会遇到这个玩家，一来二去，大家便认识了。

片刻，summer的聊天框跳了出来：又来看海？

Snow：嗯，因此迷上了钓鱼。

Snow，是冬雪在游戏里的名字。挂机钓鱼一般要好几个小时，他们之间只会偶尔聊上几句。

大部分时候，summer都和她一样，安静地钓着鱼。

冬雪记得他们第一次聊天时，summer曾经问过她：当晚上黄金时间，大伙都在做游戏活动的时候，为什么选择挂机钓鱼？她告诉summer，因为钓鱼的时候，可以看海。

而看海的时候，所有情绪会得到沉淀，心便会慢慢地恢复安静。

从此以后，每当她看海的时候，角色身边都会多出一个人来。看起来，像是陪着她的小男孩，让他不再形单影只。

这一天晚上，是游戏中的"冬雪节"。这样的节日，自然是为了创作者而设置的，全服所有地图，会在同一时间飘起雪花，游戏中的朋友们可以互相祝福，相约看雪，在虚拟世界中寻找一份浪漫。

看着纷纷扬扬的雪花，落入缥缈无边的大海，美得迷离梦幻。冬雪点开了summer的对话框：快来看，下雪了。

片刻，summer回道：很美，白色的雪，紫色的海。

Snow：下雪天对我来说，有着非常特别的意义。

Summer：（笑）因为你叫snow？

Snow：（笑）算是吧。

过了一会儿，她补了一句：因为在下雪天，发生过许多许多，无法忘记的事。

在一个寂静的夜晚，将心事，托付给一个陌生的网友。冬雪打开了话匣子，而summer，是一个很好的聆听者。

Snow：在下雪的日子里，我认识了一个人。

Snow：他像雪，比起我，他更像冬天的雪。寒冷，沉默，放在掌心却会瞬间融化。

Snow：他很内向，不善于表达。有好几次，我见过他站在雪中，但是他想说什么，我竟然觉得我能懂。

Snow：在今年的冬天，我们发生了一些问题。不是三言两语可以说得清楚，但当他渐渐离我远去时，我感觉冬天却离我越来越近了……

Snow：哎，summer，你还在吗？

聊天窗口里，只有sonw一个人的发言，而另一个人一直都没有出现过。

也许她已经不在电脑前了。冬雪心道，时候也已不早，准备收拾收拾休息。

就在她将要下线的时候，summer的窗口跳了出来：我在。

Sonw：今晚对你讲了一堆乱七八糟的，谢谢你听。

Summer：我在，你家楼下。

Snow：？

Summer：夏冬雪，我在你家楼下。

冬雪一惊，连忙从窗户里看下去。熟悉的场景里，那抹修长的身影，竟是自己心中惦念的人！

她蹑手蹑脚地走出家门，不吵醒已经睡着的父母。待到门一合上，便用100米短跑的速度冲刺起来。

韩焰，是韩焰！按捺不住急迫、热烈的心情，来不及消化这巨大落差的剧情：当线上的网友summer变成现实中的韩焰时，对他的思念就像是出闸的海水，再难压抑！

"原来这段时间，一直陪我看海的人，是你。"

这是她来到韩焰面前，说的第一句话。

原来，你一直在我身边，没有离开过。

这一句，她没有机会说出口。

男孩紧紧地抱住了她，灼热的吻瞬间吞没了千言万语。他霸道地攻略着她的唇，比以往的任何一次都急迫的、热烈的，甚至有一丝微微的颤抖。背后，是他掌心里的温度，正在缓缓燃烧。

在黑暗的楼道里，是无声的暗涌。辗转稍停的时分，只看得到对方眸中淡淡的微光，而后，又紧紧地衔在了一起。

谁也不知道时间过去了多久，也许是一个世纪。他们确认彼此的存在，感受着对方的呼吸和心跳，仿佛是一句极长极长的告白。

这熟悉的气息，令人安心的怀抱，让冬雪眷恋不已。韩焰，她的韩焰，从未离开。

"这段时间，你生我气了吗？"韩焰在她的耳边轻声说道，热热的气息呵得耳朵一阵发痒。

她轻轻推了他一把，却没用多大力气："那你是明知故犯？"

韩焰双手摸上她的耳朵，很小巧，但两只都滚烫滚烫的，忍不住又揉了揉，换来一记眼刀，可惜环境太黑他看不到。

"我哪敢。"淡淡的笑意转瞬即逝，"我怕，让你伤心。"

"我怕的是，不能给你幸福。"

冬雪耳朵里，是韩焰轻轻灌进来的蜜。不是放在嘴上说，不是逞一时之快，就叫勇气。

韩焰告诉她，这段时间他一直在忙，忙着做一件事，一个给她的惊喜。

他掏出手机，在屏幕上按动了几下。一个网页跃入冬雪的眼帘：游戏视频制作大奖获得者？奖金一万元？

"原来，这个人是你。summer，summer，呵，我早该想到是你。"冬雪从震惊到释然，最后微微一笑。

这个比赛她当然知道，是网游界的一次联名活动，规模很大，比拼的是参赛者的游戏视频策划制作的能力。第一名获奖者summer的作品酷炫高端，大奖实至名归，只是她从没想过此summer就是彼summer，那个叫韩焰的summer！

"虽然，我年纪轻一些，但我也想用努力，证明……"说到这里，趁冬雪还没回过神来，韩焰在她的脸上快速地啄了一下，"证明自己，将来一定可以给你幸福。"

冬雪伸手拧起他脸上嫩肉来："臭小子，现在胆子越发大了。"

因为说话不能大声，她这句话，说的时候真叫一个咬牙切齿。韩焰虽然被捏着，却仍在笑，笑得龇牙咧嘴。

"偶，偶付四(我不是)臭小子……"漏着风的嘴还在不甘心地挣扎，然后两边都被捏上了，宣布抗议无效。

在这样一个夜晚，他们相互依偎，在彼此耳边窃窃私语。黑是黑夜的黑，夜是他们的夜，关于那些横在他们之间的误解，终于消融殆尽。

没有人见证，也不需要见证，当相爱的心慢慢靠近的时候，他们是如何在一次又一次的历练中沉淀下来，让心意更加执着坚定，仿佛所有的难再没有能够困住他们的时候。

那只在雨天被韩焰带回家的小猫，被取名叫虾米。小家伙刚来的时候情况不太好，还没断奶又淋了雨，亏得韩焰一家人的悉心照料，才算挺了过来。看它四肢抱着奶瓶咕嘟咕嘟喝着奶的萌样，冬雪忍不住轻轻抚了抚它的脑袋，笑道："真是个坚强的小家伙。"

虾米喝完奶，韩焰将奶瓶收了，冬雪又和虾米玩了起来。它现在还很小，有手指伸过来，小家伙就会伸出两条前腿紧紧抱住；若是摸它的脑袋，它就会舒服得闭上眼睛，一脸享受的模样。

"看它养得这么好，你家人肯定很喜欢它。"大学寝室里是不允许养宠物的，平日里照顾虾米的是韩焰父母，居功至伟。

"刚开始我妈有些意见，怕它会掉毛。"

韩焰正在厨房忙着，身上围着条有花边的围裙，形成一种诡异和谐的俊美萝莉风格。

今天韩庆祥和温文外出了，午餐自然是由韩焰大厨亲自操刀。反正有他在，冬雪那两手煮泡面的厨艺，也就不要拿出来丢人现眼了。

"那天，其实我就在你的身后。"见虾米有些困的样子，冬雪不再逗弄它，让小家伙好好睡一觉。

"那天？"

"你带走虾米的那天。"

韩焰一惊，回过身来，身上围裙的花边随着他的动作甜美地颤动着。冬雪接到他询问的目光，自动解答道："我在楼总的车里……后来，你急着带虾米离开，自然没有看见我。"

韩焰微微颔首，又回身忙碌起来，须臾，有声音从他的背影里传了出来："那套传说风暴，我收起来不用了。我可以，获得与自己能力匹配的东西。"

冬雪静静地听着，隐约中，她明白韩焰可能是自尊受了挫。在不知不觉中，他已经是个大男孩，不，即将是个男人的存在了。

"我不会输给他。"莫名地，厨房里又飘出来这样一句，"如果他要追你，得先过了我这关。"

"噗！"冬雪刚喝下去的一口茶险些喷了出来，"臭小子，你在说什么？"

"我知道，那套传说风暴，是你们一起赢回来的。"韩焰答得气定神闲，表情不再晦涩，"虽然他现在事业有成，我暂且比不上。但我还年轻，只要努力，就有无限的可能。最重要的是，我一定比他爱你。"

就在他一本正经地表态的时候，冬雪那个无限大的脑洞却被掀开了一个角："韩焰，你是在卖广告吗？"

"我有，我可以。"

"you can,you up！"

说着，她走到厨房里，威胁式地将双手放在他的腰上。她知道这小子最怕痒，果然他的身子不自在地瑟缩了一下。

"老实交代，什么时候知道这件事的？"

韩焰将那天在她公司员工风采栏的所见，以及同事小薇的对话如实相告。冬雪眯了眯眼，冷哼一声："难怪……从那之后一段时间，你就一副死猪不怕开水烫的样子。"

"我……我是怪自己不争气。"这个声音微乎其微，似乎带着浓浓的委屈，"我曾经迷茫过，如果你和他……他能给你的那些，现在的我，还给不了。就好像你爸妈希望的那样，我也会害怕让他们失望。但现在……我已经想得非常清楚，我一定不会让你后悔，我能给的，他也一样无法取代。"

放在他腰部的双手，改为从背后轻轻地拥抱住他。感觉她的脸贴在自己背上，说话的时候，在背上带着些嗡嗡震动的感觉。

"韩焰，还记得当年吗，你让自己成为第二个陆以珩。我对你说过，你就是你，不需要和任何人比较。

　　而现在，也是一样。或许我们都迷惘过，但其实能在一起，已经是万千邂逅中，最为幸运的事。"

　　韩焰心中一暖，正想转身回拥住她，却听到背后传来一阵阴冷的怪笑："哼哼哼，这个小薇，下周回公司上班她完了。"

　　心中的暖意像被一阵狂乱的大风瞬间吹散，半点全无。韩焰加快了手上切菜的动作，心中默默地祝福那位同事好运。

Chapter20
谁不曾年轻，谁不会老去

谁不曾年轻，谁不会老去。现在我的身边有你，我很
感激。

Winter's Heart

冬雪二十六岁的这个春天，万象更新，许多事正悄悄发生着改变。

《星际岛屿》海外版正式上线，掀起了一波热潮。作为一款走出国门的游戏，能受到这样的认可，深深地让每一个团队的成员感到自豪。

陆以珩和莫枚枚正式完婚，但婚礼举行得很低调，只邀请了双方的家庭成员，所有老同学都没有去观礼。这件事，冬雪也是听张晓晔说起，才获悉的。

冬雪爸不再东拉西扯地给女儿寻找相亲对象了，他单位里办了一个员工文化节，每日里忙进忙出，增加了运动的身子倒显得越发硬朗起来。

韩焰获得视频大奖的消息被有心人捅穿，校媒社的同学第一时间报道了这则重大新闻，但因本人不愿接受采访，只能给这位校草的光荣史再添上浓墨重彩的一笔。值得一提的是，早在上学期末，他便毫无悬疑地第二次问鼎了校草宝座，这大约是J大历史上最神秘、也最有话题的校草了，不管在学习、运动还是爱情上，样样都不走寻常路，一时间，J大计算机系越发的火热枪手起来，很多邻近的高中生都对它产生了向往，跃跃欲试。

一个人的效应，居然带动了一波高三学子的学习热情，这是他们的任课老师所万万想不到。

"哎，你塔下强杀也要看看装备差好不好，逗不逗？"

在308男生寝室里，一群人正热火朝天地玩着游戏，激动时扯着嗓子大喊大叫，路过的男生也都习以为常。

一局罢了，大家伸个懒腰放松下时，忽然骏哥哀号起来。

"惨了，刚才玩的时候丽丽打电话过来我没接到！"他急得从椅子上跳起来，"哎哟我的妈啊，手机咋自己从铃声变成振动了呢？这下完了……"

"我劝你小声点，免得有人告诉你家丽丽，你叫她妈。"大麦反坐在椅子上，对他抛出一个"自求多福"的眼神。

"你才叫她妈，你全家都叫她妈……"

两个瞬间扭打在一起，眯缝眼一副老成的模样："这都一年多了，你咋还这么怕她呢？我看你这辈子就给她吃死了。"

大麦在和骏哥扭打的空隙，伸手对眯缝眼比了个大拇指。骏哥表示不服："你们老说我，怎么不说韩焰？咱们哥几个，找个媳妇容易吗？韩焰这么好条件，不也是怕媳妇儿怕得不行？"

另外两个人闻言，对了一下眼神，都相当郑重地点了点头。

前段日子，韩焰整天失魂落魄的，除了缩在角落捣鼓视频，就是窝在床上发呆，整个低气压笼罩在寝室上空。

最近可就不同了，自打睽违已久的学姐来看过他们一次，韩焰那小子就活泼起来，虽还是三棍子打不出个屁来，却是眉眼中带着柔和，偶尔也会和他们调笑几句，冬天般严肃的寝室终于迎来了春天般的温暖。

春暖花开，和风丽日的好天气，就像是恋人们的好心情一样。韩焰和冬雪手牵着手，在商场里迈着轻快的步伐。

"女装部在二楼！"

"珠宝手表太贵了，还是去百货那边看看吧，买些吃的也挺好。"

"你妈妈爱吃核桃吗？"

空气中一如既往地响彻冬雪热闹的声音，记忆里的某个时候，也是这样的声音，曾为他驱走寒冷和寂寞，让他体会到这个世界上，还有人在关心着他。

而他，早已习惯她的热闹，甚至依恋起了这种感觉。

韩焰笑望着女孩，趁她东张西望不注意的时候，啄了啄她可爱的脸蛋。冬雪回神来脸上一红，娇嗔道："商场人这么多，也不害臊。"

"谁乐意谁看。"不得不说，经过岁月的历练，这个男孩的脸皮越来越厚了。而今时今日的冬雪，也不会再刻意留意自己的装扮，会显老还是显小。原本是完整的个体，当他们遇见彼此后，曾或多或少迷失过自己，但现在，他们却开始明白，两个人在一起最好的方式，就是从心底里接受真实的彼此。

不知不觉中，韩焰成了她的同龄人。而在他的宠爱下，她越发像个小孩！

这就是爱情中的相对关系。只要保持同步的节奏，并不是只有一种角色可以扮演。

他们商量着买了一些礼物，准备今天到韩焰家里去，先征求他父母的同意。

"这些事情，应当由男人来负责。"韩焰曾这样告诉过她，"首先，从我的父母开始。"

在去他家之前，韩焰已经私下里将这件事告诉了温文。在他的印象中，妈妈是最能理解他的，并且也很喜欢冬雪。结果不出他的所料，温文不仅没有反对，反而揶揄了他一句："没想到你真的能追到小雪啊？看起来愣头愣脑的，亏得是遗传得好！"

被母亲这样说，让韩焰有些哭笑不得，但更多的是意外。

"您早就知道了？"

温文白了儿子一眼，笑道："我自己的儿子什么脾气性格，我还能不知道？你从小对什么事儿都不太在意的，宝贝什么，可一下都写在脸上了。"

这话让韩焰不禁红了脸，但很快又凝了神色："但爸爸那边……他对年龄这件事，好像有所忌讳。"

"你爸那个人啊……"温文正想说什么，但话头一转收了住，"你爸怎么想我不知道，想让他点头哪，你们还得动动脑子。"

年轻人的事，多点磨炼坎坷，将来才能经得住生活的风浪啊！想要幸福的生活，还是让他们自己争取一下吧。

想当年，自己和韩庆祥的婚事，也是经过了一番波折才成功的呢。

温文这头正笑眯眯地回忆着，家里的门铃就响了。回头看了一眼还被蒙在鼓里的丈夫，她微微一笑——

孩子们长大了，是该让老头子接受接受新思想了！

"小雪，你到我家来吃饭随时欢迎，当自己家就行了，带这么多礼物做什么？"酒足饭饱之余，韩庆祥又一次提到了礼物的事。两个孩子在家吃饭，还给他们买礼物，说出去老脸都红了。

冬雪悄悄看了韩焰一眼，后者会意道："爸，以后开始都不一样了。冬雪还是可以把咱家当自己家，但是以另外一个身份。"

他说得有点含蓄，韩庆祥一时没反应过来："说了你多少回了，要叫冬雪姐姐，你这孩子怎么这么没礼貌呢。"

韩焰正了正神色："爸，您知道我为什么从来没有叫过冬雪姐姐吗……因为我从很久之前，就喜欢上了冬雪。"

韩庆祥怔了怔，举到半空的酒杯放了下去："你说什么？"

韩焰站起身来，冬雪也跟着他一起，两人走到韩庆祥和温文面前。

"爸，妈，我和冬雪恋爱了，希望能得到你们的祝福。"

韩庆祥的眼光在两个年轻人身上打了几个来回，他们的脸上都有点红，双手紧紧地握在一起，看起来不像是在开玩笑。

最终，他看向了温文："孩子妈，这……"

温文却是假装不知，淡然地问道："你们是什么时候在一起的？保密工作做得不错啊。"

这话问得有点半真半假，冬雪不由得紧张起来。她捏了捏韩焰的手，示意由她来回答。

"温阿姨，就是咱们两家人一起去农家乐的那时……我和韩焰一起掉到了坑里，他为了保护我，还受了点伤，我，我挺感动的。"

"其实更早之前，我就……"韩焰补充道，"可是那会儿，冬雪瞧不上我……"

看着两个孩子小心翼翼地解释，还不忘为对方说话的模样，温文忍不住破功，笑了出来："咱们这当爹妈的也是白瞎，你俩都好了一年多了，我们居然一点没察觉。"

"韩焰，你，认真的？"这下韩庆祥算是回过神来了。

男孩认真地点头，并看了身边的女孩一眼："我很确定，冬雪就是我要找的女孩。"

韩庆祥嘴巴微张，又看向女孩："小雪，我儿子大学都没毕业呢，你不嫌弃？"

冬雪与韩焰交握的手紧了紧："韩叔叔，刚开始我确实拒绝过，但并不只是因为韩焰还没有工作，更多的是我怕在世俗舆论、父母看法等等的影响下，草率开始一段感情，是对大家都不负责。"

韩庆祥注视着她，认真地倾听着。

"但韩焰的执着改变了我……或者说，我们都为对方改变了自己的看法。如果我们能够清楚地认识到年龄差距的真正意义，以及准备好面对由此而来的问题，从内心里去接受，那么大几岁小几岁，就没有那么重要了。"

那个晚上，韩庆祥默默想了很久。虽然男大女小的婚姻天经地义，他也从来没想过儿子会给自己找个"大媳妇"回来，但如果对象是小雪的话，倒也不那么难以接受，毕竟小雪的人品性格他们很清楚，在韩家最难的时候，也是小雪义无反顾。

因缘际会，可能正因为如此，儿子才对人家铁了心呢！

当他辗转反侧，想和妻子统一意见的时候，却发现妻子早已睡梦酣甜，仿佛一点没将这件事放在心上。转念一想也是，孩子都二十好几了，他自己想好了的事情，要他这个老父亲在这失眠做什么！但一想到儿子已经开始谈婚论嫁，又不由得暗自摇头。

老了，老了！他们年轻时的岁月还历历在目，转眼儿子都快成家了！

青春短暂，亦无悔。就让孩子们做他们想做的事吧，别让青春留下遗憾！

"还记得刚背上书包，踏入学校的第一天吗？"

夜晚的微信同学群里，有人挑起了这样一个话题。

冬雪记得清楚，那个女孩梳着羊角辫，穿着一身可爱的连衣裙，带着对校园的好奇和懵懂，开始长达十多年的求学生涯。

上学的时候，总觉得时间过得太慢。怎么还不下课、马上又得考试了、这次家长会要糟了、暑假终于来了……终于有一天，我们再也没有了暑假，但可以开始为自己买单。

工作以后的时间就像开了加速器，闭眼睡觉，睁眼开工。就像冬雪，转眼她进入X世代游戏公司已经超过一年了。

"下雪的努力，和她为公司创造的贡献有目共睹。所以公司有关高层决定，将她的职位调整为运营主管，大家为她鼓掌！"

程瑞脸上挂着淡淡的笑容，员工的晋升，也意味着部门业绩的突出。她伸出双手虚压了一下："还有一个好消息，这个月的绩效奖金，将会发一个月工资。"

"哗！"底下顿时炸开了锅。奖金是员工最关心的问题，老大这话一出，立马有几个活跃分子开始勾肩搭背，商量着晚上去哪里潇洒。就在此时，一个大家说熟悉算熟悉，说陌生也陌生的人影出现了。

V领包臀短裙，栗色波浪长发，黑色高跟鞋，尤佳每次出场都必须要这么凹凸有致，吸满目光才可以。行走间她看见冬雪，却是一秒移开视线，一直走到人群的最深处。

她在程瑞面前站定。

一身西服套装的女人在她面前，端庄中略显严肃。

上下打量了程瑞两眼，尤佳眨了眨明媚的双眼："曾经还想着Ivy那小丫头不是我的对手，没想到她还留了后招，敢情你俩是组合攻势啊。"

程瑞面色一凝，冬雪的笑意忍了又忍，憋得有点难受。这尤佳可真够绝的，闻着谁气味不对就找上谁，将来谁要娶了她，哪敢有风吹草动。

不过不得不说，尤佳的嗅觉还真敏锐。冬雪悄悄将目光放在程瑞身上，她很少有这样不自然的时刻，难道……

尤佳不笨，知道挑衅对手没什么用，更不会为了一棵树放弃整片森林。她只是想看看，自己将面对的竞争者是什么样子，又或者，自己会输在什么样的人手里。

在楼漠下楼来之前，她已经慢腾腾地离开，像一只高贵的孔雀。女人要敢爱敢恨，也要懂得放手，有的时候，获得爱情的秘诀，其实就是放手。

不懂得放手错的，又怎能知道对的正在等待？

冬雪按了电梯下楼，门快关上的一刹那，一个低沉醇厚的男声说道："请等一下！"

她按下开门键，楼漠匆匆走了进来。和他们第一次相遇的情景，堪称一模一样。

不同的是，男人深深地看了她一眼，片刻，忽然说了一句："事实证明，你的坚持有了回报。"

冬雪不明所以："楼总，你的哑谜我猜不到。"

楼漠扯了扯嘴角，带出一缕不易察觉的苦涩："你不是对我说过，请吃饭不必，有成绩发奖金吗？你们做到了。"这丫头古灵精怪，心里亮堂得很，却最爱不懂装懂。罢了，也许正是这一点，才格外吸引自己。

冬雪闻言，顿时笑得阳光灿烂："多谢楼总夸奖！"

楼漠看着她，没有回答。在电梯里短短的数十秒，他忽然想起那一次电梯故障，她被自己吓得花容失色的模样，顿时心生怀念。

很多事情，一旦变了初衷，就再也回不到最初的模样。

转眼电梯来到底层，门打开的一刹那，背后的声音低低传来："假如有一天，你后悔了，你可以选择从我这里重新loading。"

她的脚步顿了顿，回道："谢谢。"

她没有回头。她知道，楼漠也并不想看到她在这个时候回头。

有些话，他们之间不需要说得更明白。像楼漠这样的一个男人，英俊多金，事业有成，也许是许多女人梦寐以求的对象。但年龄和阅历带来的不仅是财富，也有生活的厚重。即便他动了真心，也无法再疯狂无悔，不计一切。

他和她，终究不会是一类人。

冬雪刚走出公司大门，就被同事们逮了个正着。

"群里说聚餐说了那么久，也不回一句，下了班就跑，有约会？"

她老实地点头："没错。"

同事们好奇了，认识下雪一年多，还从未见过她的男朋友，纷纷起着哄要她将男友带出来一起聚餐。倒是小薇想了起来："是不是那个帅哥？高高瘦瘦，超级帅的！"

拗不过热情的众人，她只得给韩焰打了个电话。

过了半小时，当韩焰走进餐馆的时候，那一群叽叽呱呱的女人顿时忘记了聒噪，世界安静了。

云淡风轻，这是众人看到韩焰之后的第一感觉。蓝白两种色调穿在他的身上，宛如疏云几朵，点缀在浅蓝色的天空。而风，是他的眼神，清澈而微凉。

这缕风在空气里淡淡拂动，一直到冬雪身上时，才驻足停留。女孩站起身，介绍得落落大方："这是我男朋友，韩焰。"

众人继续保持安静。五秒后，一阵稀里哗啦的嘘声才爆发出来。大多是揶揄，也有艳羡的，其中小薇最是激动，向韩焰指着自己道："还记得我吧？我们见过一次的。"

韩焰看了她一眼，礼貌地点了点头。那一瞬间，小薇莫名感到了一阵冷意。望了望周围，不能啊，现在已经快夏天了呢。

她好像已经忘了，当时向韩焰介绍那张"巨人"照片的人，就是她本人。

在聚餐时，同事们七嘴八舌地询问冬雪和韩焰的恋爱史，倒也没人特意问他们的年龄。当听说韩焰也是《星际岛屿》的初创者之一，都纷纷夸赞他上得厅堂，入得机房，就连程瑞也向冬雪竖起了大拇指："眼光不错。"

冬雪笑望着她，略带深意地回道："我是老大的手下，我的眼光当然不能差了。"

程瑞微微一愣，随即又很快笑开了，若无其事的样子。

旁边两个女同事正在八卦别人的事，叽叽喳喳："她才二十出头，不要高富帅，却跟了一个离过婚年纪又大的男人，真不知道怎么想的。"

"嗨，缘分的事谁说得清楚。青菜萝卜，各有所爱呗。"

听着他们的对话，韩焰和冬雪不约而同地看向对方，同时会心一笑。

谁不曾年轻，谁不会老去。现在我的身边有你，我很感激。

当韩焰将恭恭敬敬地将一个信封放在冬雪爸面前的时候，后者有些纳闷，但并没有将强忍的不满表现出来，只对着那信封狠狠地瞧。

不算太厚，隐约可见里面鲜艳的色泽。这是贿赂还是怎么的？冬雪爸看在两家关系的份上，才算没把人给赶出去。几番心理活动后，他轻哼一声，目光挪向坐在左面的男孩。

"叔叔，这是我之前参加比赛，赢的奖金。不多，就一万块。"

男孩长得清秀精致，在大人眼中看来，也是极出挑的。冬雪爸不吭声，饶是冬雪妈对他喜欢得紧，此刻也不好帮腔。

冬雪躲在房间里，透过门缝望着外面的情况，悄悄为韩焰捏了把汗。爸爸态度强硬地将她赶走，现在他可要孤军奋战了。

"我知道，叔叔阿姨觉得我还年轻，照顾不了冬雪。关于这个问题，我的答案就在这里。"他微微垂眸，看向那个信封。须臾，又转回对面的那对夫妻身上，"我想将这笔钱，存在叔叔阿姨的手里，作为我和冬雪的第一笔基金。不论现在，以后，我想凭我的努力，赚钱，存在基金里，用实际行动，证明我有能力照顾她。"

冬雪爸抬了抬眼皮："你现在喜欢她，是年轻人一时之间的冲动，你们的将来你想过多少？小雪已经老大不小了，等你有能力的时候，得多少年以后？你要让她的青春为了你的头脑发热去浪费吗？她输不起的。"

气氛一时陷入困顿。爱情和婚姻是有过渡期的，当新鲜不再、激情褪去的时候，有多少爱侣之间的问题纷纷暴露出来？更何况是姐弟恋之间，色衰爱弛，如若没有天长地久，对于男人来说，只需要将当初的浪漫在另一个更年轻漂亮的姑娘身上再重复一遍罢了。

冬雪爸越想越觉得是那回事儿："当断则断吧，别耽误了我家姑娘的终身。"

"也许，社会上有一些不好的例子。"韩焰并没有被冬雪爸的严肃吓退，面容沉静依旧，"但也有很多不为世俗看好，却恩爱一生的事实。"其实此刻，他的手心已经汗湿，未来老丈人目光如炬，岂有不慌之理？

"我知道，现在的我还太年轻，您二老不放心将冬雪托付给我。正因为冬雪很优秀，我和叔叔阿姨一样，那么爱她，想给她最好的一切，所以我想证明。两年，请给我时间证明，我足够配得上她。"

"两年后小雪都二十八了。"冬雪爸仍然不依不饶，但语气稍为缓和了一些，"焰焰，咱们两家也算是知根知底的，你条件不错，年轻女孩儿随便找找就有吧，怎么就看上我们小雪了？"

"恕我冒昧地问一句，阿姨可是叔叔见过最漂亮的女孩？"

冬雪爸讪讪地看了冬雪妈一眼，后者稍微瞪了瞪，他连忙把眼神收了回去："别岔开话题。"

韩焰不动声色："有的时候，缘分这事真说不清楚。"

冬雪爸还想再说什么，冬雪妈却看不下去了："好了好了，别弄得跟审犯人似的。我啊，谁都不帮，这一万块，我替你们收着，想拿了随时问我要。"

韩焰感激地看向她，黑眸幽幽，泛着些许湿漉漉的光泽。

冬雪爸瞅着她："孩子妈，你这是和我唱反调了？"

"反正我又不是你见过最漂亮的女孩。"没想到冬雪妈居然来了这么一句，噎得他说不出话来。

冬雪在房门后笑得几乎要拍起门板，妈妈这话真是高，太高了！

"不过焰焰，我这可没同意啊。"冬雪妈话锋一转，"当妈的，心里头最宝贝的就是孩子，既然小雪喜欢你，我们也讲道理。你在这两年里面能不能成长起来，能不能叫我和她爸放心把女儿托付给你，就看你自己的了。"

冬雪爸仍旧坐在沙发上，目光在两人之中来回，没有吭声，算是默许了。

"是，一定。"韩焰站起身来，向二老鞠了一躬，"保证让叔叔阿姨满意！"

"鞠什么躬，我还活得好好的呢！"冬雪爸又开始挑刺，看得冬雪妈连连摇头：这人哪，也奇怪。当韩焰是朋友家儿子的时候，他学习好样貌强，哪儿哪儿都好。可要将他当准女婿看待吧，就横挑鼻子竖挑眼，哪里都不够好了！

是谁说的，养女儿就像是养一盆稀世名花，整天小心呵护着，晴天怕晒雨天怕淋，夏畏酷暑冬畏严寒，操碎了心盼酸了眼，好不容易一朝花开，惊艳四座，却被一个自称女婿的家伙整盆端走了！这大概就是冬雪爸此刻的心情吧！

Chapter21
唯有你不可取代

缘分之奇妙，在于无法捕捉，无迹可寻。有的时候，
差一点点也是错过。有的时候，坚持多一分，便成永恒。

Winter's Heart

"……四年间，大家一起体会了成长的喜悦，也习得了许多宝贵的知识。这些经历，会影响所有人未来的许多年，甚至一生……"

六月，阳光不算太烈的天气，空气中弥漫着阵阵湿热。冬雪迈着急促的步伐走在母校，和自己毕业那年相比，她熟悉得宛如昨日，然细细观察，每时每刻，她又在发生微妙的改变。

年年岁岁花相似，岁岁年年人不同。

手机铃声响起，是张晓晔愉快的声音："冬雪，周六有空吗？想约你吃饭，顺便……带个人给你看看！"

"你恋爱了？"嘴角，扬起一抹嫣然，是为好友真心的愉悦。

"是呀，都这把年纪了，家里催得不行。不过你放心，这个经过姐千挑万选，可不是拿来凑数的！"

冬雪连连应承。受伤的心，终有一天可以愈合。遗失在缘分，它总在世界的某个角落。

抬头远望，她眯了眯眼：操场边的香樟树随风摇曳着，鼻尖，拂动着那熟悉的芬芳气息。

转眼，她毕业已经五年了。

"……今天，既是结束，又是开始。希望同学们扬帆起航，在未来的生活和工作当中，不忘J大人的精神，学以致用，为社会、为自己的人生，不断创造新的价值、新的辉煌！"

校长的致辞振奋人心，带着对未来的憧憬，在场的每一个学子内心都激情澎湃。当冬雪踏入体育馆的时候，掌声如潮水般涌来，学子们用力

地拍着手掌，有好些个人红了眼眶。

这是他们学习生活过四年的地方。他们带着懵懂和憧憬而来，转眼间，却又要与母校说声再会。走出象牙塔，走出这片蔚蓝的天空，他们还可否重拾今日心中的这份纯粹和炽热？

"下面有请毕业学生代表——计算机系韩焰，上台发言！"

时间刚刚好。女孩站在人群的最后，白衬衣，牛仔裤，微卷的长发简单地束在脑后。她拿出手机看了一眼，公司临时召开会议，好在没有错过他的发言。

左脚被人用脚背问候了一下，她抬眸，是一个十分年轻的学生，大约还是新生。对方连声道歉，脸涨得通红。她左右一张望，才发觉短短几分钟时间，体育馆门口竟挤满了人，还有甚者在那儿踮着脚跟抻长脖子，模样夸张至极。

"在哪儿呢？"

"正走上台呢，没看见？"

这是一群男生，正你推我攘，人潮不断向馆内涌去，但又不敢靠得太近，怕遭到学长学姐的不满。

"那就是韩焰？蝉联四届校草的那个？"

"好可惜啊……为什么我还没考进来，他就毕业了？一会儿我得问他要个电话号码！"

女人的天性是八卦，即便还是女生也不例外。这四年里，韩焰在J大创造了不少的传说，尤其是四届校草和创业者的故事，被学弟学妹们广为传颂。

一个端正修长的人影，正穿过人群，向台上走去。他步伐平稳而舒缓，一手握着发言稿，一手扶了扶头上的学士帽。在学生堆里，时不时传出几个熟悉的声音：

"哥们儿，给力啊！"

"臭小子，都毕业了还是这么拽。"

"有他在，哥四年没交上女朋友！"

……

"各位老师，各位亲爱的同学，我很荣幸，作为本届毕业生代表，在这样一个场合发言……"韩焰的咬字清晰，语速有点慢，当众发言这件事对他来说，并不算擅长。

"……在J大的日子，会成为我们一生中宝贵的回忆。可还记得？第一次拿奖学金的激动？还记得，第一次与室友争执？可还记得，曾带给我们心动与幻想的那些人和事……"

台下无数张间于青涩与成熟之间的面孔，认真地聆听着他的发言，许多人跟随他一起陷入回忆之中。

齐小茉在台下，静静地望着他。从相识到如今，已经过去了整整七年时光。韩焰，从那个桀骜寒凉的少年，终于成长为如今眼前这般，温润清澈、光华夺目的男人，却在不知不觉中慢慢远去了。

她很平静，就像那千百个看着他的女孩一样，目光中带着欣赏，却不复当年的悸动与狂热。只是自己知道，心曾经如何为他而跃动，那是她真实的青春。

蒋涵清站在稍远的地方，目不转睛。韩焰的帽子压住了他乌黑的发，一抹刘海轻轻覆在右边眉上，点缀着他半敛的黑眸。学士服是他平时很少穿的黑色，此刻却为他衬出了几分神秘的俊美，也多了些成熟的兴味。

去年，她如愿考入J大，成了韩焰的学妹。在同学中，她是比较有人气的一个：黑色长发及腰，高挑纤瘦的身材，加上害羞寡言的个性，有许多男生为她倾倒。而她，却始终得不到他多一点的目光。思及此，她心中苦涩：也许，这个梦还没开始，便要破灭了。

骏哥、眯缝眼、大麦也在台下，看着自己的室友，自豪的面容上带着笑意。骏哥和丽丽这对欢喜冤家，经过时间的考验，慢慢成了风吹不散、雨打不动的一对，决定毕业后共同留在本市发展。大麦追了齐小茉两年多，两人始终是恋人未满的境界，未来如何要看缘分。倒是眯缝眼终于守得花开，这小子在毕业前夕居然收到了情书，开始时大家都满怀恶意地揣测一定是给错了人，但后来发现居然是真的，喜得他简直要飞上天去。

"……告别，是为了全新的开始。我们向同学告别，未来，将会是一生的朋友！我们向老师告别，以后，恩师将会是我们心中的惦念！我们向母校告别，从此，它将镌刻在每一个人的心头，成为一份不灭的记忆，不朽的情怀……"

韩焰的发言平实自然，是每一个学子心中所想的，也是老师与校长年年岁岁所一直在经历的。用尽毕生时间，培育出的桃李芬芳，只要在他们的记忆里有母校的美好，这些辛勤的园丁，便也会感到欣慰、满足！

"……我的毕业发言感想说完了，感谢学校给我机会，站在这个讲台上，我还想说一些其他的话。"

韩焰的话音未落，校媒社的同学已经疯狂地按起了快门，试图在最后时刻，再在他的身上捕捉一些劲爆的新闻。这四年来，韩焰同学为他们社的发展做出了巨大的贡献，从最初的校草黑料，到后来的英雄救美、恋上学姐，一直到大四那年的创业奇迹！他与艺术设计系的一位同学通力合作，将一个简单却有趣的小游戏发布到网上，居然在一夜之间刷爆了朋友圈！它的商业价值很快被嗅觉灵敏的厂商发现，这个小游戏和背后的炒作物料，被厂商巨额收购，而韩焰，成了J大计算机系最年轻的创业成功者！

有意思，真的太有意思了！校媒社的同学一边拍摄一边想着，与这样一位人物同校四年，也算是他大学生涯的一个重要意义吧。

终于做了这个决定

别人怎么说我不理

只要你也一样的肯定

……

他轻轻地唱了起来，一边走下台。同学们先是惊讶，而后你拉我拽地自动分成两列，为他让出了一条路。人群的最后，站着一个装扮简洁干练的长发女孩，此时脸上微微错愕，看着他向自己走来。

爱真的需要勇气

来面对流言蜚语

只要你一个眼神肯定

我的爱就有意义

我们都需要勇气

去相信会在一起

人潮拥挤我能感觉你

放在我手心里你的真心

……

许多人拿出手机拍起来，体育馆门口更是被围得水泄不通。但这一切在冬雪的眼前都不存在，她所见到的，只有那个韩焰，唱着那首熟悉的歌曲，款款而来。

他优雅挺括的身影，和记忆中那个青涩微凉的少年，渐渐融为一体。在KTV中，他握着话筒，第一次为她唱起这首《勇气》，却吓得她当场逃走。往日情景再次重现，他却已成长为翩翩君子，带着男人的成熟与少年的纯真，注视着她的眸光里，依然还是她熟悉的清澈柔和，这，是她熟悉的韩焰，相伴近四年的韩焰。

"如果我们都需要勇气，我愿意先去努力。只要你敢说，我就敢做。你，敢不敢？"

麦克风的扩音里，传出了他清晰无比的声音。此刻整个体育馆沸腾了，起哄声简直要将屋顶掀翻。

他一字一句，说出了当年表白的台词。湿润的温暖瞬间溢满冬雪的眼眶，她勉力不让它们掉落，只注视着那个男孩，他也直直地看着她，熟悉的面容漾着很少有人见过的柔和。

"冬雪，还记得最初吗？我傻傻地跟着你，想和你在一起，靠的是一股懵懂的勇气。

"而如今，我深爱你，再一次确定唯有你不可取代，我的心中充满了对未来的勇气。很感激你，为我带来的这一切惊喜。在今天这个特别的日子，我想请在场诸位见证：冬雪，请你嫁给我！"

韩焰单膝跪地，从怀中掏出了一个小盒，慢慢打开。宛若流星刹那划过天际，那抹璀璨在他的手中流淌，也终让冬雪的晶莹流出眼眶。

"嫁给他！嫁给他！嫁给他！"

是即将毕业的学子们最后的疯狂，是刚进入校园的新生们对未来的向往，是校长老师们惊愕之后相视而笑的脸庞，是校媒社同学手中疯狂的闪光。

"嫁给他！嫁给他！嫁给他！"

是同窗好友们兴奋至极的呐喊，是女生们笑着流泪的祝福，是于江若有所思的眼神，是眯缝眼的……

"我去，韩焰求婚，眯缝眼你哭什么？别把鼻涕擦我身上啊！"大麦的怒吼声淹没在人声鼎沸里，那对男女主角自然是听不见的。

冬雪双手掩住嘴巴，两行眼泪从她的指缝间流过。她不敢松开手，怕自己哭泣的样子太丑，甚至轻瞪了韩焰一眼，在这样盛大的场合，居然让她这样措手不及。

只是，一阵细细的暖流，却悄悄在全身流淌。她当然记得，那一首《勇气》，乃至后来的每一次犹豫和甜蜜。从在一起，到心存迷茫；从难以相忘，到共同面对……世俗对女大男小的恋情有太多成见，险些让他们中途放弃，但最终，他们没有放开对方的手。

缘分之奇妙，在于无法捕捉，无迹可寻。有的时候，差一点点也是错过。有的时候，坚持多一分，便成永恒。

当韩焰将璀璨的钻戒套上冬雪无名指的时候，体育馆里掌声雷动。这样一场别开生面的毕业典礼，在许多年以后，还会为J大后来的学子们津津乐道。

当然，这也少不了校媒社同学的功劳。据说那位同学发挥了四年在社里沉淀的小宇宙，就这场盛大的求婚，撰写出一篇声情并茂的特别报道，或多或少为错过了现场的同学弥补心中的遗憾。

就当大家在疯狂转发那篇报道的时候，韩焰正满头大汗地在街上小跑着。今天冬雪加班，他自告奋勇地跟着准岳父上街购物，充当苦力。

"小伙子年纪轻轻的，怎么走得这么慢？"冬雪爸发着牢骚，脸上却是笑着的，没几秒，又刻意敛了敛，"工作以后，可不要忘了锻炼身体。"

"是，听叔叔的。"韩焰老实道。炎炎烈日下，他背着个双肩包，双手还各提着两个袋子，头发早已汗湿，散乱地贴在额上，素来白皙的皮肤也晒得红通通的，眼角唇边却满是愉悦。

"啪嗒"一声，手里的袋子断了拎手，圆溜溜的橙子滚了一地。韩焰放下东西急忙去捡，好一番手忙脚乱，又免不得挨了几句批评。他一点不恼，冬雪爸对他严厉，便是已经将他当成了自己人，在训练他呢！也许以后，生活还像这样平凡而真实，免不得磕磕碰碰，少不了鸡毛蒜皮。但只要两个人在一起同心协力，总有一天，会得到父母完全的认同，他相信。

走到小区门口时，遥遥望见了正下班回来的冬雪。女孩步伐轻快，傍晚的夕阳为她描绘出一圈金色的轮廓。她向他微微一笑，甜美而灿烂，就像此刻天际的那抹温暖，永远驻留在他的心头。

这一天，他们没顾上看的那篇校媒社报道上，写着这样几段话：

有人说爱情，需要一见钟情；

有人说爱情，要有共同爱好；

有人说爱情，最好门当户对；

有人说爱情……

在韩焰和夏冬雪的故事里，我们看到了一个事实：爱情，没有公式。

从他十八岁时爱上她，到她二十八岁时嫁给他，这一路的际遇，推翻了许多人曾经的以为。

在茫茫人海中，每一天，我们都会和无数人擦肩而过。有时候，我们不禁会想，这其中会不会有一个人，将对我意义非凡？当遇见他的时候，我会是什么样子，我们最后会不会有美好的结局？

没有人可以在最初时预言这一切。能够相遇，已是一场奇迹。最重要的，是我们相遇后的一切，所有相伴的时光，都应该被珍惜。

你的，我的，他的。

你们，我们，他们。

当有一个人能够融化你心里的寒冬，像阳光般照耀着你的天空。记得珍惜，你的拥有。

（全文终）

扫一扫看更多图书番外，作者专访